中公文庫

# 戦後と私・神話の克服

江藤　淳

中央公論新社

# 目次

# 戦後と私・神話の克服

# I

# 文学と私

## I

私が批評家というものになったのは、全くの偶然である。私は子供の頃から読書も書くことも好きだったが、文学を職業にするつもりはなかった。そうかといって役人にも会社員にもなりたいとは思わず、学者になるには根気がなさすぎるように感じていた。だいたい私は自分の将来を真剣に考えたことがあまりなかった。病弱だったので、いつまで生きていられるかわからなかったからである。

「死」がそれほど怖しくなかったのは、若くて死んだ母の死顔を美しいと思った記憶があったためかも知れない。そのとき私は四歳半にすぎなかったが、母の枕元に坐らされて最後の別れを告げたのを覚えている。もし私にいくらかの文才と語学の才があるなら、それは二十八歳で結核で死んだこの母から受け継いだのである。

母は第一次大戦中に駐英大使館付武官をしていた海軍士官の次女として生れ、目白の女子大で英文学を学んでブレイクとホイットマンを比較した論文を書いたりしていた。そういう母が、やはり海軍士官の長男で私大出の銀行員だった父に嫁いだのは、当時の習慣としてさほど不自然ではなかったであろう。しかしこの結婚は、母の死によって結局六年一ヵ月しかつづかなかった。

　母の死後私は祖母に育てられた。祖母は佐賀藩の西洋砲術御指南役の娘で、初期の虎ノ門女学館に学んだことがあったから、トマトをトメートウと発音するようなハイカラ趣味と六代目贔屓を共存させているような女だったが、早く未亡人になったせいか性格が強く、喪われた母性の代償にはならなかった。祖母はある意味で私を溺愛したが、それはかえって私に周囲の世界との違和感を自覚させる結果を生んだ。今から思えば母の死は、私と世界をつなぐ環が全く失われたことを意味したのである。この母性の環は、元来子供を周囲の世界と肉感的に和解させる役割を持つものなので、それが失われたことは私と世界との和解をむずかしくした。世界は私の前でひとつの謎となり、安息のかわりに不安と焦立ちが、無言の理解のかわりに自分を周囲に理解させることの困難が、一度におしよせて来た。

　普通の子供が過不足ない充実した感覚で安住している世界を知的に、つまり言葉によって理解しなければならないのは、幼児にとっては辛いことである。そのためかどうかは知らないが、私は早く読むことを覚えた。小学校にあがる頃までに、私は少年向けの冒険小説を自由に読むことができた。しかしこのことは学校生活を少しも容易なものにはしなかった。学校は私に嫌悪と恐怖しかあたえなかったからである。

父が再婚していたので、私は義母につきそわれて入学式に出ることができた。祖母は私を学習院に入れたがっていたが、虚弱を理由に父が近所の小学校を選んだのは幸いだったというほかはない。だがそれでも私は集団生活というものに耐えられなかった。授業は幼稚と思われたし、同じ年頃の子供がそばにうようよしているのも気味が悪かった。彼らの多くには母親がいて、その魯鈍さにもかかわらず世界に受け容れられているのである。義母は賢明で優しかったが、それでもこの嫌悪感を義母に伝えてわかってもらうことはむずかしかった。

つきそいはやがて義母から女中にかわり、教師は私を問題児あつかいにするようになりはじめた。しかしつれて行かれても私は教室にランドセルを置いたまま家に逃げ帰り、祖母や義母の眼をかすめて納戸に身をひそめ、長持と長持とのあいだに隠れて冒険小説を読みふけった。私には悪をおかしている意識があったが、そうかといって私はいわゆる「子供らしい」子供にはなれなかった。祖母は学校を怠けていると神様の罰があたるといったが、私の肉体には変化がなかった。クリスチャンと称する狂信的な家政婦が私のために祈ってくれたが、別に効き目はあらわれなかった。私は祖母の神様も家政婦の神様もともに軽蔑せざるを得なかった。

やがて親族会議が開かれ、学校に行かずに家庭教師をつけて教育する案が検討された。しかし国法の定める義務教育を受けさせせぬわけにはいかないといって、父はこの提案を一蹴した。私はそのころ父が怒って、「お前のような出来損いは丁稚奉公にでも行け」といったのをよく覚えている。だがいずれにせよ私は学校には行かなかった。多分母から知らぬ間に感染していた結核菌のために、私が肺門淋巴腺をおかされていることが発見されたからである。私はひそかに凱歌をあげた。

今考えると私は、当時の自分が肺門淋巴腺ばかりではなく、同時に精神をも病んでいたのではないかという気がしてならない。エリック・エリクソンの名著『幼年期と社会』にあげられている child schizophrenia の症例のうちに、私が体験したものとよく似た例があげられているからである。とにかく私はその頃、肉体の病気よりもっと深刻な精神の危機を体験していたことは否定できない。この危機の奥底に、母の死によってにわかに自分と世界とのあいだのきずなを切断され、混乱を来した幼児の絶望が潜んでいたのも、疑いのない事実と思われる。

死んだのが母ではなくて父だったとしたら私にはなにがおこっていたかわからない。まだ母が生きていた頃、おびただしく雪の降った朝があった。茶の間には炭火が赤々とおこされ、庭は一面に白いものにおおわれていて、そこには何の不吉な予兆もなかったが、私は朝食に集まった大人達の上に只ならぬ緊張の色があるのを感じとった。祖母は叛乱がおこって都心部では撃ち合いがおこり、大臣や高官が殺害されたといってしきりに父の身の上を案じていた。当時の内閣首班は海軍出身であり、内大臣も海軍出だったので、祖母は彼らを個人的に知っていたのである。

　父はそのとき勤め先の財閥系銀行に出かけようとしているところであった。若い一銀行員にすぎぬ父が叛軍に狙われるはずもなかったが、財閥銀行は敵視されていたので攻撃されればどんな事態が発生するかわからなかった。そのとき私は、これから出て行く父が、帰って来ないこともあり得るということをはじめて感じた。それならそれが「死」というものだろうか、と私は思った。父がいつもより早く無事に帰宅したとき、私は不思議な安堵を感じた。

　それからしばらく経ったある日、東大法科を出て歩兵三連隊で主計見習士官をしていた叔父が、革と汗の匂いのまじった陸軍軍人の職業的臭気を発散させて突然帰宅し、「安藤大尉」という人のことを昂奮した口調でしきりに話していた。それは叛軍の指導者の一人で、叔父がそれとは知らずに尊敬していた上官であり、銃殺刑に処せられたのである。父は黙っていたが、祖母は叔父の話を聴いて涙を流していた。多分私はこの話を母のひざの上で聴いたにちがいない。これが二・二六事件について思い出せることのすべてである。それは私に父の死の可能性をもたらし、大臣のような「偉い人」が殺され、また安藤大尉のような「正義」が処刑されることもあり得ることを教えた。つまり、父の代表している「秩序」というものは、ある雪の朝突然崩壊することもあり得るのであった。私が政治的正義を相対的なものとしか考えられないのは、このときの記憶があるためかも知れない。

日華事変のはじまった昭和十二年七月七日には、母はすでにこの世にいなかった。むし暑い夕暮で、勤めから帰って庭の薔薇に水をやっていた父が女中の持って来た夕刊をひろげて、「支那で戦争がはじまった」といった。私は父のひざの上に乗ってその新聞の印刷のインクの匂いを嗅いだ。しかしはじまった戦争と父の死の可能性は、そのとき私のなかで結びつかなかった。政府出資のものであったがやはり銀行に勤めていた叔父は、主計将校として以後敗戦までに二度召集されたが、父は事実一度も兵役に服することなく終った。

## II

私が最初に文学書に接したのは、学校から逃げ帰って来てもぐり込んだ納戸の中でである。実際この納戸は、母のいない現実の敵意から私を保護してくれる暗い胎内であり、私にもうひとつの魅惑的な現実、つまり過去と文学の世界を提供してくれる宝庫でもあった。そこには祖父の大礼服や勲章や短剣があり、祖母の若かった頃の着物や文庫や写真類があり、外国の絵葉書や母の筆跡で書かれた育児日記があり、要するにありとあらゆる失われた時が埃といっしょに堆積して生きていた。母の育児日記には、「今日淳夫、まわらぬ舌で『走れよ仔馬』を調子外れにうたう」などという記事があった。母が私が小学校に上ったらピアノを習わせるつもりでいたので、私の音楽的感受性の発育に関心があったのである。

そこにはまた、円本の全集ものが幾種類も無造作にほうりこんである戸棚があった。たまたまその扉を開いたときのおどろきを私は忘れない。そのなかから私はまず新潮社版の『世界文学全集』をとり出し、次々とジャケットの絵を眺めた。『アイヴァンホー』は美々しい中世の騎士の野試合の絵におおわれていた。『ナナ・夢』という巻は薔薇色の部屋着をまとった金髪の女がもの倦げに窓辺に倚っているのであった。そういうなかから、私が『モンテ・クリスト伯』二巻を選んでルビを頼りに読み出したのは、どんな偶然のためだったか記憶にない。覚えているのは、この本を私が中学生になるまでに幾度となく繰返して読んだことである。絵入りの『南総里見八犬伝』も開いてみたが、ダンテスとメルセデスの恋の物語の魅力には及ばなかった。

今から思えば、私は結局存在しないものに憧れていたのかも知れない。あるいはもっと端的にいえば、存在しない世界に行ってしまった母のあとについて行きたかったのかも知れない。それが死にたいという欲求のかたちをとらなかったのは、六歳半の私に「死」と「不在」の区別がはっきりつけにくかったからにすぎない。遊び友達は私が学校から逃げ帰るようになって以来、「ずる休み」という道徳的非難をあびせて私の「悪」を糾弾していた。この点では義務教育の励行されている日本中のどこへ行っても、私が「善」になる可能性は全くないのである。私は「悪」であり、「出来損い」であり、同時に肺病であった。私が安住できる場所は「不在」のなかに、つまり書物のなかにしかないはずであった。

その頃義母は私を鎌倉に転地させることを提案した。義理の祖父は勇退したミッション系の大学教授だったが、当時鎌倉の極楽寺に隠居所をいとなんでいたので、そこにあずけて健康の回復をはかるべきだというのである。この転地は成功して私は次第に健康をとり戻し、学校に通えるようになった。このことについて私はいまだに義母に感謝している。さらにまたこの転地の結果、義理の祖父の静かな充足した（と私の眼には見えた）日常に触れられるようになったことについても、私は義母に心から感謝している。

この祖父から私が得たものは少なくない。祖父は英語学を専攻したクリスチャンで、ハイカラな教養人だったにもかかわらず銭湯を好み、英翁と号して鎌倉彫に凝っていた。クリスチャンのくせに教会にはめったに足を向けず、釈宗演（しゃくそうえん）の書を集めていたのはあるいは漱石の影響だったかも知れない。後年私が『夏目漱石』を本にしたとき、祖父は愛蔵していた漱石の短尺をくれた。「初冬や竹伐る山の鉈の音」というのである。私は米国にまでこの短尺を持って行って、プリンストンのアパートの勉強部屋にかけておいた。かねがね「葬式は禅寺でやるかヤソで出すかわからない」といっていた祖父は、私の滞米中に八十いくつかで死んだ。葬式はやはり教会で行われたという。

私が谷崎潤一郎をはじめて発見したのは、この祖父の机の上でである。それは漢籍と洋書とウエブスターの古色蒼然たる辞書といっしょに無造作に置かれていたが、何の気なしに『刺青』や『秘密』を読んだ私は、強烈な刺激をうけて世の中にこんな面白いものがあるかと思った。この春陽堂版『明治大正文学全集』の『谷崎潤一郎集』が、私の読んだ最初の近代日本文学である。祖父が谷崎の官能的な世界にうつつをぬかしている私を別にとがめようとしなかったのは、なぜだかわからない。あるいは先代の松蔦が好きで、その女形ぶりが「ふるいつきたいほどいい」などといっていた祖父は、想像裡の官能の楽しみには元来寛容だったのかも知れない。

しかし祖父は知らぬ間に書物は選んで読むべきことを教えてくれた。「若いうちは人生だの苦悩だの、いろいろにいうけれどねえ、淳夫君」と、あるとき祖父がいったことがある。「年をとるとやはりスティーヴンスンがいいね。夜空は晴れ、星は輝き、海上は鏡のように滑らかだという、あの美文がなんともいえずにいいね」

こういう話をしているときの祖父は、それこそなんとも形容しがたい楽しそうな眼をした。私がまだ小学生であることを忘れたように、祖父はときどき私をこんなふうに話相手にした。

私が英語の手ほどきを受けたのもこの祖父からである。敗戦直後のことで、教科書には『キングズ・クラウン・リーダー』というのをつかった。戦争中に中等学校で英語が廃止されたとき、父が憤慨して英和と和英の辞書を数種類私のために買い込んできていたので、辞書はそろっていたがつかう必要がなかった。祖父のは英語を英語のままに理解させるオーラル・メソッドで、なにも横のものを一々縦にして覚える必要はないという主義だったからである。祖父はしかし教えるのが好きだから教えてくれたので、これからの世の中は英語だなどという功利主義は唱えなかった。近所の地主の息子が英会話が習いたいといって頼みに来たとき、祖父はめずらしく色をなして怒り、「あいさつの一つや二つ調子よくいえればいいという心がけの人間には、教える意味がない」と吐き捨てるようにいった。地主の息子は有名な軟派の不良だったが、ほうほうのていで逃げて帰った。

祖父と一緒に暮したのは、実際には一年足らずにすぎない。鎌倉が私の健康にいいことが明らかになったので、父も祖母を叔父の世話に委ねて当分鎌倉に住むことにしたからである。父が見つけた家はしかし祖父の隠居所のすぐそばにあり、そのおかげで私は祖父といつでも好きなときに逢うことができた。義理の祖父が私を可愛がってくれたのは、おそらく彼が私のなかに同じ種類の人間を発見していたからであろう。私は彼の青年時代についてはなにも知らないが、横浜で弁護士を開業して産を成したその兄とは対照的な非実際的人間で一族からは変物扱いされていたふしがあった。彼は粗暴を嫌ったが、エクセントリシティは許容していた。私が激情にとらえられると、祖父は、「淳夫君、紳士は自分を抑えられなければいけないよ」とおだやかにいった。しかしその口もとに嫌悪の色が浮んでいるのを私は見のがさず、自分を恥じた。

こんなことをいくら書いていても、自分がどうして批評家になったのかということへの答は出て来そうもない。旧制中学の最後の生徒になった私は、人並に漱石や志賀直哉を読み、芥川や初期の菊池寛を読んだ。山本有三や武者小路実篤などの人生派は読むに耐えず、それよりは依然として谷崎潤一郎のほうがよかった。人生派が反撥を感じさせたのは、その頃も潜在的には私が絶望していたからかも知れない。私は自分がなにかのために生きられるとは感じていなかった。私はまだ存在しない世界に憧れ、過去と文学の世界にひたっていたいと思っていた。この頃から音楽が関心の対象になったが、それは音楽が運動を伴う非在の世界の仮構だからである。運動と共同作業を伴うという意味で、音楽は読書よりずっと人生に似ている。しかしそれがつくり出す音の世界はなんの意味をも強要せずに、空中にたちまち消えて行く。つまりそのことにおいて音楽は人生を嘲笑し、幸福がこの純粋な非在の世界にしかないことを明らかにする。もし私が才能のない音楽家になっていたら、どういうことがおこっていたか私には見当がつかない。おそらく私はそのとき一途に音楽に溺れたであろう。

人生に積極的な意味を見出せなくても、享受すべき生活があるうちは私は享受者にとどまっていればよかった。読書も音楽もその頃の私にとっては享受すべき対象であって、創り出すものではなかった。官立高等学校の教授をしていた従姉の配偶者に勧められて、モーパッサンやシャルル・ルイ・フィリップを読んだり、春山行夫の『世界文学入門』でプルーストやカフカの名前を知って読みたいと思っていた中学三年の私は、まだそういう享受者にすぎなかった。しかし祖母の死とともに家の窮乏がはじまり、私には享受すべき生活がなくなった。人生に意味があろうがなかろうが、私はとにかく生きて行かなければならなかった。

この頃のことは『戦後と私』（「群像」昭和四十一年十月号）という文章に書いたから、重複の煩に耐えない。鎌倉から東京北端の場末に移った私は、ツルゲーニエフを最初に、トルストイ、ドストエフスキー、チェーホフの順でロシア文学を読みはじめ、シェークスピアとジェイン・オーステンを翻訳で読み、古本屋で小林秀雄以下の戦前の「文學界」系統の本を見つけて来て次々に読んだ。いわゆる戦後文学は、大岡昇平と福田恆存以外はあまり読まなかった。三島由紀夫は読んだら反感を持ちそうなので、わざと読まなかった。フランス文学はジイド、プルースト以下翻訳で読めるものは手あたり次第に読んだ。そのうち私はアテネ・フランセに通ってフランス語を習いはじめた。詩人では伊東静雄と中原中也、それに三好達治の三人が萩原朔太郎の衣鉢を継ぐものと思われた。私は漠然と文学で生きて行かなければならないように感じ、すでに音楽は諦めていたが、それが語学教師になることか、翻訳家になることか、好運な場合大学で「文学研究」をするチャンスを得ることか、見当がつかなかった。私にはもう「生活」も「現実」もなく、絶望をいこわせるべき納戸も過去の世界も焼けてなくなっていたから、ただ非在を懸命に生きるだけであった。私は卓上に置いた日めくりカレンダーに読んだ本の題をメモして行った。そのうちに私はサルトルを読み、方法的にいろいろとヒントを得たが、結局チェーホフほど怖ろしい作家はいないと思った。

そのうちに私にある転換がおこった。ひと言でいえば、私はある瞬間から死ぬことが汚いことだと突然感じるようになったのである。さりとて人生に意味があるとは依然として思えなかったので、私には逃げ場がなくなり、自分を一個の虚体と化すこと、つまり書くことよりほかなくなった。だがそのとき、死んだ山川方夫(まさお)が、私が口から出まかせにいった「夏目漱石論」のプランを積極的に支持してくれなかったら、臆病で傲慢な私はまだ批評を書かずにいたかも知れない。つまり私は偶然のいたずらで批評家を職業とするようになったのである。

それから十年以上たったが、もしこれまでの私の仕事に何かの意味があるとすれば、それは文芸批評に「他者」という概念を導入しようと努めたことだろうと思う。しかしどう努めたところで、自分がこういう過去を背負った人間だという事実から逃れることはできない。そのことだけはこの十年のあいだに少し眼に見えて来たような気がする。私はただ書き、自分が書いていることをいくらかは恥じ、書くことがなくなれば書くのをやめるであろう。しかし自分と世界とのあいだのあの違和感が存在しつづけるかぎり、そして自分にどんな逃げ場所もないことが明白なかぎり、私はやはり書きつづけるであろう。

（一九六六年十一月）

# 戦後と私

## I

　このあいだ久しぶりで父からもらった葉書に、二十数年ぶりでゴルフのコースに出たら少しもあたらなかった、と書いてあった。父は筆不精な人間で、私が米国にいたときも一年に一度手紙をくれればよいほうだったほどである。それがなにを思ったのか、時候の挨拶も抜きにしてゴルフをしたことを私に伝えたい心境になったらしく、ある感情のこもった便りをくれた。

　そのとき私は、父がまたクラブを握るような気持になっているのなら、つきあってもいいなというようなことをふと考えた。父のハンディが昔いくつだったかは、もう忘れた。しかし、二十数年ぶりで、ゴルフを再開した父は、自分でいうように少しもあたらないであろう。ゴルフという遊びをほとんどしたことがない私のほうは、もちろん全然あたらないに決っている。が、それにしてもそうして二人でコースをまわっているうちに、父は父なりに、私は私なりに、空振りしたクラブの先から抜け落ちて行くもののかたちを見るかも知れない。そんなゴルファーを許容するコースが今あるかな、と私は一瞬かなり真剣に考えた。

というのは、戦後というものを、私は現在こういうかたちでしか考えられないからである。敗戦以来、私はいわばいつまた父がゴルフをやりはじめるだろうかと心待ちにして来たようなものだ。それはあるときは意外に早く来そうに見え、あるときは永久に来そうもないように思われた。それは幾度か父にまたゴルフをやったらどうかと勧めてみたこともあったが、受けつけなかった。それは父が昔のような充足した気分に戻っていないという意志表示である。

父は大して出世もしなかった銀行員にすぎないが、私の今の年齢には親譲りの家に住んでゴルフをしたり、謡をうなったり、薔薇をつくったりしていて、夏になると私を避暑につれて行った。避暑地のホテルで父は私にベビーゴルフを教え、私が遊んでいるところをパテのシネカメラで撮ったりした。私は父の乗馬姿を見たことがないが、以前は馬にも乗ったらしく、戦災で焼けた大久保百人町の家には拍車のついた長靴があったのを覚えている。その当時父が充実した気分でいたのか、つまり幸福だったのかどうか私にはわからない。しかし自分にそういう遊びが似合うと思っていたことは確実であり、戦後そういう心境になれなかったので、つまり不幸に耐えねばならないと思いつづけていたので、一度もゴルフ場に足をふみいれなかったのである。

　そういう父が、この夏になって突然ゴルフをしたといってよこしたのは、しかし自分が漸く楽隠居の身分になったと思ったからではない。父はたしか六十五になるが、楽隠居というにはほど遠く、おそらく今後死ぬまで絶対に昔の生活が戻って来ないことに見きわめがついたので、ゴルフをやってもやらなくても同じことだと思うようになったにちがいない。そういうことは別段説明されなくても私にはよくわかる。不幸に耐えるという姿勢は希望の一変型にすぎない。希望がなくなったとき人は耐えさえしない。私はだから、父がなにかの拍子でまたゴルフをはじめたことを喜んでいいのか悲しんでいいのかわからない。確実なことは、多分父がもう他人のことなどあまりかまわぬような気持になっていて、一種空漠とした自由さでクラブを振りまわしたにちがいないということである。

　父が不幸であろうがなかろうが、どうでもいいということは私にはできない。というのは、私は国というものを父を通してしか考えることができないことに、近頃気がついたからである。父はかつて私にとっての最初の他人であり、また私と他人との、つまり社会というものとの通路であった。私は社会や、国家や、さらにその向うにひろがる世界についての最初の感覚を、おそらく父から得ているにちがいない。父は銀行に勤めていて戦争には行かなかったし、絶えずこの戦争には勝ち目がないという情報を披露しては私を不安がらせたり憤慨させたりしていたから、その半生が日本国家の消長と直結していたということはできない。しかし父の父、つまり私の祖父の生涯がある時期の日本の運命と直結していたと考えるのにはいくらかの理由がある。だが、大正二年に死んだこの祖父にも、私は父の記憶を通してしか肉感的なかたちで結びつくことはできないのである。

祖父は佐賀藩の貢進生として勝海舟が越中島（えっちゅうじま）に創設した海軍兵学寮に学び、首席で卒業して明治政府が英国直輸入の方法で養成した初期の海軍士官のひとりになった。明治三十五年、海軍大学校から派遣された委託学生として東京帝国大学法科大学に学んだときの論文の写しが父の手許に保存されている。当時祖父は中佐で、論文は和罫紙に毛筆細字で書かれ、海軍大学校長に提出されているが、その内容は西洋社会思想史、特に社会主義に関するものである。

因みに祖父は森鷗外より三歳年少である。鷗外が社会主義について書き出すのは明治四十三年の幸徳秋水の大逆事件以後だから、これは鷗外の研究の広さと深さには遠く及ばないとしても、少なくとも時期的には先んじているものとしなければならない。祖父がなぜこの問題に関心を持ったか、指導教授が誰でどういう径路で文献を入手したかについては私はまだ調べていない。しかし祖父はそこでユートピア社会主義、アナルコ・サンディカリスム、および共産主義の沿革を概説しつつその各々を批判し、国家の指導による漸進的な社会主義を将来帝国政府が採用すべき内治策として推している。

日露戦争のとき祖父は大佐で、山下源太郎と並んで少将相当官の大本営海軍部高級参謀であり、同時に高級副官を兼ねた。戦時大本営勤務令によると、海軍幕僚の職分は「海軍ノ作戦ニ関スル機密事務ニ服ス」ことであり、高級副官のそれは第一に人事、第二に新聞弘報活動である。このときのスタッフは軍令部長大将子爵伊東祐亨以下参謀大尉伊集院俊にいたるまでわずか十五人にすぎず、祖父の席次は軍令部次長についでその第三番目であった。明治天皇御大葬のときまでに祖父は中将に進んで軍務局長となり、勅任官総代として桃山御陵に供奉した。私は当時祖父が連日の過労のあまりある式典の会場で大礼服を着たまま貧血をおこしかけ、隣にいたベルギー公使夫人に介抱されたという話を祖母に聞かされたことがある。

大正二年一月、帝国議会開会中に政府専門委員として連日答弁に立つうちに祖父は肺炎に罹り、数週間ののちに急逝した。今日の数えかたではまだ四十七歳で、海軍最年少の提督のひとりであり、現役だったので海軍葬によって葬られた。私はプリンストンにいたとき、その頃の祖父の動静がゲスト東洋文庫に備えられていた博文館発行の雑誌「太陽」の日録に報じられているのを発見して、あるなつかしさを感じたことがある。鷗外と同じように祖父は袴をつけたまま病臥していたという。勅使や上長のお見舞に対する配慮である。現に死ぬ一週間前、特旨をもってお見舞に差遣された侍医頭青山胤通を四十度の高熱をおして衣服を正して迎え、それが直接の死因になった。だから祖母は終生決して青山博士を許さなかった。

祖母の感情は夫に先立たれた女の感情として理解できないものではない。しかしこの頃では、私はこれは多少青山博士に対して酷にすぎるのではないかと思うようになった。青山侍医頭は傲岸不遜をもって知られた人物だが、勅命で差遣されたのであり、いわば単なるつかい走りにすぎない。その背後に何者かの意向が働いていたとしても不思議はない。そしてその何者かが、佐賀藩出身の祖父が薩藩出の海軍大臣山本権兵衛に重用されるのを見て、快く思わなかった薩摩出身の競争者たちだったとしても、あまり不自然ではない。私は数年前に中村光夫氏からその可能性を指摘されるまで、このことに考えが及ばなかった。もしそうなら、中村氏の表現を借りれば祖父は文字通り「薩摩に殺された」ことになる。

英国風の軍装をつけて参謀肩章を吊り、勲章を佩用した祖父の遺影は、ちょっと夏目漱石に似ている。軍人というよりは学者のような顔である。私には嫉視されるほど昇進の早かった祖父が、海軍で果して幸福だったのかどうかわからない。またもし祖父が「薩摩に殺された」のだとしても、果して「殺される」に価したかどうかもわからない。いずれにせよ祖父の生涯は、たまたま文章を書いて暮すようになった孫のひとりが私情をもってするのでないかぎり、記録に価するものとは思われないからである。

しかしそれでもなお、日露戦争の戦争指導に参画してこれを勝利に導き、新思想の破壊力にいちはやく注目してそれを研究し、また勅任官を代表して明治天皇を葬送したという意味で、軍人、あるいは軍事官僚として終始した祖父の生涯が、明治日本の中枢と直結していたということは否定できない。つまりそれは戦前の日本の基礎を形成するのについやされた一生であり、父から逢ったことのない祖父の話を聞かされた私は、自分と国家の距離が近いことを感じないわけにはいかなかった。つまりこれは、丸山真男氏によって「距離のパトス」と呼ばれている感情であろう。

戦前の日本で、自分が国家と無関係だと感じた子供はいない。しかし私にとっては、それはある意味では祖父がつくったもののように感じられた。父にとっては、それは自分の父親とその友人たちがつくり、かつ守ったもののように感じられたにちがいない。言葉をかえていえば、父のなかにはおそらく国家のイメイジが自分の父親の記憶と結びついて生きていたにちがいなく、私のなかではそれは祖父の肖像写真と結びついて生きていた。そして私が立派な顔だなと思って仰ぎみていたこの祖父を、「お前のお祖父様(じいさま)」という言葉で身近な存在に感じさせてくれたのは祖母と父であった。私はどういうものか祖父が好きだった。つまり祖父の写真を私は嫌悪の念を抱いて眺めたことが一度もなかった。四歳半のとき母を亡くして以来、私は自分と周囲のあいだにいつもある癒しがたい違和感を感じ続けて来たが、すでに不在である祖父だけはその対象とならずに済んだからである。しかし敗戦と同時に混乱がやって来た。

## II

鎌倉の稲村ヶ崎にあった疎開先で敗戦の玉音放送を聴いたとき、自分がいったいなにを感じていたのか私にはいまだによくわからない。私は小学校六年だったが、戦争がつづいて相模湾に敵が上陸して来たらひとりだけ米兵を殺して死ぬつもりでいた。死ぬのはやはり怖かったので、私はおそらく死からの解放を感じていたにちがいない。さらにこの頃、早熟だった私は、戦局が不利になって周囲の秩序が弛み、大人の監視がなくなるのとあたかも歩調を合わせでもするように、最初の性の解放を感じてもいた。

夏がたけなわになり、陽光が強まるにつれて私はある切ない充実を身内に覚え、おびただしい自然が、自分に近づいて来るように感じた。やはり早熟な女生徒たちのふくらみかけた胸や色づきかけた耳朶を、私は美しいものと思って眺めた。待避訓練のときなどにそれに触れることがあると、私は歓喜を覚えた。私は音楽に没頭し、声変り直前のメッォ・ソプラノをはりあげて歌った。声はいくらでも溢れるように出た。

しかし敗戦によって私が得たものは、正確に自然が私にあたえたものだけにすぎない。私はやはり大きなものが自分から失われて行くのを感じていた。それはもちろん祖父たちがつくった国家であり、その力の象徴だった海軍である。私は第二次大戦中の海軍士官の腐敗と醜状を自分の眼で見る機会があったから、この海軍が祖父の時代の海軍と同じものではないらしいことに漠然と気がついてはいたが、それでも連合艦隊が消滅したことは心に空洞をあけた。

家もなくなっていた。大久保百人町の家は五月二十五日の空襲で焼けていた。父はなぜか荷物の疎開をためらっていたので、私を祖父や亡母につなげていた遺品や記録も、わずかな品物をのぞいて全部焼けた。それから数日後に父とふたりで庭の片隅に埋めておいたはずの陶器を掘り出しに行ったときのことを私は覚えている。壕舎に住んでいた留守番の一家がつかっている焼けのこりの水道管のそばには、変色した五月人形の鉄製の楠公(なんこう)の兜がころがっていた。庭木がすっかり失くなっていたので、二つの茶箱につめて埋めておいた陶器の一箱はついに見つからなかった。父と私は、美しく澄んだ空のひろがりをぼんやり眺めながら、焼跡で弁当をつかった。しかし家がなくなったことの意味がわかったのは敗戦後のことである。つまり私には帰るべき場所がなくなったのである。

だが、それでもなおその頃私が敗戦で喪失したものの大きさと重さを測り得ていたとはいえない。米軍は占領にやって来たが、やがて引揚げるものと考えられた。海軍は消滅したが、十年後には再建されているかも知れなかった。報復を考えるには疲れすぎていたし、戦争が拙劣かつ愚劣な解決手段であることは理解できたが、数年間ひっそりと我慢していれば日本人は自分の秩序をとり戻し得るかも知れなかった。食糧事情は悪く、それが原因で家族間に不快な感情が流れることがあり、私は後年進歩主義の同調者として知られた作家が公開してベストセラーになった敗戦前後の日記に、しばしばうまいものを喰って酒を飲んでいたととれる記事を発見して激怒した。それは闇屋の生活態度そっくりに見えたからである。

彼とその友人たちは戦争中腐敗した軍と交渉を持って食糧を得、戦後その軍を攻撃して食糧を得ていた。しかも彼らは「庶民」の味方であることになっていた。私の家は「庶民」ではなかったが、戦争によってなにも得ず、戦後すべてを失った。私に悲しみだけがあって正義がないとはどういうことかわからない。正義は永遠に私のものでなくてもよい。もし正義が闇屋になることを意味するならば。考えてみれば私は戦後二十一年間そういう意地で生きて来たような気がしないでもない。しかしまた私は、のちに遊蕩文学の名手として高名な老作家が戦災で蔵書を失い、放浪して戦争中も明石の鯛を喰っていた耽美派の巨匠の疎開先に落ちて行く日記を読んで感動した。老作家も私と同じように彼がそのなかで生きていた世界像の崩壊を体験したのである。しかも老作家も巨匠もうまいものを喰うことを思想として生きて来た人であり、その意味で彼らの生きかたは一貫していた。

しかしこれはいずれもずっとのちになって思ったことである。敗戦の翌年に私が入学した旧制中学では戦前からの上級生と下級生の秩序が保たれ、女学生との交際は許されず、見つかると地方新聞の文化欄に毎年「県歌壇の有望新人」として写真が出る坊主頭の国文の教師に油をしぼられた。対抗試合があるたびに「熱と意気」が強調され、選手が負けて来ると上級生は泣いた。蹴球部は新設の野球部にはあたえられていない特権を誇っていた。数年間我慢すれば日本はもとに戻れる、いや別になにも変ってはいないではないかとすら私は思うことができた。天皇の人間宣言は少しもショックではなかった。私は戦争中ですら天皇が人間であることを知っており、納戸の隅の抽斗から出て来た昔の宮中宴会の招待状が、「皇帝及ビ皇后両陛下ハ……」という文面ではじまることも知っていた。「皇帝」というならナポレオンもシーザーも「皇帝」である。そして彼らは神ではなかった。私は宣戦の詔勅が「大日本帝国皇帝」によって下布されなかったことをひそかに残念がりさえしていたからである。

こういう幻想を抱くことができたのは、あるいは私の家がまだあたえられる立場にいたからかも知れない。私が勉強部屋につかうことを許された鎌倉の家の別棟の離れには、戦時中の皇国青年からマルクス主義者に変った従兄たちが入れかわりにやって来て泊った。彼らは慶応の学生で、父の姉の配偶者である退役海軍将校の息子であり、伯父と衝突しては健康上の理由を名目にして祖母のいる鎌倉に逃げて来たのである。伯父はかつて祖父と交際のあった顔の長い宮様の孫にあたる不良青年の扶育係を買って出、この学習院の劣等生を自宅に預ったりしていたので、従兄たちはなおさらそういう伯父の時代錯誤的姿勢に反撥したのかも知れなかった。

この意志薄弱な劣等学生に敬語をつかっている伯父がこっけいに見えたのは、私がすでに戦前の秩序の崩壊を感じていたためか、宮様の孫でも馬鹿は馬鹿だからそれ相応にあつかわれるべきだと思ったためかわからない。しかし一方従兄たちが解説してくれるマルクス主義も、知的興味をあたえても私が漸く身内に覚えはじめていた漠然とした、しかしごまかしようのない喪失感を充たすには足りなかった。それに私は、年長の従兄たちよりも自分がどこか「文化」的に優越していると感じてもいた。父や祖母は彼らが下手なヴァイオリンを弾いていることは知っていても、離れで私にマルクス主義の講釈をしていることは知らなかったはずである。

二・一ストに中止命令が出たとき、私は藤沢にある学校まで級友と自転車の遠乗りが出来なくなったのを一番悲しんだ。「民主主義」その他の時代のスローガンは、別段私の日常生活を変えない以上身近なものではなかった。一番身近に感じられたのは音楽であり、やがて私は学校にいい加減な早退届を出しては日比谷公会堂まで日響の定期演奏会を聴きに通った。音楽だけが私の渇望を充たすように思われた。ローゼンシュトックの「幻想」は私を戦慄させ、席次が一度に百番ぐらい下ったのを私は意に介さなかった。なぜ音楽がそれほど親しく感じられたのかはよくわからない。しかし私は多分戦争中美しかったベートーヴェンが敗戦後もやはり美しいというところが気に入ったのであり、占領下の鎖国状態のなかでもこの世界では日本人と外国人が対等に交渉しているように見えるのが快かったのである。

さらにそこには思春期特有の感情もあった。私は小学校の同級生だったあるバッハ研究家の娘に頼んで、彼女が個人教授を受けているヴァイオリンの先生に弟子入りした。私は本当は作曲家になりたかったが、焼け出されにピアノはなかったので、ヴァイオリンで我慢することにしたのである。しかし彼女がいった月謝の額と先生が要求した月謝の額には相当の開きがあり、私はそのことをしばらくたってから知らされたので、侮辱されたように思って行かなくなった。

しかし現実に私はヴァイオリンなどにうつつをぬかしている身分ではなくなりつつあった。昭和二十三年の春に祖母が死に、夏には鎌倉の家が売られて東京の場末に建てられた銀行の社宅に移らなければならなくなった。戦後なにかを獲得し、「解放」を感じた人間が私の家族にいたとすれば、それは義母だったかも知れない。しかしクリスチャンで、ミッション系の大学教授の娘に育ち、異教徒の家に嫁して一男一女をあげたこの義母は、祖母の永い病臥中おそらくその信仰によって献身的に看護し、祖母の死によってようやく「解放」されたと思う間もなく今度は自分が肋膜になって動けなくなった。家はすでに新興成金に売られていたので、父は義母と弟妹をやはり鎌倉にあった義理の祖父の隠居所にあずけ、私をつれて東京北端の場末にできた壁にテックスをはりつけたバラック建の社宅に移り住んだ。焼けた大久保の地所は敗戦直後に都に収用され、トントンぶきの都営住宅が建ち並んでいるという話であった。

ひとつの階層から他の階層に転落するということは辛いことである。私は社宅に移ったとき東京に戻ったという気持がしなかった。それほどこの界隈は私が知っていた「東京」と違ったからである。私は東京の中学に転校していたが、夏休みだったので父と交替で自炊し、父を銀行に送り出すと留守番をした。ある日の夕方、ひとりの男があらわれて、「お父さんがお米を買ったのでお金をとりに来ました。品物は駅の前でわたしますから」といって金を請求した。私は金を渡し、駅に行ってみたが男の姿はなかった。あやしんで家に戻ると、父が以前ゴルフに出かけるときつかっていた皮のボストンバッグと衣類が盗まれていた。私は自分が間が抜けていてこっけいだと思ったが、このコソ泥に同情しているわけにもいかなかった。これが戦後と私との最初の実質的接触である。戦後とは、私にとってはなによりもまず場末のバラックの玄関に正面からさしこんでいる残暑の夕日と、それを黒く切りとったザンバラ髪のずんぐりした男の顔をしている。

被害は少なかったが、このとき私が奪われたものはいくらかの金と父のゴルフ鞄と衣類だけではない。私はいわば敗戦が自分の内ぶところに土足で踏みこみ、そこから誇りを奪って行ったのを感じた。私の喪失感は深く、悲しみが限りなく湧いて来たが、だからといってコソ泥と闇屋と彼らの背後の頽廃に負けているのはいやだった。社会は大きくまわっていて、その遠心力で中心の近くにいたものが端に弾きとばされ、端にいたものが中心にのし上ろうとしている。それが社会に内在する力によってなされているのか、外から加えられた力で動かされているのかはよくわからない。確実なことは私がそこでなにを頼りにすることもできないということである。そこで生きようとするなら、もはや何者の保護も同情も、理解も尊敬も期待できない。私はやはり祖父の写真を嫌悪の念を抱いて眺めることができず、彼が守った国家を自分たちが守れなかったことを自責する感情があったが（これは戦争中私が小学生にすぎなかったことを思うとひどく滑稽に感じられる。しかしいわばこれは階級的責任感とでもいうべきものである）、私はそれを深く隠そうと思った。そう思うと急に私は他人が一度に私に膚接して来るのを感じた。

父はこの頃から身なりにあまりかまわなくなった。戦争中もゲートルをつけず、国防色を軽蔑し、敗戦の日もパナマ帽に白麻の背広という姿で勤めさきから帰ってきた父が、開衿シャツというものを着るようになったのは見るに耐えなかった。父の衰弱と失意は私には国家の衰弱と失意の反映のように感じられた。父が自分のなかの祖父をどう処理していたのかは知らない。だが戦時中国債は買っても防空演習には決して出ず、警防団を嘲笑して竹槍訓練をすっぽかしつづけていた父が、それにもかかわらず誰よりも深く敗戦に打ちのめされたことは明らかである。

父は左翼でも右翼でもなく、無害なブルジョア趣味のある控え目な一銀行員にすぎなかった。戦争を好んではいなかったが教育を受けた人間として国家の進路を憂い、二・二六事件以後の政局の推移に満足していないことは私にもわかった。父は戦争中ファナティックになれなかった一国民として生きただけで、なにも利得を貪ったわけではない。彼が混乱した時代に生きにくい人間であることは否定できないが、こういう父が戦後なにものも得ず、すべてを失いつづけなければならぬことは不当と思われた。そして「思想」を売って生活している文学者や大学教授が、高級な言葉で「良心」を論じながら繁昌しているのは不思議であった。

物質的幸福がすべてとされる時代に次第に物質的に窮乏して行くのは厭なものである。戦後の日本を現実に支配している思想は「平和」でもなければ「民主主義」でもない。それは「物質的幸福の追求」である。この原則に照らして得をしたものが「戦後思想」を謳歌し、損をしたものがそれを嫌悪するのはあまりにも自然であろう。私はブルジョアではなくなったので、金がなければできないと思われた音楽を思い切った。場末の本屋で買った戦後の文芸雑誌は私の喪失感とは無縁な感情と難解な表現で充たされていたから、買って読むのは浪費と思われた。それよりも私は古本屋でみつけた伊東静雄という未知の詩人の『反響』という詩集に慰藉を見出した。今でも私は、詩も文学も結局音楽の代用にすぎないと思うことがある。それからものを書き出すまでにかなりの本を読んだが、詩と批評以外は主に英仏露の翻訳文学であった。

白井浩司訳でサルトルの『嘔吐』を読んだとき神経症気分の表現が哲学的厳密さの表現

につかわれているのを見て、ヒントをあたえられたように思った。音楽（ラグタイム）が救いになっているのも気に入った。マーチン・ターネルという人の英訳で読んだ『ボードレール』はスリルがあったが、『蝿』のシニシズムには耐えられなかった。しかし私が大学にはいる前にアテネ・フランセでフランス語を習いはじめたのは、サルトルが読みたかったからではなくてアポリネールのようなものが読みたかったからである。私はサルトルに少し下品なところがあると感じていた。

朝鮮戦争を境にして世間は落着いて来たが私の一家はますます窮乏した。義母は肋膜からそのままカリエスになり、結局七年間寝たきりになっていた。私は二度結核になって一年ずつ療養し二度目のときには死にかけた。父が不思議に入院を許さなかったので、三間のバラックの一部屋には義母が、次の部屋には私が寝ていた。そのうち父も肺炎に罹（かか）って重態になったが、死ななかった。

その頃のある晩、私がサルトルを読んでいると父がめずらしくそばに来て、なにを読んでいるかと訊いた。サルトルだと答えると、「商売人が売りものにしているような哲学に熱中するやつは馬鹿だ」といった。父は別段特に知的な人間ではなく、文学にも哲学にも関心がなかったから、虫の居所が悪くていいがかりをつけたにちがいないが、この言葉は妙に耳に残った。私は「熱中」しているつもりはなかったので、むっとして「こっちが商売人になればいいんでしょう」といった。すると父は「お前の書くものを読んでくれる人がいるものか」といった。元来父は文学者を少しも尊敬していなかった。ずっとのちになって、軽井沢の駅で正宗白鳥が父をおしのけて空席だらけの一等車に乗ったといって憤慨し、「あんなのが偉いのか」と私に訊いたことがある。「偉い」と答えると、「俺はああいう無作法な人間は嫌いだ」といった。

## Ⅲ

昭和三十九年の秋に二年ぶりで米国から帰って来たとき、私は戦後はじめて大久保百人町の家の跡に行ってみたいという気持になった。米国人は日本人が唱えている「平和」と「民主主義」を変型したナショナリズムの表現と考えているので、米国にいるかぎり「戦後」などというものは存在しなかった。ある意味では戦争は継続中だったからである。その戦争を私は日本では胸の奥深くに隠すことにしたあの国家のイメイジ、つまり祖父たちがつくりかつ守った国家のイメイジを支えにして戦った。それは孤独な戦争であったが、主張すべきものがあると感じ、その主張が敬意をもって真剣に聴かれることは快く、私は昔の海軍士官が敵を愛したように米国人を愛することができるとさえ思うことがあった。

米国の大学の研究室から遠くふりかえると日本はなつかしかった。現実の日本が私を支えている「国家」のイメイジに合致するとは思われなかったが、それはやはり私の「故郷」にちがいなかった。父は銀行を停年で辞め、石神井の奥に自分の家を建て、小さな会社にいくつか関係するようになってから、戦後日本の経済復興がもたらした物質的恩恵に幾分浴しはじめるようになっていた。彼の失意が癒されたとは思われなかったが、米国から見ると以前よりは幸福そうに見え、それは私には国家の衰弱が回復しはじめたしるしのように思われた。カリエスの治った義母が支持したので妹は欧州に留学し、弟は大学生になっていた。

帰国して私はおびただしい額の借金をし、分譲アパートを買ってやっと自分の家というものに落着いた。二年間留守にしたが、幸いまだ原稿を買ってくれる先はあった。十五、六年ぶりで「生活」というものが、つまり享受するに足る内容のある生活が、自分に戻って来つつあると私は感じていたのかも知れない。父が以前より幸福そうにしている以上、私もまた多少のんびりしてもよさそうであった。しかし「故郷」となると、それは石神井の父の家でもなければ市ヶ谷の私のアパートでもあり得ず、やはり大久保百人町でなければならない。米国で「故郷」を思った私がそこに戻りたいと考えたのは自然である。

しかし昭和四十年五月のある日、家の跡を探しに行った私は茫然とした。もともと大久保百人町は山手線の新大久保駅と中央線の大久保駅を中心とする地域である。新宿寄りの一、二丁目には商店が多く、大久保通りから戸山ヶ原寄りの三丁目は二流どころの住宅地であった。祖母は祖父の死後、青山高樹町（たかぎちょう）の屋敷をある法律家に譲り、旧東京の郊外でまだ江戸時代以来のつつじの名所のおもむきをとどめていたこのあたりに移り住んだのである。私の幼年時代には近所はおおむね学者の家と退役軍人の家で占められ、大久保駅よりにはドイツ人村があって大使館員が住んでいた。そこの子供で、いつもドイツ製の大きな自転車を軽々と乗りまわしていたカール君という金髪の男の子と私はときどき遊んだ。

　私が茫然としたのはその一切が影もかたちもなくなっていたからである。そのかわりに眼の前にあらわれたのは温泉マークの連れ込み宿と、色つきの下着を窓に干した女給アパートがぎっしり立ち並んだ猥雑な風景であった。私は眼のやり場に困った。番地の標示をたよりに漸く探しあてた家の跡にたどりつくと、私は新しい衝撃をうけた。敷地内に建ったという都営住宅は一軒をのこしてとり払われていた。更地（さらち）にしたところに三階建の家が新築中であり、板囲いのあいだから見るとそれは疑いもなく温泉マークの旅館になるものと思われた。母が死んだのはつつじの季節であった。しかしつつじはなくて植込みのあったあたりも建築現場になり、職人がふたりで痴戯をうつすべき鏡を壁にはめこんでいる姿が見えた。私は顔から血がひくのを感じて眼をそむけた。

　私の家は四つ角に面した角屋敷だったが、よく見るとこのあたりは道路まで少し昔と変っていた。兵隊ごっこをするたびに私を「殿下」に仕立てて「官軍」と称し、形勢不利になると私を置き去りにして逃げた山県有朋の孫の学習院生兄弟の家も消え失せていた。鹿（か）の子（こ）しぼりの風呂敷包みをかかえて長唄のお稽古に通っていた同級生の女の子の家の跡には、「バス・トイレ・テレビ付御休憩二時間××円」という看板のかかった洋風の温泉マークが建っていた。空襲で丸焼けになった場所だから、昔の家がないのに不思議はない。私がショックをうけたのは土地柄が一変し、ある品格をそなえていた住宅地が猥雑な盛り場の延長に変り果てていたからである。これが私にとっての「戦後」であった。

私はある残酷な昂奮を感じた。やはり私に戻るべき「故郷」などはなかった。しいて求めるとすれば、それはもう祖父母と母が埋められている青山墓地の墓所以外にない。生者の世界が切断されても死者の世界はつながっている。それが「歴史」かも知れない、と私は思った。しかしどう思おうと私のなかでなにかが完全に砕け散ったことに変りはない。私は悲しいのかも知れなかったが、涙は少しも出なかった。父も私も、やはり依然として失い続けていた。私がほかになにを得たとしても、自分にとってもっとも大切なもののイメイジが砕け散ったと思われる以上、「戦後」は喪失の時代としか思われなかった。

そう思うことが私情であることを私は否定しない。お前の祖父がつくり守ったという明治日本が民衆を圧迫したという声がおこることを私は否定しない。お前の父親が舶来のネクタイをして馬に乗っていたとき、特高警察に拷問されていた人間がいるという者のいることを私は否定しない。お前が戦後なにを失ったとしても、民衆は多くのものを得たと主張する者のあらわれることを私は否定しない。要するに、「ざまあみろ、いい気味だ。なにが国家だ」と叫ぶ声の少なくないことを私は少しも否定しない。

しかしそのすべてをうけいれてもなお、私のなかにある深い癒しがたい悲しみがあり、それはどんな正義や正当化によってもぬぐえないということを私は否定できない。それは私情であって正義でなくてもよい。しかしいったいこの世の中に私情以上に強烈な感情があるか。マルクスは果して階級的憎悪という「私情」こそが現実であり、正義であるといいはしなかったか。それが彼の独創であったからこそ彼の思想は人を動かしたのではなかったろうか。そしてこの「私情」が組織されて党の「正義」の下におかれたとき、人は「正義」のためになにかをなすという錯覚におちいって倒錯したのではないか。

そしていったい文学とはなんだろうか。それは私情を率直に語ることからはじまるのか、それともそれを偽って「正義」につくことだろうか。九十九人が「戦後」を謳歌しても、私にあの悲しみが深くそれがもっとも強烈な現実である以上私はそれを語る以外にない。人は「平和」を、「民主主義」をいくらでも語ればよい。もしそれが彼にとって信じ得る唯一の現実ならば。人はかつて圧迫された悲しみを、かつて拷問された屈辱を、「ざまあみろ、いい気味だ」ということを、戦争中の恐怖を、敗戦後の解放感をいくらでも語ればよい。ただ私は人がそうすることによって得たものを忘れずにいてほしいと思うだけだ。つまりこのように語ることは戦後の日本で「正義」とされ、「正義」を語るものは物質的幸福か道徳的満足によって報われているという簡明な事実を忘れてほしくないというだけだ。

私は昔がよかったから昔にかえれといっているのではない。むしろ昔にかえれるはずがないという喪失感を語っているのである。しかも私の悲しみは階層の没落からだけ生れていはしない。ただ私はそれをくだくだしく語る必要を認めないだけである。しかしいずれにせよ私は、戦後「正義」を語って来た人々のつくりあげた文化が、いまだにひとりの鷗外、ひとりの漱石を生み得る品位を得ていないということを直視するようにすすめたい。「平和」で「民主」的な「文化国家」に暮し、敗戦によってなにものも失わずにすべてを獲得したと信じ、その満足感がおびやかされることを「悪」の接近と考えている人たちに、戦時中ファナティシズムを嫌悪しながら一国民としての義務を果し、戦後物質的満足によっても道徳的称讃によっても報われず、すべてを失いつづけながら被害者だといってわめき立てもせず、一種形而上的な加害者の責任をとりながら悲しみによって人間的な義務を放棄しようとは決してせず、黙って他人の迷惑にならぬように生きている人間もいるということを知っていてもよいだろうというのである。

戦後二十一年間、そういう私情によって生きて来たことを私は今は隠そうとは思わない。この喪失感とこの悲しみにまさる強烈な思想を私は誰からも、なにによってももらわなかった。それが私の胸から湧いて来る熱い奔流であり、私をあらゆることにかかわらず生かして来たものである以上、私は私を変節者ないしは転向者あつかいにしようとするあらゆる「正義」に憫笑をもって報いるだけである。私に留置場にはいったことを「正義」のしるしとしている進歩的作家に対する軽蔑と反感がなければ、私は決してそれとは異なった論理によって警職法反対を行うはずがなかった。私に戦後の「正義」に対する不信がなければ、私は決して独自の論理で安保騒動に身を投じるはずはなかった。私は喪失感を主張しようとしても、「正義」を主張しはしなかった。あたり一面が「正義」にみたされているとき、人は「正義」の武器を逆用して戦うほかはない。それはあらゆるゲリラの鉄則ではないか。

しかし私は父の姿の背後に想い描くことのできるあの衰弱した国家のイメイジを、あの耐えつづけている国家のイメイジを一度も裏切りはしなかったし、今後も裏切らないであろう。そのことによって私は耐えるであろう。そしてさらに耐えつづけ、そのうちに耐えようとさえしなくなるであろう。私はだがこの私情が、あるいは私以外の人々にもわかち持たれているかも知れないと思うことがある。なぜ人々はオリンピックの開会式の入場行進を見て泣いたのだろうか。なぜ市ヶ谷八幡の盆踊りで「日の丸音頭」というのをやると、人々の眼に涙が浮ぶのだろうか。やはり人々のなかには、悲しみと喪失感が堆積しているのであろうか。

文学が「正義」を語り得ると錯覚したとき、作家は盲目になった。それがいわゆる「戦後文学」のおかした誤りである。作家は怖れずに私情を語り得なくなった。その上に世界の滅亡について語ることが家庭の崩壊について語ることより「本質的」だというこっけいな通念が根をはって、ジャーナリズムは「戦後派作家」を甘やかした。しかし「世界」とはいったいなんだろうか。それは作家の内にあるのか外にあるのか。またたとえば「家庭」とは一個の「世界」であり、そこで人は生き死にしないだろうか。

私は隣室で義母がカリエスで寝ており、父が肺炎で永くなさそうに思われたとき、安静時間のあいだに父が死んだら銀行からとれそうな金額を概算して、葬式の手順と義母と弟妹の生活を細かく計画したことがある。そのときもそのほかのときも、私が「世界」と「存在」の縁に触れていなかったはずはない。当時「戦後派作家」が、あるいは「正義」を語ったあらゆる作家がどこでなにをしていたか私は知らない。彼らに眼があれば、戦後の日本の社会でなにがおこっていたかはとうに見えていたはずである。二十歳にならない子供の眼に見えていた崩壊と頽落が、あるいは喪失と悲哀が、まったく見えていなかったとするなら、彼らはあらゆる深刻癖にもかかわらずよほど幸福な人々だったということになる。

私は父が元気なうちに、一度いっしょにゴルフがしたいと思っている。それが文学の妨げになるとしても、やはり私は父とゴルフがしたい。芝生の上で球を打ったぐらいで駄目になる文学なら、最初からないほうがましである。私は父とずいぶん喧嘩をした。しかし、ゴルフにはルールというものがあるから、いっしょにいても喧嘩をせずにすむであろう。できればそれは外国のコースのほうがいい。父は少しもあたらぬかも知れないが、それでもかまわない。もしあたれば、球が飛ぶときに父も私も、おのおのの渇望が弧をひいてのびるのを感じるであろう。しかし私がこのことを提案したら、父は「お前のようにいかがわしい職業の人間とゴルフをするのは真平だ」というかも知れない。

（一九六六年十月）

# 場所と私

## I

場所というものは、そして場所の名前というものはなんなのだろう、と私はときどき考えることがある。とりわけ私自身にとって、場所とはいったいなんだろう?

私はいま、軽井沢千ヶ滝の自分の小屋にいて、初秋の夜気を感じている。だがそれにしても、私はなぜここにいるのだろう? つまり私は、なぜほかならぬこの場所に小屋を建てる気持になったのだろう。

ほとんど偶然のことからこの場所を見つけたとき、私は金もないのに無性にそれが欲しくなった。この欲望には堅実なものはなにもない。そのとき私は、なによりもまず、口のまわりがすっかり白髪になってしまった老犬を、ここに連れてくることだけを漠然と考えていたように思われるからだ。

この場所に、雑木にまじって立っている赤松と落葉松の幹のあいだから、晴れた日には浅間がくっきりと浮きあがって見える。晴れていなくても、山は毎日のように姿を変える。

ここに犬と一緒に坐りこんで、あの山をぼんやり眺めたらいいだろうなどというようなことを、私はやや無責任に想像した。そのころの私は、自分の内面についても家族のことについても、自分の仕事についてさえもなにひとつまとまらずに、暗澹たる毎日を過していたものだ。わかっていたのは、早くしないと老いた犬が死んでしまう、ということだけだったといってもよい。そして実際、犬は私がはじめてこの場所を見に来た翌々日に、私の腕のなかで死んだ。私はその身体の暖もりが少しずつ冷たくなって行くのを掌に感じながら、声もなく涙を流した。

こうして犬は死んでしまったが、私は間もなくなにかに挑むような気持で借金をかき集め、このわずかばかりの土地を手に入れた。なにに挑むつもりだったかと訊かれれば、日本の〝戦後〟という奇怪な時代に、とでもいうほかはないような気がする。

もとより犬が死んだことと〝戦後〟とのあいだには、なんの因果関係もありはしない。しかし大学が封鎖され、学生の暴動がつづいていたあのころ、フランスに留学中の若い友人から時勢を憂うる手紙をもらった際に、私はこういう返事を出した。あんなくだらないことを気にかけるのはおよしなさい。なぜなら流行している議論はすべてインチキであり、騒然として見えるものはすべて仮象だからだ。それよりも私は、飼っていた犬が死んでしまったのが悲しくてならない。……するとまた手紙が来て、その友人は書いていた。あなたのような人にとっては、確かに学生の暴力騒ぎなどより犬の死のほうが大事件でしょう。あなその気持はわかるように思う。……

それはまあ、どうでもよい。ところで私は借金をしているという感覚が、どちらかといえば嫌いではない。私が嫌いなのは、立派なことをいおうとして左右をうかがいながら、チマチマとプラスを集めようとしている連中である。一年ほど前、古山高麗雄が最初の本を出したとき、古山がある新進批評家の姑息な書評に腹を立てて、自分の書くものは小さい、、、、、、、、、、な出世を積み重ねて来たような手合いにはわからぬようになっているのだ、という手紙を出したという話を聞いて、私は思わず快哉を叫んだ。こういうたぐいを、阿部昭ならエビ・カニのたぐいというのだろう。そういうエビのごとき、カニのごとき生きかたをするよりは、自分の所有が一切、一瞬のうちに暗闇に呑み込まれていくほどのマイナスを抱えて、その感触を楽しんでいるほうがよい。なぜなら日本の〝戦後〟とは、まさにそういう時代だからだ。国は敗亡し、一切の所有を奪われ（dispossessed）、そのかわりに奇怪な観念に憑かれた（possessed）連中が、浮き足立って右往左往しているような時代だからだ。

さて、そうして土地を手に入れると、今度はその上に小屋を建てたくなりはじめた。そのとき私は、老父を招いて、夏のあいだだけでも一緒に住みたいと考えていたのだ。およそもの心がついてこのかた、私はめったに老父と意見の合ったためしがない。三十分も一緒にいれば、たちまち口論がはじまって険悪な空気になり、周囲がハラハラするというようなことは、少しもめずらしいことではなかった。今から十四、五年前の「文學界」大座談会で、高見順氏が突然怒鳴り出したとき、私が平然としていたというので、「若いに似合わず太い奴だ」というような評判が立ったことがあったが、あの程度の「怒り」などは、実は私にとっては日常茶飯事に過ぎなかったのである。

正確にいえば、高見氏の「怒り」は怒りですらなかった。あれはおそらくハッタリであって、そのことを私は最初から直観していた。老父の怒りをことに〝戦後〟は毎日のように味わって来た私である。どうして「怒り」そっくりのハッタリなどに、いまさらあたふたすることがあろう？

だがその老父は、いまやあまりに老いすぎて、怒るよりも悲しむことが多くなった。怒りを私に浴びせなくなった老父に、口答えすることもない。私たちは和解したのか、それとも疲れたのか？　私に明らかなことは、老父が一生他人のために働いて来た実直な勤め人で、志を得なかったと感じており、おそらくそういう自分を赦せないという呵責に、いつも胸を嚙まれつづけている、というようなことである。それなら私は、疲れた失意の老父を庇い、その傷口が外気に触れて痛むことがないようにし、せめてその老年を彼自身のものに還さなければならない。彼は老い、病んでいるが、軽井沢のこの場所に来て私と一緒に浅間山を眺めることぐらいはできるであろう。もう老父とともにゴルフをするのは、夢物語になったとしても。

そういうわけで、私はさらに借金をし、この場所に小屋を建てた。しかし小屋が建ちあがった昨年の夏、老父はついにやって来ることができなかった。わずか数時間の列車の旅に耐えぬほど、弱ってしまったからである。

「多分来年は行けるだろう」と、彼は自信のなさそうな声でいった。まだ七十歳の古希には一年足りないというのに、彼は見るかげもなく老いさらばえていた。そしてその姿かたちは、怖いほど祖母に似ていた。しかし七十七歳で死んだ祖母は、死の直前でも老父ほど衰えてはいなかった。

「それでは今年はあきらめましょう。来年は大丈夫でしょう」と私はいった。だが、果せるかな、彼は今年も来られなかった。いや今年はさらに老耄して、いっそう気力もおとろえ、ほとんど足腰が立たなくなった。この十二月三十一日で、彼はこれまでに関係していたいくつかの会社の役職を辞し、全く所属のない人間になるのである。その淋しさが、老いた父の心をなおいっそう萎縮させているように見えた。

どこにも社会的に所属しなくなった、俗に「隠居」と呼ばれる老人たちが、朝夕私の小屋のまわりを散歩しているのに行きあうことがある。彼らは大抵浴衣がけで、ステッキをついているのもいないのもあり、私に行きあうとやや不機嫌なまなざしで一瞥し、足腰のしっかりしているのを誇示するような足どりで歩み去って行く。老父がその一人であっても不思議はないのに、なぜ彼にはこういう晩年がないのだろう？　彼の場所とは、そして彼が心の底に秘めている場所の名前というのは、いったいどこなのだろう？

# II

老父が生れた場所は、たしか麴町だったはずである。それから彼は、海軍の軍人だった祖父にしたがって、三田綱町に住んだり、旅順に住んだり、佐世保に住んだりした。祖父が死んだときには青山高樹町にいて、長男だったために小学校の五年か六年かで喪主として葬列の先頭に立たされたと聞いている。この高樹町の屋敷を他人手に渡してからは、一時保土ヶ谷に住んだのち、大久保百人町の躑躅（つつじ）の多い家で暮した。それが私の生れた家であり、この家が戦災で焼亡してから父と私の〝戦後〟がはじまったことについては、すでに五年前に書いたことがある。

それにしても、あの鎌倉の稲村ヶ崎の家のことを、老父はいったいどう思っているのだろう。稲村ヶ崎には、戦争のはじまる少し前から私が転地させられ、そのままずるずるべったりと疎開したようなかたちになって、昭和二十三年の夏に家が新興成金に売られるまでいた。その屈辱の思い出がまだ彼の記憶をさいなんでいるのか。それとも鎌倉にいても大久保の家に属していると感じていたので、この家が焼けた瞬間から dispossessed な状態になり、自分の人生というものを投げてしまったのか。

実際老父は、稲村ヶ崎から東京へ引揚げて来てからというもの、不思議なほど自分の人生を生きようとしているようには見えなかった。なぜ自分のためにはなにもしないのかとたずねると、きまって激怒して肺腑をえぐるような言葉を私に投げつけた。しかし、そうして晩酌の盃を前に置き、着物の襟元をはだけ、こめかみを震わせて怒っている父が、なによりもまず自分に対して腹を立てているように見えるのが、私にはなぜか辛くてならなかった。

だが、今から考えてみれば、老父は自分のためになにかをしたくても、なにもできない状態に置かれていたともいえる。大久保百人町の家が焼ける前後から祖母が病み、病みつづけて鎌倉の家が売られた年の春に死んだ。老衰とされたが、実は老人性の結核であった。東京に引揚げて来る直前に、今度は義母が肋膜に罹り、そのままカリエスになって病臥しつづけた。私がはじめて軽井沢の千ヶ滝にやって来たのは、ちょうどそういう重苦しい時期のある夏であった。

それはたしか昭和二十五年、朝鮮戦争のはじまった年の夏休みで、私たちは北区十条仲原三丁目一番地にあった帝国銀行社宅、通称「帝銀社宅」に住んでいた。千ヶ滝にやって来たのは、学制改革で日比谷高校と名称の変った旧制都立一中の同級生の別荘で、グループが合宿することになったためである。その別荘は小ぢんまりした丸木小屋風の家で、やはり敗戦の影響でか荒廃の気配があり、畳などもかなり傷んでいたが、それでも壁がちゃんと塗ってあるのがなつかしかった。私が住んでいた「帝銀社宅」は文字通りの急造バラックで、壁にはテックスというものが釘で打ちつけてあるだけだったからである。

この千ヶ滝のO別荘に集まったグループは、六、七人だったろうか。私は、義母が寝たきりの十二坪のバラックを、数日のあいだでも抜け出すことのできる解放感にひたってはいたが、友人と起居をともにしているうちに、やがて自分がいかに人並みでないかという違和感が身に沁みて、妙に沈んだ気分にならざるを得なかった。

日比谷に転校する前に通っていた、神奈川県の旧制湘南中学の同級生と一緒にいるときには、こういう違和感を感じることがなかったから、これは単に転校生特有の感情だったかも知れない。しかし、仲間のなかですでに母が亡く、義母が病臥したきりというのは私一人であった。したがって炊事や掃除に一番馴れているのは私で、そのために自分が軽侮の視線を浴びていることを私はしばしば感じた。

また仲間のうちには、テックス張りでない壁になつかしさを感じているような者もなさそうであった。旧軽井沢の豪壮な別荘に来ていた有名な外交官の孫に当る同級生が、鯨肉の大和煮の罐詰を差入れに来てくれたとき、私はそれがうまくてたまらず、そうであることが情無くもあった。しかし、そのなににもまして違和感の源泉にひそんでいたのは、仲間が父親を反抗すべき対象と考えていたのに対して、私はどこかで父を庇わねばならぬと感じていたという喰い違いだったような気がする。

だが、どうして私は、そのとき父を庇わなければならぬと思っていたのだろうか？　その実、私は、家に戻ればおそらくだれよりも激しく父と争っていた。にもかかわらず、争っている最中でさえも、私が父を庇わねばならぬと感じていたのはなぜだったか。

仲間のうちには、父親のいない者もいた。しかし、その一人は通信社の海外特派員だった亡父に誇りを持っていたし、他の一人は生活力の豊かな母親にめぐまれているように見えた。なぜ私だけが、部屋は片附けなければならず、炊事は手際よくしなければならず、牛肉ではなく鯨肉の大和煮がうまかったことに傷つかねばならず、それにもかかわらず父はなんとかして庇わなければならぬと考えていたのか？

それは、父の不幸があまりに歴然としていたからかも知れない。国が敗北しても、個人としては敗れずに済んだ人々はいた。しかし軍籍についたこともない一介の勤め人にすぎぬ父は、なぜか国と同様に、いや国以上に打ちのめされていた。時勢について私がなにをいっても、父は「敗けたのだから仕方がない」といった。そういうことでは、私たちは争わなかった。私たちが争ったのは、いつももっと卑小なことについてだった。そして争いながら、人はつねに卑小なことについてのみ争わねばならぬ、という厭うべき真実を私は思い知らされた。

そういうことが、最初に少しずつ見え出したのは、この千ヶ滝の合宿のときだったように思われる。そして、かならずしもそのためということだけではなしに、私はこの千ヶ滝という場所が好きになりはじめていた。堀辰雄の小説に出て来る旧軽井沢は、米軍軍人の家族に占領されていたし、湿気が多くて私の身体に合わなかった。それに旧軽井沢は浅間に遠すぎた。山がよく見えて、人の気配が林の中に呑みこまれてしまい、しかも避暑地特有のリアリティの稀薄さと、それゆえの気軽さと一種の悲哀がただよっているこの場所は、私の気に入った。いつかだれも人のいないときにこの場所に来たい、と私はひそかに考えた。

しかし、本当は、この場所に惹きつけられたのは、海抜千メートルの信州の高原の温度と湿度の平均が、私の体温に快く感じられるという、単純な生理的な理由のためかも知れなかった。翌年の春の身体検査で、私もまた結核に罹っていることを発見され、以後一年間休学しなければならなかったからである。

二度目に千ヶ滝にやって来たのは、翌々年の五月であった。もとの同級生たちはすでに日比谷を卒業していて、大学にはいるか浪人しているかしており、私は決定的に置いて行かれたと感じていた。五月に修学旅行があると発表されたとき、私は旅行をサボって一人で軽井沢に行こうと思い立ち、浪人中の友人を訪ねてその母堂の許可を得、二年前に合宿をした別荘を一週間ほど使わせてもらうことにした。

そこで私は、躑躅にはまだ少し早い人の気のない林の中の道を散歩し、一人で温泉にはいりに行き、山羊を飼っている家を見つけて乳をわけてもらい、自炊しながら幼稚な物語を書いた。ある朝大きな痰のかたまりが出て、そのあとに清冽な空気が流れ込み、にわかに肺が綺麗になったような気分になった。だが、一週間ののちに家に戻ると、それまで小康を得て起きられるようになっていた義母が、また病臥していた。義母は以後四年間、まったく病床をはなれられなかった。

　私が昨年小屋を建てた場所は、友人の別荘のあった場所のすぐそばではないが、そこからさして遠くない場所である。考えてみれば、二十年前に私は散歩の途中この場所を通っていたのだ。そのころは道路は舗装されていず、自動車は少なく、新しく造成された別荘分譲地もなかった。だがそれでも場所の匂いとたたずまいは、二十年前とさして変ってはいない。なぜなら、それこそおよそ場所というものの特質だからだ。

　眼を細め、私の小屋に通じる雑木林のなかの道を眺めると、それは二十年前の舗装していない道になり、その向うから十七、八歳の青白くて栄養の悪い少年が歩いて来る。彼は結核の病み上りで、健康に自信がなく、家族という重い行きがかりを両の肩の上に感じていて、それを嫌わしく思い、しばしば死を夢想している。彼が死なずにいるのは、その父親の悲しみを想像すると実行不可能になるからである。彼は絶望しているが、絶望していることを他人に、ことさら父親に悟らせないためにのみ生きている。

　その小柄な少年が、今は私の小屋が三角形に空間を切りとっている雑木林の一隅にある赤松の前に立ち止り、それを見上げている。少年の眼は、この野生の赤松を見上げながら、実はすでにどこにも存在していないもう一つの赤松を見つめている。

それは焼けてしまった彼の東京の家の庭にあった赤松である。その幻の赤松の幹によりかかって、まだ小学校にもあがっていないさらに十数年前の彼は、父親に肩を抱かれカメラを向けている母親に向って微笑んで見せている。

その幼児はもちろんこれからどんな人生を生きようとしているかを知らず、その少年も彼が絶望を抱えながら今後どうして生きて行くのかを知らない。彼らはいうまでもなく三十数年前の私であり、また二十年前の私である。そして現在の私もまた、自分の前にどのような道が通じているかを、まったく知らずにいる。……

してみると私がこの場所に惹かれたのは、結局はここに何本かの枝ぶりのいい赤松があったためだったのかも知れない。私はここに老いた犬を連れて来たかったが、犬は死んでしまい、老いた父を招こうと考えたが、父は歩行不能になった。犬はたとえば二十年前の栄養不良の少年が必要としていた伴侶であり、おそらく父とともに私はこの赤松の幹を撫でたかったのである。だがそれなら、連れて来たかった犬もいず、招こうとした父もあらわれない私の小屋とは、いったいなんだろうか？

それはおそらく、どこにもない場所に私がつくりあげた隠れ家である。二十年前、私はどこにもない場所にたどりつこうとしてこのあたりをさまよっていた。今では私は、すでに若くさえなく、頭髪は減りはじめ、白髪も目立つようになりはじめているが、やはり言葉と名前でつくりあげられた、どこにもない世界をさまよっていることに変りはない。なぜなら私はいつも不在の世界に所属したいと希っていたし、言葉はもともと非在の世界に属しているから。そして私の小屋は、そういう私の精神の傾きが、現実の世界に投射されたところに生れた、ひとつのささやかな象徴にすぎないのである。

## III

だが、やはりそれだけでは済まないのかも知れない。どこにもない世界に所属したいという願望は、どこかに否応なく所属させられている人間の心にしか生れないものかも知れないからである。「厭離穢土、欣求浄土」というのは、あれはなんだったろう。徳川家康の旗指物に記されていた言葉だったろうか？

もし赤松が無意識のうちに私の記憶を揺さぶっていたのなら、私はこの小屋で初秋の冷気を肌に感じている現在でさえも、依然として大久保百人町のあの躑躅の多い家に属していることになる。そういえば私は、この小屋のまわりに、ぐるりと高原躑躅を植えさせたのだった。しかしまた、ひるがえってそもそも軽井沢の千ヶ滝という場所を知ったきっかけを思い出してみれば、どうしても私は、あの北区十条仲原三丁目一番地のテックス張りの「帝銀社宅」で暮していた自分を認めないわけにはいかなくなる。千ヶ滝にいるということは、私にとっては、いわば「帝銀社宅」に属していることの裏側の表現だともいえるからだ。

　昨年、勝木康介氏の『出発の周辺』をはじめて読んだとき、私はある名状しがたいなつかしさと胸のときめきを感じて、われながらおどろいたことがあった。そこに描かれている東京北部の場末の情景は、どう考えても「帝銀社宅」周辺の情景としか考えられなかったからである。間もなく勝木氏に逢う機会があったときにたずねてみると、やはりあれは十条だという。

「十条のどこですか。ぼくは十条仲原三ノ一の帝銀社宅、のちの三井銀行社宅に七年間住んでいたんですけれども」

　と重ねて訊いてみたところ、氏は、

「私のところは十条仲原三ノ三です。三ノ三の同潤会アパートでした」

　といった。

　それなら勝木氏は、私とほとんど眼と鼻のところに住んでいたのだ。ことによれば、大黒湯という私の家のすぐ奥にあった銭湯に、勝木氏と私が同時にはいっていた、ということさえあったかも知れない。勝木氏はまた、「帝銀社宅」の建った場所には、戦前は軟式のテニス・コートがあったのだと教えてくれた。そういえばその話も、ずっと以前に聞いたことがあったような気がする。

　それにしても、勝木氏の小説を読んで、「帝銀社宅」がなつかしくなったとはまったく意外であった。あの七年間は、私にとってもっとも辛く、耐えがたい時期だったからである。私はそこで二度病臥し、病臥しながら奇妙に外界に露出されていると感じていた。義母は肋膜の患者としてこの社宅におくれてはいり、いったん小康を得たが、今度はカリエスになってまた寝たきりになった。私はここから高校に通い、大学に通い、義母のかわりに妹の小学校のPTAに出た。私が批評を書き出したのもこの「帝銀社宅」の四畳半の病床のなかでであり、どこにもない場所に行きたいと渇望したのも同じ病床のなかでであった。

勝木氏の住んでいた同潤会アパートは、この社宅の筋向いからはじまっていた。二階建てのデュプレックス、つまり二軒長屋で、焼けていないために古びてはいたが、壁もちゃんと本格的に塗ってあり、よく育った青桐が目隠しになっていた。

このアパート群にくらべれば、戦後すぐに建った急造バラックの「帝銀社宅」は、植木すら一本もなく、もともと緑の少ない十条界隈でもことに露出されていた。私の住んでいた家は角にあり、同潤会アパートを南に、それと直角に交叉する大黒湯に通じる道を西にひかえ、西側の窓の外には目隠しさえなくてただ背の低い四ツ目垣があるにすぎなかった。

西陽を避けるために吊るしたすだれごしに戸外を眺めていると、大黒湯に通う娘たちが長い髪を派手なネッカチーフでくるみ、金だらいをかかえ、たくましい足を踏みしめて前を通りすぎて行くのが見えた。彼女たちはおそらく新制中学を出るか出ないかという年頃で、ほとんど幼いといってもよかったが、ひどく官能的で、鎌倉で私が知っていたどんな娘たちにも似ていなかった。湯上りには、この娘たちはほとんど女になっていた。赤く湯に染まった踵のまるみと汚れたサンダルや紅緒の下駄とのアンバランスが、この娘たちの女を誇示しているように見えた。

この娘たちが化粧をしはじめるころになると、容姿にめぐまれた者たちはデパートの女店員に、それも白木屋の女店員になる者が多いといわれた。こういうことはすべて、家事の手伝いに来てくれるKさんという近所の小母さんと、病床の義母との会話をはたで聴いているうちに知ったのである。私にはこの界隈に友人というものがまったくなかった。都心の学校に通う者は、私の知るかぎりほかに一人もいなかったからである。私はまた、義母がカリエスで寝ている家に同級生を連れて来ることもできなかった。結局、事情を知っている湘南中学時代の旧友のグループが、かわりあって訪ねて来てくれるほかには、私にはつつみ隠しなく話せる友人がいなかった。

十条の「帝銀社宅」での七年間が、「穢土」と感じられるのは、こういう不如意なことが枚挙にいとまがないほど重なっていたからだと思われる。それが私にとっての戦後であって、この戦後にはどんな〝戦後〟思想も浸透して来はしなかった。私はほとんどあらゆるものを奪われて（dispossessed）いたが、私を憑かれた（possessed）状態にする観念や思想は、ついに一度もここまではうがち入って来なかった。銀行は、マルクス主義の初級教科書によれば、金融資本の牙城だということになっている。しかし、その牙城に奉仕する銀行員はテックス張りのバラックに住み、健康な労働者の家族以下の生活を余儀なくさせられているのである。この事実のアイロニイをくつがえすべき、どんな観念も私の前にはあらわれなかった。

それなら私は〝戦後〟ではなくて、北区十条仲原三ノ一の「帝銀社宅」で、いわばほんものの戦後を体験して来たことになる。その場所がなつかしく感じられるのは、多分この戦後がようやく私のなかで、大久保百人町ですごした幼年時代と同じほどの重味を持ちはじめたからであろう。もし記憶が存在の持続と統一を保証する唯一の心理作用であるなら、私の存在をかたちづくるかずかずの場所の記憶――風景とそれに刻印された場所の名前――のうちで、十条は回避することのできない比重を占めはじめているにちがいない。私は七年間この場所に露出されていた。この場所が私になにかを注ぎこまなかったはずはないからである。

だが、そういう合理的推論だけで、このいまだに「帝銀社宅」に属しているという感覚が説明できるとも思われない。それはひょっとすると、私が父の子だということにすぎないかも知れない。父はいまでは東京の西郊に住み、前述の通り社会的な所属を失いかけている老耄した病人にすぎないが、父の心のなかでいまだに戦後が消滅せず、多分一生消滅しないであろうことを、私はだれよりもよく知っているからだ。

私はどこにもない世界に小屋を建てたが、父はおそらく生きているうちにここには来られないであろう。いや、正確にいえば来ないであろう。なぜなら戦後は依然として私の一家の現実であり、いくらあがいて嫌悪しても私はこの「穢土」を離れることができない。そのことを思い知らせるためにも、父は決してふたたびゴルフのクラブを握ることもなく、私の小屋に来ることもないであろう。そしてまた、私は私で、他人のではなく自分の人生を生きようとあがきながら他人の人生を生きつづけ、あの「穢土」を厭離しようとあえぎ、あえぎながらもなお「浄土」を求めつづけるであろう。

（一九七一年十月）

# 文反古と分別ざかり

## I

昨年の五月半ばに、老父を亡くした。葬儀は滞りなく済ませたものの、まだ埋葬を済ませていないのが、最近まで気にかかってならなかった。

青山墓地にある墓所は、すでに過密状態で新しい墓を建てる余地がない。生前父から、その死を機会に墓を一つにまとめて改葬するように申し渡されていたので、早速にもその手筈を整えなければならなかったのだが、不覚にも五十日祭の直前に急性盲腸炎になって入院し、少からず気勢をそがれた。

手術が失敗して、再手術を余儀なくされたために、身体が元に戻るまでには夏一杯かかった。秋になると早々に海外に出張する用事があり、どんな墓をつくるかについて具体的に考えはじめたときには、もう木枯が吹きはじめていた。

その墓が、ようやく建ち上る見通しがついたのが、つい数日前のことである。これで亡父の一年祭には、一族の死者たちの骨と合せて父の骨を納めることができると思うと、はじめて心が和んだ。

葬式を出すということは、長篇小説を一つ書き上げるのと同じくらいの大仕事だと、私は昨年通夜から密葬、本葬とつづいた葬儀のあいだ中思いつづけていたものである。しかし、埋葬が済むまではまだ葬儀は完了したとはいえない。この一年、いわば昼夜を分たずに葬式をしつづけていたようなものだと、そのとき私はわが身を顧みてそう思った。

久しぶりで書庫を整理する気持になったのも、新しい墓が出来上ることが確実になり、これで一区切りという心の弾みを感じていたからにちがいない。本を片付けながら、書庫の隅で埃をかぶっていたボール箱の存在に気づき、はて、なにを入れてあったかなと、なんの気なしに蓋を開けてみると、そこには古い手紙がぎっしり詰っていた。

古いとはいっても、私が世帯を持ってからの文反古だから、たかだか二十数年、昭和三十年代のはじめ以来のものである。そのなかには、滅多に手紙をくれなかった父からの手紙も数通交っていたが、三島由紀夫、武田泰淳氏らの、すでに鬼籍に入った作家たちからの手紙もあった。

いつの間にか、私は、それらの文殻を読みふけっていた。読むほどに、さまざまな記憶が入り乱れて、私の心は時空を超えてあわただしく駈けめぐりはじめた。たとえば、三島氏からの手紙の一通は、昭和三十七年二月二十七日の日付のあるもので、『鏡子の家』について書いた私の批評に触れたものである。

《前略

実は本日集英社版文学全集の御解説を拝読、どうしても一言御礼を申し述べたくなり、お便り差上げる次第。

あの作品（『鏡子の家』）が刊行されたときの不評ほどガッカリしたことはなく、又、周囲の友人が誰も読んでくれず、沈黙を守つてゐたことほど、情なく思つたことはありませんが、それも今だからこそ告白できることで、女々しい愚痴は言はないつもりでゐましたが、あの時以来、大げさに言へば、日本の文壇で仕事をすることについて、それまで抱いてゐた多少の理想を放擲する気になつた位でした。以後小生が戦線を後退させ、文壇に屈服する姿勢に出たことは、おそらく貴兄も御賢察の通りです。

此度の御解説を拝読して、しかし、小生には勇気が蘇つた感があり、真の知己の言はかくの如きかと銘肝いたしました。もちろん以前「群像」に書いて下さつた「鏡子の家論」の時も、感銘甚だ深いものがありましたが、今度の御解説の冒頭の部分に、特に心を搏たれた気持はわかつていただけると思ひます。

どうも小説家が批評家に御礼を申上げる図は、へんに漫画的に卑屈な感じで、口ごもるのですが、これだけは、あらゆる政治を除外した真情としてきいて下さるやうお願ひいたします、冗いやうですが、本当に御文章のおかげで、小生は勇気を得ました。

厚く御礼申上げます。

》

匆々

三島由紀夫

二月廿七日

江藤　淳様

この手紙を書いてから、八年余りしか三島氏は生きていなかった。そう思いながら整った筆蹟を眺めているうちに、私は三島氏と最後に食事をともにしたときのことを思い出していた。それは昭和四十四年一月下旬のことで、ある外国の出版社に招かれて築地の吉兆へ行ってみると、やがて相客の三島氏が姿をあらわしたのであった。

『わが友ヒットラー』を紀伊國屋ホールのマチネエで観たのは、その数日後のことである。食事が終って別れの挨拶を交したときの三島氏のうしろ姿の印象と、舞台の印象がともに強烈だったので、私はその年の三月号の「学鐙」に、『ヒットラーのうしろ姿』という短いエッセイを書いた。

このエッセイは、『歴史のうしろ姿』（日本書籍刊）という随想集に収めてある。あのとき私は、いったい何を書いたのだったろうか？　三島氏の手紙をその場に置いて自著を取りに立ち、ページを開いて十年前に書いた文章を読み返しているうちに、私はわれにもなく愕然とした。

《……私が感動したのは、レーム粛清事件に対する解釈の深さに対してというより、この枠組みに託された作者自身の訣別の感情の深さに対してである。（中略）まさしくひとつの時代が終ろうとしているのである。作者にとっては、青春の同義語だった〝戦後〟という時代とその〝夢〟が。『鏡子の家』を読んだとき私はこれに似た感慨を覚えたが、『わが友ヒットラー』の場合にはそれがはるかに深刻に感じられた。作者は白鳥の歌をうたっているか、再生しかけているかのいずれかにちがいない。いずれにしてもその渾身の力を傾注して。私は三島さんのあのうしろ姿をもう一度想いうかべ、それをヒットラーのうしろ姿に重ねた》（傍点引用者）

つまり私は、そのとき、それから二年も経たぬうちに起った三島氏の自裁を、かなり明瞭に予感し得ていたのである。少くとも、私は、昭和三十七年の早春の頃にはすでに耐えがたいほどに深まっていた三島氏の孤独が、七年後のこの時期にはさらに一層深まって、「白鳥の歌」を歌わざるを得ないところまで追い詰められていたことを、そのときなぜか理解していた。そしてそのことを理解していたということを、この文反古を読み直すまでほとんど忘れていたのであった。

三島氏が「渾身の力を傾注して」そのなかを潜り抜けて来た〝戦後〟という時代は、『鏡子の家』が書かれた昭和三十四年にも、『わが友ヒットラー』が上演された昭和四十四年にも、まさに終りかけているかのように見えた。同じ〝戦後〟が、昭和五十四年の今日もまた、まさに終りかけているかのように見える。

おそらく日本の〝戦後〟という時代は、このように幾重にも繰り返して終って行くのである。そしてまた、その間に、幾人もの文学者が〝戦後〟への訣別を歌うのである。それと同時に、また幾人もの作家が、「日本の文壇で仕事をすることについて、それまで抱いてゐた多少の理想を放擲」したり、「戦線を後退させ」て「文壇に屈服」しなければならないと感じたりすることも、なしとはしないのである。

## II

武田泰淳氏の手紙はいずれも絵葉書で、一通は拙著『アメリカと私』の読後感、もう一通は筑摩版現代文学大系『武田泰淳集』のために書いた解説への礼状であるが、そのほかボール箱のなかの文殻には、故人となった作家からの手紙ばかりではなく、現存作家の手紙も交っていた。

そのなかには、大江健三郎氏からの来信もあった。古いものは昭和三十三、四年頃に遡るが、昭和四十三年四月十七日の消印のある葉書もある。私はそのうちの何通かを取り出して拾い読みし、しばらく絵文字のような大江氏の特徴のある筆蹟を眺めていた。

不思議なもので、もはやこの世にいない作家の手紙は、一字一劃にいたるまで動かしがたい完結性を示しているのに、現に活躍中の作家の手紙は、いくら古くともそのような完結性を欠いている。それどころか、時の流れのなかで、人が生きるうちにいかに際限のない変化に曝されるものかということを痛感させずにはいない。文反古に誘われて久しぶりに『厳粛な綱渡り』を開いてみると、昭和三十三、四年当時の大江氏はこう記していた。

《現在、天皇は国民にとってどういう位置をしめているだろう。〈象徴〉という言葉は、あいまいな意味しかもたない。われわれは、この言葉を、自分流にどんな広さにも、あるいはどんな狭さにも解釈できる。結局それは、新しい憲法をつくるとき、天皇の位置や性格について決定することをせまられた人たちが、のちのちまで決定権を留保しておいたということではないか。

したがって、われわれは自分の考えかたにしたがって、それぞれ独自の天皇のイメージをもっていることになる。

そして、天皇が象徴であるという規定のある憲法のもとで、時には天皇はきわめて小さく無力な存在でありうるし、時にはきわめて強大な存在でもありうるわけである。

ぼく自身はどうかといえば、ぼくが小学生であった当時、まったくの無分別であった当時の、おそれ多い天皇とはちがうイメージを、いまは持っている。そして、天皇にも、天皇家にも、かくべつの親しみを感じていない。

しかし、げんにぼくの母親は、天皇を神のように拝むために宮城前広場へ行くだろうし、天皇家のできごとに強い関心をよせているようである。

一般的にいっても、日本人の過半数が天皇家に強い関心をしめすということは、ほぼ確かなことだろう。天皇にたいする深い敬愛の感情も、きわめて普遍的なようである。

（中略）

日本人の一人ひとりが、自由に天皇のイメージをつくることができるあいだは、〈象徴〉という言葉は健全な使われかたをしていることになるだろう》（『天皇』傍点引用者）

奥付を見ると、このエッセイ集が出版されたのは昭和四十年三月のようである。その冒頭に掲げられた「第一部のためのノート」で大江氏は、「ぼくは自分の責任において《戦後世代のイメージ》に記録した、すべての思い出を重要とみなす」といい、「ぼくの希望をのべれば、＊のマークのついているものをのぞいて、第一部は駈け足ですぎさっていただくことと、そしてなによりも充分な寛容さをすべての読者におねがいしたいと思う」と述べている。

右に掲げた「天皇」はほかならぬその《戦後世代のイメージ》の最初の一節で、しかも「＊のマーク」のついた文章である。私がこの文章に注目したのは、それに違和感を覚えたからではない。現行の憲法をそのままに受取る限り、大江氏の〈象徴〉天皇観は、むしろおおむね妥当なものと思われたからである。そのころ、氏はまた次のようにも記していた。

《戦争に敗けたということと、戦争が終ったということとのニュアンスのちがいは、今となってはほとんど深い意味をもたないだろう。少なくとも、そのことにこだわって長いあいだ議論しあう熱情を今や、たれが持つだろうか。

しかし、あの当時、それはそうでなかった。山村の一人の少年は、敗戦と終戦という二つの言葉を、いくたびもいくたびもノートにならべて書いてみたものだった。そして、かれは、終戦という言葉をえらんだ。それは、たいていの大人がそうしたことだった。

（中略）

敗戦という言葉は、小学生のぼくの心に、破滅とか屈辱とかのイメージ、もうどうしようもない、絶望的な状態のイメージをよびおこした。

そして、終戦という言葉は、終結とか安息とかのイメージ、働きおわって休息し再出発しようとする、もの悲しいが、静かなイメージをもたらすものだったのである。（中略）

ぼくは敗戦と終戦という二つの〈表現〉のあいだをさまよっていた。そして敗戦と終戦の二つの言葉がさししめしている、ただ一つのはっきりした、ぬきさしならない〈現実〉については、正確にはわからないのだった。それは子供のぼくらだけにそうであったのではない。大人たちもまた、そうだったのにちがいない》（『敗けと終り』傍点引用者）

右のなかで、傍点を付した部分は、今日の私が、当時もそうであったように共感を禁じ得ない部分である。実際、敗戦の当初のみならず、その後何年も経ったあとになっても、「敗戦と終戦の二つの言葉がさししめしている、ただ一つのはっきりした、ぬきさしならない〈現実〉」がどのようなものであるのかについては、誰にも「正確にはわからな」かった。

その輪郭が、やや分明になりだしたのは、僅々ここ数年のことにすぎない。そして、最近にいたるまで「正確にはわからな」かった「ぬきさしならない〈現実〉」の姿を、少しでも「正確に」見定めたいと思うからこそ、私は『終戦史録』（北洋社刊）、『もう一つの戦後史』（講談社刊）以来の、戦後の再検討をつづけているのである。大江氏は、さらにまた、このようにも述べていた。

《日本は占領されていた。日本人と戦い、これをうちのめした外国人たち、勝ちほこった外国人たちが日本を占領していた。

洪水のように、かれらは日本をひたしていた。時がたち、かれらは日本からひきあげていった。日本はすでに占領されていない。しかし、かれらは洪水がひいてゆくように、すっかりひいてしまって、そのあとには何ものこさなかったか？

そういうことはありえない。かれらが確かに日本を占領していたこと、日本人に良き影響と悪しき影響とを、こもごもあたえて去っていったということはあきらかである。洪水にしても、土壌を肥沃にする場合もあるし、ひいてしまったあと、荒廃しかのこさない場合もある。

占領されるまえと、占領されたあとでは事情が同じであるはずはない。しかもわれわれは、心のかたすみに、この二つの時期のあいだの、多かれ少なかれ屈辱的な溝をうずめてしまいたいという、甘えんぼうな希望がうまれていることも、認めなければならないのだから、ことは複雑になる》（『きれいな手』傍点引用者）

占領に対するこのような認識についても、私はほとんど同感しないわけにはいかない。まことに、「占領されるまえと、占領されたあとでは事情が同じであるはずがない」。その「事情」が、どのように「同じ」でないかを、現に私は確かめようとしているところだからである。

占領という「洪水」が、なにを「肥沃」にし、どのような「荒廃」をのこしたか。大江氏の若い感受性が、すでに二十年前に的確にとらえていた問題点は、昭和五十年代になってから四次にわたっておこなわれた占領期の外交文書公開によって、具体的、実証的な検討の対象となり得るようになった。この作業に着手できるようになるまでに、あのときからなお二十年の歳月を必要としたのかと、私は大江氏が青年時代に書いた文章を読みながら、多少の感慨を催さないわけにはいかなかった。

## Ⅲ

大江氏から二十年ほど前にもらった手紙のいくつかと、その頃氏が書いていたエッセイとを読みくらべるうちに、私は、別段自分が錯覚を起していたわけではないことを確かめることができた。あのころ、大江氏と私とのあいだには、通い合うものがあったのである。いや、すでに述べた通り、あのころの大江氏に対してなら、私はいまでも通い合うものを感じることができる。それは『死者の奢り』を書き、『偽証の時』を書き、『人間の羊』を書き、『飼育』を書いていた大江健三郎という若い作家である。

しかし、大江氏はすでに若くはない。この手紙の、いまにも笑み崩れそうな表書の文字を書いていた大江氏は、現に四十代半ばを迎えようとしている分別ざかりの大江氏ではない。そういえば、《戦後世代のイメージ》は《無分別ざかり》という題で「週刊朝日」に連載されたということだが、「分別ざかり」になった大江氏のほうは、ここ数年来、どういうわけか奇妙に威丈高な調子のエッセイばかり書いているように見える。

どうして大江氏は、これほど変ったのだろう。もとより大江氏も私自身も、二十代の前半から今日にいたるまで、自分の思考過程を公開しながら生計を立てるという、考えようによっては異常でもあり異様でもある文筆業者の生活を続けている。二十年の時間が経過するうちに、人は二十代には予想だにしなかった人生の苦い味わいを、幾分かは深く嚙みしめるようになる。すべての人を平等に死に導いて行く時間が、大江氏と私の上だけを素通りして行くはずはない。

そういう意味で、私は大江氏が変ったというのではない。どうして大江氏が、これほど偏狭で苛立たしげな文章の書き手に変ったのだろうと、自問せざるを得ないというのである。たとえば「世界」の昨年十二月号に載った『文学は戦後的批判を越えているか』というエッセイで、氏は次のようにいっている。

《……〈ドレイを自覚せぬほどドレイ的〉と竹内好のいう、たとえばそのような日本の文学者の、天皇制という文学外の力のもとにある集団、芸術院の存在を見てもそれはわかる。政治的なものからの自立をつねに文学の課題として考えた平野謙が、その天皇の「恩賜」にかかる芸術院の賞を拒否しなかったことを、かれが病中の平安をいたずらに妨げられる厄介をさけた消極的な受賞として共感するが、しかしこれはやはり『近代文学』派の総体の問題として、すなわち自分たちのもっとも低い鞍部への批判も受けて立つ、そのような問題としてかれらがあらためて考えねばならぬと思う。武田泰淳は芸術院会員たることを拒否した。それは積極的に芸術院にすりよって行き、文学より他の天皇制の力を権威として「ドレイ」どもの階層構造を組織し支配する、自覚的でない「ドレイ」と呼ぶべき文学者たちと、平野謙を究極においては峻別する、その論理の筋道を確かめさせてもくれるだろう。平野謙の批評活動は、他の「ドレイ」どもを文学外の権威によりそって支配しようとする者、あるいはその志願者の、自覚的でない「ドレイ」の文章のセンチメンタリズムとは無縁であった。……》

『厳粛な綱渡り』のなかの文章と、この文章とを読みくらべて、私は深い失望を覚えないわけにはいかなかった。二十年前の大江氏は、「一般的にいっても、日本人の過半数が天皇家に強い関心をしめすということは、ほぼ確かなことだろう。天皇家にたいする深い敬愛の感情も、きわめて普遍的なようである」と述べていた。そして、「日本人の一人ひとりが、自由に天皇のイメージをつくることができるあいだは、〈象徴〉という言葉は健全な使われかたをしていることになるだろう」とも記していた。

しかし、昨年末における大江氏は、むしろ「日本人の一人ひとりが、自由に天皇のイメージをつく」ってはいけないと、主張している。氏は、ここでは、天皇に「関心」と「敬愛」を示す日本人を、すべて「ドレイ」どもと規定しているからである。現行の憲法ですら、少くとも日本人に、天皇に「関心」と「敬愛」を示す自由を認めているというのに、その自由を奪う権力を、いったい大江氏は誰からあたえられたというのだろうか？

私の心を重くしたのは、大江氏の論旨ばかりではなかった。かつての大江氏は、私の記憶にある限りこのような品格のない文章を書かなかった。大江氏に「天皇制」を批判する自由があることはいうまでもないが、だからといって大江氏にも他の何人にも、天皇に「関心」と「敬愛」を抱く日本人を恣意的に罵倒し、その人格を抹殺できる特権があるわけではない。いつから大江氏は、このように排他的で不寛容なもののいい方をするようになったのだろうか。民主主義的な社会というものがあるとすれば、それは少くとも異った意見の併存を許す社会ではないのだろうか。

論旨に関する限り、右に引用した大江氏の文章は、文学の「政治的なものからの自立」を説いているように見える。しかし、氏の語調に反映している論法を検討してみると、これはきわめて政治的な文章だといわざるを得なくなる。この「政治的」を、私はかならずしも漠然と用いたわけではない。たとえば、次のような意味で、大江氏のエッセイは「政治的」といわざるを得ないというのである。

《……これまでの政治の意志もまた最も単純で簡明な悪しき箴言として示すことができるのであって、その内容は、これまでの数千年のあいだつねに同じであった。

やつは敵である。敵を殺せ。

いかなる指導者もそれ以上卓抜なことは言い得なかった》（埴谷雄高『政治のなかの死』——「中央公論」昭和三十三年十一月号）

大江氏は、前掲の「世界」所収のエッセイのなかで、「天皇制」と「文学」、「ドレイ」と「平野謙」、「芸術院」と「武田泰淳」等々を対置させ、その前者をそれぞれ「敵」視している。政治において、もし「やつは敵である。敵を殺せ」が、数千年来不変の公理だったとすれば、大江氏の文章は、ほかならぬそれらの「敵」とその支持者の罵倒と抹殺を意図した文章だという意味において、きわめて政治的な性格のものだといわないわけにはいかない。氏の語調のなかに潜んでいるいやな味わいは、おそらく文章のこの極度に政治的な性格に由来するのである。

だが、いったい、と、私はふたたび自問せざるを得なかった。「天皇制」と「文学」、「ドレイ」と「平野謙」、「芸術院」と「武田泰淳」等々は、本当に大江氏のいうように不倶戴天の対立関係にあるのだろうか？　十五年前に米国留学から戻って以来、私は、占領当初にアメリカ人がつくって普及させた「天皇制」という概念の妥当性自体に少からず疑問を抱くようになっているが、仮りに今それを受け容れるとしても、もし「天皇制」と「文学」が不倶戴天の関係にあるとすれば、大江氏は自動的に真淵や宣長の文学も、鷗外や漱石の文学をも否定しなければならないことになる。そのようなことを、大江氏は本気で考えているのだろうか？

「ドレイ」と「平野謙」、「芸術院」と「武田泰淳」の対置も、私を当惑させずにはおかない。私の知っていた平野氏は、端倪すべからざる文壇生活者ではあったけれども、少くとも座談のときには、他人の意見に耳を傾ける雅量を示し得る人であった。いいこめられそうになると、平野氏は端整な顔に微苦笑を浮べて、

「チェッ、チェッ。まあいいや。それはそれとして、あの作品はね……」

と、話頭を転じるのをつねとした。平野氏は、抹殺を恐れていたかも知れない。だが、氏は、公然と「やつは敵だ。敵を殺せ」と叫ぶ人ではなかった。

武田泰淳氏が、「芸術院会員たることを拒否した」ということは、寡聞にして大江氏の文章を読むまで知らなかった。それは武田氏らしいことに思われるけれども、拒否するにせよ受諾するにせよ、芸術院などというものに、武田氏が大江氏ほどしつこくこだわっていたとは思われない。武田氏にもらった絵葉書の一つは、十三世紀のチェコの僧院の内陣を撮ったモノクローム写真の絵葉書で、読みにくい字がコチョコチョと書きつけてある。それは判読してみると、次のようになる。

《筑摩版全集の解説ありがとう存じます。すこぶるするどい分析がなされていてタジタジとなり冷汗三斗のおもい。あの文章はハッタリなしで誠実なので感心しました。「続文芸時評」拝受。

まずは御礼まで。13日に渡支（ママ）します。また君に批判されるタネがふえるでしょう。

武田泰淳》

大江氏の知っていた平野氏や武田氏は、このような人々ではなかったのだろうか？　それとも大江氏の内部では、文学者のイメージは、『万延元年のフットボール』以後の氏の作中人物のイメージ同様に、いつも奇怪な変貌を遂げるのだろうか。

# Ⅳ

文反古を読みはじめたり、それにつられて本や雑誌を拾い読みしたりしているうちに、思わぬ時間がかかったが、そのうちに書庫が大分片付いて来たので、スクラップ・ブックの一部を書斎の押入れから取り出して、書庫に移すことにした。

その一つを何気なく開いてみると、それはたまたま昭和三十五年初夏から梅雨時にかけての、いわゆる六〇年安保のころの新聞や雑誌の切抜きを貼りつけたものであった。そのなかで私は、大江氏と対談していた。「週刊明星」の同年六月十二日号に載った、『安保改定・われら若者は何をなすべきか』という短い対談である。

《**大江**　ところが、大衆運動というものは、ある段階では非民主主義的なテロ行為が必要である場合もあるわけです。個別的、偶発的なテロはいけないけれども、若い人間の運動がある頂点に達したとき、一種の集団的なテロ行為に移ることは、ぼくは非難さるべきではないと思いますね。

**江藤**　たとえばどういう……？

**大江**　たとえばデモ隊が岸首相をとりこにして、引退するという言質をとったとする。殺してはいけないけれども……。そういうことは、非常に有力な中核団体によって支持されて、規律正しく行なわれるならば、ぼくはあってもいいと思う。

**江藤**　ぼくは反対だ。国会構内乱入ということがあって、さかんに批判された。ぼくもこれは批判したいと思う。もし入るなら、次のプログラムがなければならない。結局何をしたらいいのかわからないのに入るということは愚劣ですね。

**大江**　きのう（26日）銀座を歩いていたら、デモ行進をみんな見ているわけだ。ぼくのそばで見ていた女の子が〝これ、なに〟と聞くと、〝全学連だよ〟と男の子が教えてやってる。こういう銀座を歩いてる無関心派に反省を求める必要があると思うのです。

**江藤**　しかし、人間は日常生活の中で怒りをだんだん忘れてくる。しょっちゅう怒っていると早い話が胃も悪くなるしね。それほどみんな生活が楽じゃない。非常に疲れている。だから一般市民を強制命令の形でデモにかり出したとしても、堂々めぐりで結局実を結ばない。十五年間、進歩陣営はそうやってきたわけでしょう。

**大江**　ぼくはデモ賛成派なんで、デモに参加する機会があるくせに参加しない学生に対しては非常に怒りをもちますね。学生の中で、生活もあまり苦しそうでない連中で、戦後よく育った、体の大きい子供がいるね。その人たちが、銀座を歩いていて、デモをただ見ている。彼らにもデモに入ってもらいたいと思いますね。

**江藤**　スローガンに問題があるよ。ただ鉢巻をしめて、強い言葉をつらねているでしょう。要するにソ連、中共を善とし、アメリカを悪とする価値観で動いている。だからそれ以外の人はデモに参加しないが、現状維持派かというと、彼らは彼らなりの批判をもっている。ウコサベンしている商業新聞の投書欄が反対の投書で埋まるようなことになるわけです。
**大江**　江藤さんのご意見は、リアリスティックだと思う。しかし、この問題に関する限り、ぼくは文学者としてのリアリズム信仰を捨てて、デマゴーグに踊らされる一兵卒になりたいと思うのです。いま若い人で、岸反対の人間がいて、同じ学校で一つのデモが行なわれている――それに参加しないやつがいたら男らしくないと思う。（下略）》（傍点引用者）
（26日）という編集部注が入っているところを見ると、この対談が行われたのは、昭和三十五年五月二十七日のことであったにちがいない。右の引用は部分的なものであるが、大江氏の発言のうち、傍点を付しておいた「江藤さんのご意見は、リアリスティックだと思う。しかし、この問題に関する限り、ぼくは文学者としてのリアリズム信仰を捨てて、デマゴーグに踊らされる一兵卒になりたいと思うのです」という一節は、今日から振り返ってみてもきわめて暗示的なものだったように思われる。
この対談の三日後の同年五月三十日に、大江氏は第三次訪中文学使節団の一員として中国に赴いた。当時の中国は、中ソ対立の結果の国際的孤立と、「大躍進」の失敗がもたらした農業政策の破綻から、深刻な国内危機に直面しており、当然日米安保条約改定というこの新しい外圧に激しく反撥していた。

そのころ、毎日のようにヒステリカルな対日非難を繰り返していた北京放送が、ある日思いがけないことに「日本人民の英雄的闘争を激励する」という在北京の大江氏らのメッセージを報じたときの名状しがたい違和感を、私はいまだに忘れることができない。

そのとき私は、かならずしも大江氏が、ついに「デマゴーグに踊らされる一兵卒」になってしまったと思ったわけでもなければ、どうせ「デマゴーグ」に踊らされるなら、せめて中国製のではなくて日本製の「デマゴーグ」に踊らされてほしい、と願ったわけでもなかった。ただ私は、大江氏がひどく架空のことをいっていると思い、そのことに一種の悲哀を感じたのであった。

いずれにせよ大江氏が、「やつは敵だ。敵を殺せ」という意味で政治的な発言をはじめたのは、私の知るかぎりこのときが最初であった。そのとき大江氏は、かならずしも北京にいたからというだけではなくて、遠い場所にいた。大江氏は、六月十日の羽田空港でのハガティ事件からも、六月十五日に国会前で女子学生が圧死したときにも、ひどく遠い場所にいた。ときどき私は、いったい大江氏が現場にいたことがかつてあるのだろうかと、いぶかりたくなることがある。少くともこのとき、大江氏は、多くの日本人がそのなかに捲き込まれてなんらかの傷を受けた、六〇年安保の現場にはほとんどいなかった。

安保の騒ぎが終ったとき、私は心身ともに疲労困憊していた。その状態は半年以上も旧に復さず、もし当時の私が『小林秀雄』を書いていなければ、もっと長いあいだつづいていたにちがいなかった。それにしても、と、私は古いスクラップ・ブックを繰りながら、反問せざるを得なかった。いったい私は、あの騒ぎのなかで、なにを見、なにを体験したのだったろうか？

あのとき一ヵ月という短期間のあいだに、私はあまりにも多くのことがらを目撃し、かつ経験した。そのすべてが、私の内部で整理し尽されているわけではない。もう二十年にもなろうという昔のことだというのに、私はいまだに、安保騒ぎとはなんだったのかという問に対して、明確な答を得ることができずにいる有様である。三十四年前の「ぬきさしならない〈現実〉」のかたちが、多少明瞭に見えはじめたのがほんのここ数年のことだというくらい、戦後の日本人の認識能力は局限されている。あと十年も経てば、六〇年安保の内包していた意味も、少しは明らかになるのかも知れないのである。

ただ、そのなかで、私は一つのことだけははっきりと覚えていた。それは、あの当時もいまも、私が政治の公理を、「やつは敵だ。敵を殺せ」という箴言に要約されるものとは考えていないということである。

私にとって、政治は、「殺す」ものではなくて「生かす」ものでなければならなかった。つまり、集団の生存を維持するための調整技術とでもいうべきものが、私にとっての政治の定義であった。あの当時、私が、国会の機能回復のために、志を同じくすると思われた人々と多少の奔走をしたのも同様の考えからであり、いまでも私のこの考えには少しも変化がない。この考えはまた、集団の生存を維持するために、進んで自己犠牲を行う者があるという事実と、まったく矛盾しないように思われた。

政治の時代が経済の時代に転換しかけていた昭和三十七年の夏から二年間、私は米国に学ぶ機会をあたえられたが、この国の社会の内側で体験したアメリカン・デモクラシーの基本的な作用も、やはり合衆国の生存維持のために、相互に反撥する要因を含んださまざまな社会集団間の葛藤を調整する、巨大なダイナミックスのなかに潜んでいるように見受けられた。

個々の社会集団は、あるいは「やつは敵だ。敵を殺せ」という叫びを内在させているかも知れない。しかし、アメリカン・デモクラシーはそれらを相互に相対化し、中和させ、均衡を与えることによって、とにかく多元的価値観を許容する社会を維持することに成功しているかのように見えた。

## V

大江氏は「世界」のエッセイのなかで、「戦後の民主主義」という表現を用いていたが、そういえば「戦後民主主義」という言葉が論壇や文壇にあらわれはじめたのが、ちょうど米国から帰って来た翌年あたりのことだったのを、私は、スクラップ・ブックの埃を払っているうちに確認することができた。

そのうちに、私は、苦笑を洩している自分に気がついて、思わずさらにもう一度苦笑した。それは、昭和四十年四月十九日付の「朝日新聞」に私が書いた短いエッセイで、『明治百年と戦後二十年』という続きものの五回目である。私は、十四年前の自分が、いかに現在と同じことをいっているかをこの眼で確かめて、おかしくなったのである。

《……ところで、民主主義という政治秩序は、右に述べたような価値の相対性、あるいは多元性の感覚をお互いに認めあうところにしか成立しないものである。多数決原理とか議院内閣制とかいうものの性格がそのことを明示している。だから、私は、血相を変えた「安全な思想家」に、お前は唯一絶対不可侵の新しい国体として「戦後民主主義」を信じるかとつめよられても、黙って首を横に振るほかはない。唯一絶対のものとして信仰を迫る「戦後民主主義」などというものは、すでに民主主義ですらない。それはひとつの絶対主義である。それに賭けるという「安全な思想家」は、「聖戦完遂」の旗印を「平和」と「民主主義」にとりかえただけで、実は依然としてかつての「聖戦」をたたかっているのである。彼らはあるいは「安全」であろう。しかし、このような国体護持の絶対主義思想家が国をあやまったことを、われわれはまだ忘れてはいない。（下略）》

このころはちょうど『危険な思想家』という本が出たころで、光栄にも私は、三島由紀夫氏などとともに、その一人に擬せられていた。例の「やつは敵だ。敵を殺せ」という公理の、もっとも安直な応用が行われたのである。

　黄ばんだ古新聞の切抜きを眺めているうちに、苦笑が消えてうんざりした気持が胸許に押し寄せて来た。あのころから十四年間、私が同じようなことをいい続けて来なければならなかったのは、その間にあの「やつは敵だ。敵を殺せ」の公理が、繰り返してさらに安直に応用されつづけたからに過ぎない。叫ぶ相手が変っても、叫び声そのものはいつも同じというのも、考えてみれば芸のない話である。その叫び声を、今では大江氏がリードしていることはいうまでもない。

　スクラップ・ブックを書庫に移してしまうと、私は机のまわりを片付けて一服することにした。それにしても、大江氏をはじめとして、いわゆる「戦後民主主義」の唱導者たちが、これほど異質な考えかたを眼の敵にし、価値を共有しない者を見つけると、たちまちこれを抹殺しようと企てる人々ばかりだということは、不思議といえば不思議であった。

　どうしてこの人々は、「戦後民主主義」を絶対化し、自分たちが無謬だと主張することができるのだろうか？　「戦後民主主義」がそこから生れたはずの、敗戦直後の「ぬきさしならない〈現実〉」の姿さえ、いまだにさだかになってはいないのに。また、どうしてこの人々は、絶対無謬だと主張するのみならず、事実をあげて反証しようとする相手が現れると、まず罵倒し、しかるのちに排除し、結局はその人格と存在を消しにかかろうとするのだろうか。

それは、あるいはこの人々が、自分たちのいっていることが架空であり、事実の検証に堪え得ないことをよく知っているからかも知れなかった。「無謬」も「持続」も「志」もすべて架空のことで、外気に当ればたちまちのうちに壊れてしまうほど脆弱なものだということを。だからこそこの人々は、これほど傷つき易いのかも知れなかった。

その意味では、あるいは「戦後民主主義」とは、一種の詩なのかも知れなかった。しかし、この詩は、困ったことに「やつは敵だ。敵を殺せ」というウォー・クライと不可分に結びついていた。つまり、この詩をうたおうとすれば、ユニゾンで合せる者以外の首は、斬り落してしまわなければならないのであった。

そこまで考えて、私は自分の首に触ってみることにした。幸いなことに、首はまだ着いていた。とにかくこれは、価値の相対性と多元性を相互に認め合う感覚の上に成り立っているはずの、民主主義的（デモクラティック）な社会とは似ても似つかぬ世界であるらしく思われた。もし「戦後民主主義」なるものが、民主主義的（デモクラティック）な原則の上に成立しているとすれば、たとえば大江氏と私のあいだには、いくらお互いの政治的意見が対立していようとも、話の通じる場所はあるはずであった。いや、その場所こそがいかなる政治からも自由な場所、つまり文学の生き死にする場所のはずであった。

私には、大江氏が、そのような場所の存在をみずから否定している理由がよくわからなかった。しかし、個人に帰属し、政治に侵されることがないはずのそういう場所の存在を認めない以上、大江氏のいわゆる「戦後の民主主義」が、民主主義的（デモクラティック）な原則とは無縁なものであることは明らかであった。それは、擬装された陰惨な左翼全体主義以外のなにものでもないように思われた。

日が暮れはじめていた。私は、そういえば大江氏に二年ほど逢っていないことに気がついた。これからも、いつどこで逢うという予定もないので、私は、大江氏と自分のあいだのことに関して、一つだけ機会があったら活字にして置きたいことがあるのを思い出し、メモしておかなければと鉛筆を取り上げた。

それは、私の肉親の者たちについてのことであった。大江氏が私を罵倒するのも、「敵」扱いするのも、一種の病気のようなものだと思えばさして腹も立たない。しかし、氏は、ときどきそのエッセイのなかで、ことさらにすでに死者となった私の肉親に対して侮蔑的言辞を弄することがある。これだけは、やめてもらわなければ困るのであった。

理由をあげるまでもないが、これは市民社会の約束に反するばかりではなく、文学者間のルールにも違反している。私はかつて、大江氏の肉親に対して礼を失するようなことをいったり書いたりしたことはなかった。同様のことを大江氏に求めるのは、不当な要求とは思われなかった。

新しい墓を建てているところなので、祖父母の骨も、父や母の骨も、一族の死者たちの骨はすべて掘り出して、私の住居の仮の祭壇に安置してある。私は、血肉を分けた者として、これらの死者を祀り、辱しめから守らなければならなかった。絶対的なものは、現世にではなく、これらの死者たちのあいだにしか存在しないのであった。

（一九七九年七月）

付記　文中に引用した三島由紀夫、武田泰淳両氏の手紙は、それぞれ未亡人の許可を得て掲載することができた。特に記して深く謝意を表したい。

# 批評家のノート

## I

昭和三十年（一九五五）八月の、ある日の午後、あれはまぎれもなく信越本線の、列車のなかで起ったことだった。

私は結核の病み上りで、信濃追分の農家の二階を一部屋借りて、夏休みの残りを過すつもりでいた。網棚の鞄のなかには、着替えや洗面道具のほかに、書きかけの原稿が一束はいっていた。もし書き上げられれば、「三田文学」に載ることになるかも知れない「夏目漱石論」の原稿である。

しかし、私は、かれこれ二、三十枚ほどにはなっていたその原稿の出来映えに、ひどく不満であった。こんなことが書きたくて、書きはじめたわけではない。かといって、それではいったいどんなことが書きたいのかというと、それももう一つ確かではない。思考の焦点が定まり切らぬもどかしさに悶々としながら、私はほんのいっ時でもこの状態から逃れたいと思い、三等車の片隅で、持って来ていたペンギン・ブック版の、T・S・エリオットの『散文選集（Selected Prose）』のページを開いた。

　列車は高崎から横川に向う上り勾配の線路を走っていた。

《From time to time, every hundred years or so, it is desirable that some critic shall appear to review the past of our literature, and set the poets and the poems in a new order. This task is not one of revolution but of readjustment. What we observe is partly the same scene, but in a different and more distant perspective; ……》

「批評の機能」というこの文章を、私はこのときはじめて読んだというわけではなかった。私はこの文章を、数人の級友と一緒にやっていた読書会で、すでに読んでいた。だがしかし、あるいはそのために、全く一人切りでこの文章に向い合うのは、このときがはじめてだったのかも知れない。そして一人切りで、一行一行を嚙みしめるようにT・S・エリオットの文章を読み進むうちに、私のなかには、敵愾心とでも呼ぶほかないような激しい感情が、にわかに堰を切ったように奔流しはじめた。

　それはその通りかも知れない、しかし、だからといってこの英国に帰化したアメリカ生れの詩人批評家の言説を、お説ごもっともとおしいただいているわけにはいかないぞと、私は内心でつぶやいていた。私は思わず網棚から鞄を下し、書きかけの原稿を取り出してひろげた。そこには自分の内部で奔騰する感情とは、似ても似つかぬ文字が書きつけられていた。これは止めだ、全部屑籠行きだ、追分の宿に着いたら、第一行目から書き直さなければ駄目だと、そのとき私は断然決意を固めた。

宿を借りることになっていた追分の農家にたどり着くと、私は、旅装を解くのももどかしい気持で、三田の大学の購売部で仕入れて来た原稿用紙をひろげ、自分のなかに湧き上って来る言葉をその儘に記しはじめた。「日本の作家について論じようという時、ぼくらはある種の特別な困難を感じないわけには行かない。……」。なぜ一人称代名詞が「ぼくら」なのか、そのとき私はその理由を考えてみようともしなかった。もし誰かに訊かれたとしても、おそらく「ぼくら」でなければならないから「ぼくら」なのだ、という程度の答しかできなかったに相違ない。

しかし、今となってみれば私は、ここで「ぼくら」が出て来なければならなかった理由を、ごく簡潔に示すことができる。それは、いうまでもない、「T・S・エリオット」に対しての「ぼくら」なのだ、と。そうである証拠に、私はすぐ次のパラグラフの冒頭に、このように記している。

《T・S・エリオットによれば、批評家の任務は過去の作品を時代の要求に応じて再評価し、新しい秩序の下に再編成することにある。だが仮りにそうだとした所で、日本の批評家の任務には、どの作家のどの作品が文学で、どれが文学でないかを識別する必要がつけ加えられねばならぬ。このような仕事は元来文明批評のジャンルに属するもので、……》

（第一章　漱石神話と「則天去私」）

ここまで書いてしまうと、あとは自然に筆が動きはじめた。列車のなかで感じていたあのもどかしさは、いつの間にか跡形もなく消え失せて、筆の先に過不足なく自分の体重がかかっているという確かな手応えが、感じられるようになっていた。

書きたいことは、こういうことだったのだと、私は、数時間前までそれに気付かずにいたことを、ほとんど信じ難い気持になっていた。無論そのときの私は、「ぼくら」と「T・S・エリオット」とを対置するというこの選択が、英文学研究者を志望していた当時の自分を、やがて英文学から次第に引き離して行くような性質のものだったことには、全く気が付いていなかった。

このとき追分の農家の二階で書き上げた七十枚ほどの原稿が、『夏目漱石』の第一部「漱石の位置について」の原型である。この原稿を追分から「三田文学」編集部に郵送し、東京に戻って何日か経ったころに、編集担当の山川方夫から至急逢って原稿のことで相談したいという葉書をもらった。銀座並木通八丁目の日本鉱業会館という建物の三階にあった編集部に出かけて行ったのは、八月末か九月のはじめだったか、今となっては記憶がさだかではない。そのとき近所のサボイアという喫茶店で、二人切りで長時間話し合ったのち、私はこの原稿をほぼ二倍の分量に書きのばすことを約束させられた。それが「三田文学」昭和三十年十一月号と十二月号に掲載された「夏目漱石論――漱石の位置について――」（上・下）であったことは、今更ここで繰り返すまでもない。

上・下二回で百三、四十枚ほどの分量になったこの作品が、好評だったというので、私は編集部から続篇を書く機会を与えられた。これは「続・夏目漱石論――晩年の漱石――」(上・下)として、「三田文学」昭和三十一年七月号と八月号に掲載された。すなわち『夏目漱石』の第二部「晩年の漱石」の初出である。

しかし、そのころ学部の四年になっていた私は、一仕事終えたという安堵感にひたる間もなく、気持を切り替えて卒業論文に取りかからなければならなかった。化学療法の効果が上ったおかげで結核の進行は止まり、体力も徐々に回復しはじめていたが、根を詰めて机に向っていると、文字通り息が切れた。私はなんとなく取り返しのつかぬことをしてしまったような、漠然たる悔恨の念に取りつかれていた。

「三田文学」に載せてもらえるという嬉しさのあまり、無我夢中で文芸評論のようなものを書いてしまったのは時の勢いとしても、私は考えてみればそれによってびた一文の収入を得たわけではない。これから自分の前にひろがっているはずの、平俗な生活を続けて行くためには、おそらく書くこと以外の生計の手段を見つけて、口を糊して行かなければならぬはずである。そして、生計を得るための第一歩は、期日までに卒業論文を完成させることにあるはずだ。もとより卒業できたとしても、結核の前歴のある人間を働かせてくれる会社や学校があるとは思われない。だがそれにしても、結核の前歴はあり、卒業証書はなしという状態よりは、幾分ましであるにちがいない。……

そう思うと、「夏目漱石論」を書くために費した時間が、悔まれてならなかった。しかし、それと同時に、もしこの仕事を仕上げていなければ、自分はいったいどうなっていただろう、という浅からぬ思いもないわけではなかった。生計を立てるための役には立たなくても、それは自分が生きるために、是非とも必要だったのではないかという秘かな思いも。……山川方夫と一緒に「三田文学」を編集していた田久保英夫が、三田の先輩の今井達夫氏の紹介だという「夏目漱石論」出版の話を、私に伝えてくれたのはあたかもこのころのことであった。

無名の一大学生の著作を、本にしてくれる出版社があるなどという話は、にわかに信じ難かったが、この話は事実であった。私は、一方で英文で書くことを義務づけられていた卒論を書きながら、東京ライフ社というそれまで聞いたこともなかった小出版社から送られて来る自著の校正に没頭した。テクストの校正ばかりではない。新たに章分けを立て直し、小見出しをつけるのも自分でした。因みに、「夏目漱石論」では第一部は五章、第二部は六章に分たれていて、小見出しは全くないが、『夏目漱石』では第一部は八章、第二部は九章に分たれていて、その各章に小見出しがついている。この改変は、このときに行われたものである。

このようにして、まず十一月末に本が出版され、十二月下旬の期限ぎりぎりになって漸く卒業論文が出来上った。これでどうやら大学を卒業できることにはなったが、どうやら事態は私の手の及ぶ限度を超えはじめているように見えた。もっとも、そのときもなお、文芸評論を職業とするという自覚が生れていたとはいえない。いずれにせよ、このような次第で、以後十四年間、プリンストン大学にいた二年間を除いて、私は専ら批評文を書いて生計を立てることになったのである。

## II

私は大学院に進み、傍ら「三田文学」の編集を手伝うことになった。昭和三十二年（一九五七）の春のことである。

結核の既往症がある、というよりは、まだ結核が完全に治癒しているとはいいがたい状態の人間を、採用してくれる酔狂な会社や学校があるはずもなかった。したがって、私は、学部四年生の九月に早々と大学院の入学試験を受け、就職の望みを放棄していた。

坂上弘と一緒に「三田文学」の編集を担当することになったのは、それまで編集担当だった山川方夫、田久保英夫、桂芳久の三人の先輩が、作品を書くほうにまわりたいといい出したからである。もっとも、私は、病み上りの上に大学院の授業や演習にも出なければならなかったので、経理を主にやり、編集は参画する程度に分担することになった。この仕事から得られる経済的報酬は、ゼロであった。

あたかもそのころ、中村光夫、伊藤整、臼井吉見の三氏が出席した「文學界」の座談会で、私の『夏目漱石』が話題になるということがあったらしい。らしいというのは、無責任ないい方だが、当時私は依然として文芸雑誌をあまり読んでいなかったので、その座談会をつい看過していたのである。いずれにせよ、おそらくこれが機縁になって、私は、学部から大学院に進む春休みのあいだに、「文學界」編集部からの手紙を受け取った。なんでもいいから思い切った文芸評論を書いてもらいたい、ついては一度相談したいという、原稿執筆の注文であった。

ああ、これで自分もやっと人並みの人間になれるのかも知れないと、そのときとっさに思ったのを、私はいまでも記憶している。級友は皆それぞれ就職先も決り、新しい背広を着て、来月はもう初月給をもらうところだというのに、自分は相変らず高い授業料を親に払わせて、大学院などというところでブラブラしている。いくら身体が恢復するまでの時間稼ぎだと思おうとしても、自立した経済生活を営む能力がないという半人前の負い目の意識は、当時私の胸を嚙みつづけてやむことがなかった。

生活無能力者、高等遊民、半端者、怠け者などという言葉が、毎日頭にこびりついていて離れようとしない。そういうものにだけはなりたくないと思って、これまで勉強して来たつもりだったのに、やはりこうなってしまったのか、という失墜感の裂け目から、学校が嫌いで仕方がなかった小学校に上りたてのころの幼い自分の姿が、ポカリと脳裡に浮び上って来る。これが結局自分の正体か、と思うと、そうに違いないようにも思えるけれども、それをいつまでも眺めているわけにもいかない。「文學界」からの原稿の依頼は、こういう状態の私に、いわば命綱を投げてくれたのであった。

『夏目漱石』の定価は二百二十円、刷部数は二千部と聞いていたが、あれを引かれこれを引かれて、東京ライフ社から私に支払われた印税の残りは、僅か千六百四十円に過ぎなかった。だが、「文學界」は文藝春秋新社（当時）の雑誌だから、原稿が載るということになれば、おそらく原稿料というものを支払ってくれるだろう。そうなれば、級友より一足遅れてとはいえ、私も人並みに社会人の仲間入りが出来るのだ。しかも、自分にできる唯一の労働、つまり原稿用紙に字を書くという行為を金に換えることによって。そう思って私は、学部は卒業したもののまだ大学院ははじまっていないという時期を利用して、六十枚ほどの評論を書いた。それが「生きている廃墟の影」であることは、いうまでもない。

当時「文學界」の編集長は、上林吾郎氏（元文藝春秋社長）であった。以前一度文学界社から移ったばかりの「文學界」編集長を務め、すでに「オール讀物」と「文藝春秋」の編集長を歴任した大編集長で、当然のことながらあまり細かいことはいわなかった。

「江藤さん、あんたもえらいむつかしいこと書きはりますなあ」

と、この小柄で精力的な編集長は、それが癖で身体を傾げながらいった。

「さっぱりわからしまへんけど、若い人たちがええいうからには、多分ええんでしょうなあ」

　こういうと、上林編集長はそそくさと立ち上り、弾丸のようにどこかに飛び出して行ってしまった。

　こうして、「生きている廃墟の影」は、昭和三十二年六月号の「文學界」に掲載されることになり、私は小切手で送られて来た二万何千円だかの原稿料を受け取った。これが実質的には、私がものを書いて得た最初の収入である。雑誌が出た直後に結婚した私にとっては、この小切手の意味は小さくなかった。もっとも、間もなくその中味は、電気洗濯機に変ってしまったのではあるが。

　その翌月、私は生れてはじめて座談会というものに出た。「日本の小説はどう変るか」という題で「文學界」昭和三十二年八月号に載った座談会で、出席者は石川達三、高見順、伊藤整、中村光夫、山本健吉、大岡昇平、福田恆存、野間宏、堀田善衞、遠藤周作、石原慎太郎の諸氏と私、司会は荒正人氏であった。

　この座談会で、私が発言していると、高見順が突然怒鳴り出すという一幕(ひとまく)があった。一瞬あっけに取られて高見氏の顔を見ているうちに、猛然と腹が立って来ていい返すことに決めた。休憩になったとき、たしか中村光夫氏がいった。

「これで雑誌が売れるぞ。編集長、大喜びだ」

　上林編集長は相好を崩して、満足そうに、

「うェッヘッヘッヘ！」

というような笑い方をした。

この一幕のおかげで、私はにわかに悪名を高めた。高見順に面と向って口答えした生意気な若造がいる、というのである。よくやった、という声もないわけではなかったが、このとき以来私は、おおむね文壇で悪役を振られることになった。いったい誰がいつどこで役まわりを決めているのか、いまだに判然としないけれども、文壇という場所がそういう役の振り当てをしているところでもあることを、私はそのとき肌で知ったのである。

とはいうものの、いくら悪役を振られたからといって、首をすくめて引っ込んでいるわけにもいかなかった。私はそのころ家庭教師のかけ持ちをして生計を立てていたが、その収入を除けば、ものを書いて稿料を得るほかに、私には生活の手段がなにひとつなかったからである。

したがって、私は、上林編集長に勧められるままに「奴隷の思想を排す」を書き、「文學界」の昭和三十二年十一月号に発表した。ところが、そのあとピタリと何一つ注文が来なくなった。あるとき、中村光夫氏から、

「原稿の注文はあるの？」

と訊かれて、

「まったく何一つありません」

と答えたのを、私は昨日のことのように覚えている。

「そうだろうねえ、僕もそうだった」

と、中村氏は、別に気の毒そうな顔もせずにいった。

凶運は、まだまだ続くかに見えた。年が明けて、そろそろ学年末の試験準備をしなければならないと思いはじめていたころ、私は慶応の英文科から、ものを書いているなら大学院を辞めるように勧告されたのである。勧告かそれとも不都合だから除籍するという教授会の決定かと問い合わせたところ、勧告だという。私はしばし呆然とした。いうまでもなく、ものを書くなということは、僅かばかりの生活の手段を奪われるに等しいからであった。

もとより原稿を書いて暮して行けるとは夢にも思わなかったので、これよりさき大学院に進んだころ、私は叔父が経営している私立高校の英語の非常勤講師として教えに行く許可を、指導教授に口頭で求めに行っていた。ところが意外なことに、許可を得ることはできなかった。大学院は学の蘊奥を究めるところであり、アルバイトなどしている暇はないはずだから、という理由であった。

私は素直にこれに従い、家庭教師数軒のかけ持ちをもって最初の計画に替えた。雑誌にものを書いて稿料を得るのは、いわば家庭教師の謝礼を補うためにほかならない。それまで停められてしまえば、霞を喰って生きるほかないではないか、大学院とは、学生の生活の手段を次々と奪い、そのことによって独り高しとするところか。学問をするためには、大金持の子弟でなければならないのか。私の頭には、このような想念が次々と浮んでは消えた。

その結果、やがて私は一つの結論を得た。つまり、⑴勧告にはしたがわない。⑵したがってあと一年在籍するが、三田の山には一日も登らない。⑶在籍するための授業料は自分で捻出する。⑷一年経ったら配達証明付きで慶応義塾に退学届を送付し、自主的に大学院を中退する。

そして、私は内村直也氏を訪問し、事情を話して、エラリイ・クイーン・ジュニア・ミステリのうちの『金色の鷲の秘密』というのの下訳をまわしてもらった。三百頁ほどの本を一週間で訳し、内村氏から三万六百円の現金を手渡してもらったときの気持を、私はいまだに忘れることができない。私は、そのとき、この金で退路を断つのだ、あとは筆一本で生きるほかないと、そう自分に向っていったのである。

### Ⅲ

それにしても、なぜ私は、初期の文芸評論に、「生きている廃墟の影」とか、「奴隷の思想を排す」とか、「神話の克服」というような表題ばかりつけていたのだろうか？

一昨年から昨年にかけて、「文藝」に『自由と禁忌』を連載していたとき、私は、しばしばこう自問したものだった。だが、そのうちに、次第にそのわけがわかりはじめた。なんのことはない、三十年前にも、私は、意識するとしないとにかかわらず、ほぼ正確にいまと同じようなことを考えていたのだ。

たとえば、「生きている廃墟の影」の第一章で、私は次のようにいっている。

《……生きている廃墟というのは、むしろ空間的な比喩である。うけ渡されて行くものではなく、恆に存在するもの、再生するものではなくて、恆にうごめいているもの、しかもかくされたもの、それが生きている》(傍点、は原文の傍点、○は新たに付したもの)

つまり、こう考えていたとき、私はいうまでもなく、日本文学にあらわれている「空間的」な〝共時性〟ということを問題にしていたのである。とはいっても、西欧文明の持続に顕著な〝通時的〟な性格に対して、日本文学に固有な〝共時的〟特性、などと要約してしまったのでは、そのとき自分が感受していたものの重さを充分にいいあらわすことができない。あのころ、私は、〝共時性〟という概念に未知なままに〝共時性〟を認識し、なんとかして自分の認識したものを表現しようと、模索しつづけていたのである。

また、私は、同じ評論の第四章に記している。

《……タブーは現実を現実としてみとめさせぬ力のことであって、現実を対象化し、自分の支配下に従わせようとする人間の意志に対して危害を加えるものである。タブーの存在

するような社会で散文の発達するわけがないことはいうまでもない》

なぜここで、私が〝禁忌〟に固執していたのか、その直接のきっかけは思い出すことができないが、いずれにせよそのとき私が、〝自由〟を問題にしようとしていたことは、疑うべき余地がない。「奴隷の思想を排す」の「奴隷」にしても、同じことだ。占領は五年前に一応終了したことになってはいたが、多分、私は、意識と無意識のあいだで、まだ日本人はなにものかに占領されつづけていると感じていたに相違ない。そうでなければ、こういう言葉を、評論の表題に選ぶなどということは、われながらちょっと考えられないからである。

ところで、そんなことをしているうちに、慶応の大学院と縁を切らなければならぬようなはめに陥ったことについては、すでに記した。「文學界」の昭和三十三年（一九五八）六月号に「神話の克服」を書いたころから、原稿の注文もまたポツポツ来るようになりはじめた。まるで文壇に就職したようなものじゃないかと、そのころ私は、この皮肉なめぐり合わせに苦笑したものである。原稿の注文が来はじめただけではなく、やがて二冊目の本が出ることになった。文藝春秋新社から単行本の文芸評論集、『奴隷の思想を排す』が刊行されたのは、昭和三十三年十一月であった。

この本は、四六判函入りだったが、函はビニール引きのホチキス止めという簡素なもので、白地を細い赤罫で囲んだなかに、奴隷が石のようなものを担いでいるところを描いた朝倉攝さんのカットがあしらってあった。本の本体は模造皮表紙で、地は濃紺、丸背に金で書名と著者名が記されているという装幀である。本文は索引とも二八一頁で、定価は二百八十円、刷部数は確か四千部ではなかったかと思う。

前述の通り、大学院は翌年三月末で中退することに決めていたので、もうなにを憚ることも、思い煩うこともなかった。私は、深い意味でも、もっと日常的な意味でも、書くことによって生きて行くよりほかないのであった。

ちょうどそのころ、遠藤周作氏の『海と毒薬』がやはり文藝春秋新社から本になり、私の『奴隷の思想を排す』と合わせて、合同の出版記念会をやろうという話が文春側から持ち上った。場所は旧新橋演舞場内の、新橋倶楽部(クラブ)だという。日取はいつだったか思い出せないが、多分本が出た直後のことだったにちがいない。

当日、家内を連れて会場の新橋倶楽部へ行ってみると、定刻より早く着き過ぎてしまったのか、誰一人来ていなかった。文春側の受付の人すら、まだ姿が見えない。なんだか心細くなって、日取を間違えたのではないかと思いはじめているところへ、縞の背広を瀟洒に着こなした痩型の初老の紳士が現れて、

「江藤先生でいらっしゃいますか?」

と、訊いた。

「はい、江藤です」

と答えると、紳士は、

「文藝春秋新社の佐々木でございます」

と自己紹介して、深々と頭を下げた。

それならこの人は、文春の社長の佐々木茂索氏に相違ない。いったい佐々木社長が、どうしてこんな所に現れたのだろうと、ドギマギしている私に向って、佐々木氏はさらににこやかに、

「……今日の会には、是非出席したいと思っておりましたが、よんどころない用事が出来て、ほかへ廻らねばならなくなってしまいましたので、ちょっと御挨拶に伺いました。どうか今後とも、文藝春秋をよろしくお願いいたします」

と、言辞頗る丁重にいった。

私は、茫然としながらも、同時にある深い感動が胸の中に湧き上るのを感じていた。文春の社長が、わざわざ挨拶に来てくれたからというだけではない。社業をいささかもゆるがせにせず、若輩の一批評家の仕事にすら、こまやかな視線を投じることを忘れない佐々木氏の気魄に、文字通り打たれたのである。

「……お待たせして申訳ありませんが、もうすぐ社の者が来ると思います」

といって、佐々木氏は静かにその場を立ち去って行った。私はその後姿を、花道から消えて行く名優を見送るように見送った。

この晩の合同出版記念会は盛会で、遠藤周作氏に対しては同じカトリックの誼みで曽野綾子さんが、私に対しては旧制湘南中学の同窓生という縁で石原慎太郎氏が、それぞれ祝辞を述べた。遠藤、曽野、石原などという華やかな作家たちと同じ場所に、批評家の自分が併び立って、しかも自著の出版を祝ってもらっているなどとは、俄かに信じ難いような気持であった。これが文壇なのだろうか、と私は自問した。少くともこれは、文壇のあり得べき一部分ではありそうに思われた。

ところで、この新橋倶楽部の会は、実は私にとって最初の出版記念会ではなかった。『夏目漱石』が本になったとき、山川方夫に勧められて、私は一度小ぢんまりした出版記念会をやってもらっていたからである。

このときの会場は、接収を解除されて間もない新橋の第一ホテルで、主催は「三田文学」編集部であった。当時「三田文学」に「ジョン・ダン論」などを書いていた篠田一士氏や、篠田氏と同じ「秩序」の同人で、翻訳の原稿をしきりに編集部に持ち込んでいた丸谷才一氏も参会して、丸谷氏が、

「三田の西洋かぶれも、ここまで来れば本物というほかありません」

と、スピーチでおだててくれたのも、今となっては今昔の感に堪えない思い出だが、なんといっても忘れられないのは、この日全く予期しなかった大先輩が、忽然と会場に現れたことであった。

定刻の少し前だったと思う。受付をしていた山川方夫が、おっとり刀で飛んで来て、

「君、大変だ、小島さんが鎌倉から来ておられるぞ。すぐ御挨拶しなきゃア……」

と、せき込んでいった。

「小島さんて、あの……」

とロごもっていると、

「決ってるじゃアないか、小島政二郎さんだよ」

という。

佐藤春夫、久保田万太郎、小島政二郎の三大家が、当時「三田の御三家」といいならわされていたことを、私も満更知らなかったわけではない。しかし、その一人の小島政二郎氏が、寒空の下をわざわざ鎌倉から出掛けて来られたとは……。

その小島氏は、行ってみると、コートを脱ぎかけているところで、タータン・チェックのマフラーをしたまま、

「ああ、あんたが江藤さんかい、ずい分お若いねエ、あんたの漱石が面白くて仕方がなかったから、こうしてやって来たんだ。昔チェスタートンの『ディケンズ論』を読んだことがあったが、あれ以来はじめてこんな面白い批評を読んだんだよ」

といった。

老いたる驢馬、といった風貌の人だな、この人は、と思いながら、私は漠然と、三田の

文科生時代、小島氏が森鷗外の正字法の誤りを匡す論文を書いた、などという逸話を思い出していた。歴史が立っているのであった。私はこの歴史に対して、責任を負わなければならなかった。

## Ⅳ

戦後第三次の「三田文学」が、まだ刊行されていた時分だから、昭和三十二年（一九五七）の春頃ではなかったかと思う。銀座西八丁目の並木通りにあった「三田文学」の事務所に、時折颯爽と風のように現れて、また風のように消えて行く、一人の編集者らしい人物がいた。

年の頃は三十代半ばと覚しく、いつもさり気なくツイードのブレザー・コートを着こなして、本を入れた紙袋のほかには滅多に荷物らしい荷物を持っていたためしがない。「三田文学」の編集部に出入りしている以上、慶応の関係者にちがいないとは思われたものの、何社の何という編集者であるのか、私には一向にその正体が判然としなかった。

やがて、その名前だけは〝川島さん〟という人物であることがわかった。またの名を、〝勝（かつ）ちゃん〟という。つまり、〝川島〟の〝勝ちゃん〟というのが、この中堅編集者の名前なのであった。

しかし、そこまでわかったあとになってもなお、私は、この〝川島勝ちゃん〟が、てっきり文藝春秋新社の編集者だとばかり思っていた。当時文春の社屋は、「三田文学」編集部から歩いて五分と掛らない旧電通通りの土橋寄りにあった。したがって、頻々と現れる〝川島勝ちゃん〟は、当然この社の社員にちがいないものと、私は勝手にひとり決めにしていたのである。

ところで、たしか昭和三十三年（一九五八）の早春の頃、私はこの〝川島勝ちゃん〟から一通の封書を受取った。封筒の裏を返してみると、講談社学芸部と印刷してある。その脇に、特徴のある達者なペン書きで、〝川島勝〟という名前が記されている。なんだ、それでは〝川島勝ちゃん〟は、文藝春秋ではなくて講談社の編集者だったのかと、そのとき私ははじめて自分の思い違いに気がついた。

面白いもので、出版社には、それぞれ固有の社風というものがある。そして、その社風が、知らず知らずのうちにそれぞれの社の社員に染みついているものである。たとえば文春はスマートで軽快、講談社は素朴で重厚、というように。そういう見地からいえば、〝川島勝ちゃん〟は、明らかに文春型であって講談社型ではなかった。そのこともまた、たしかに私の思い違いの一因になっていたのであった。

何の用事だろうと、この手紙を一読してみると、そこには意外にも容易ならざることが記されていた。書き下しで「文体論」を書いてもらいたい、すでに企画は通してあるので、是非わが社から出版したい、と、〝川島勝ちゃん〟、いや川島勝氏は私に、求めているのであった。

これは当然、物心両面の試錬を意味した。三百枚の書き下し評論を書くことは、六、七十枚の雑誌向きの批評文四、五篇を書くことと、決して同じ作業ではあり得ない。しかもそれを、私は比較的短い期間のうちに書き上げなければならない。なぜなら、書き下しの場合、原稿料を期待できないので、この仕事にいつまでも関っていれば、生活に窮することが眼に見えているからである。

しかし、それだからこそこれは、やはり何といってもやり甲斐のある仕事であった。私は川島氏に印税の前借りを申し入れ、最初は生活費に当てるつもりでいたその金の一部を投じて、まず筑摩書房刊の「現代日本文学全集」全九十九巻を購入した。

この全集は、私が批評を書きはじめてから買い入れた最初のまとまった本で、今でも書庫の一隅で古びながらも威容を誇っている。「文体論」を書き下すからには、少くとも逍遥・二葉亭以来の、日本の近代小説百般の文体に通暁していなければならないと、そのとき私は、今から思えば稚気愛すべしというべきか、かなり真剣に考えていたのである。

だが、実際にとりかかってみると、これは予想以上の難事業であった。「文体論」、つまり『作家は行動する――文体について』を、私は昭和三十三年の夏から秋にかけて、およそ七十日ほどのあいだに書いたが、特にその前半で悪戦苦闘していたときの孤独な日々を、いまだに忘れることができない。

問題は、いうまでもなく、文体を言語の問題から考えはじめようとしたことにあった。慶応の英文科生時代、井筒俊彦教授の言語学概論を受講しているあいだに触発された、言語についての批評的自覚を、私はほとんど徒手空拳で、少しでも深めようとあがきつづけた。

思索に疲れると、私は、散歩がてら歩いて十分とかからぬところにあった埴谷雄高氏の家に出掛けて行った。私は、埴谷氏のよい読者ではなかったし、氏の書いているものを正当に理解できると思ったこともなかった。しかし、叔父と甥ほども年齢の差があり、戦前に深刻な左翼体験を経、私との共通点は結核の病歴があるだけという埴谷氏は、現実に逢ってみると、意外にもはなはだ闊達な座談家であった。

この人は、むしろ話す通りに書けばよい、そうすれば、どれほどその思想もわかりやすくなるか知れないと、そのころしばしば私はそう思ったものであった。もっとも、そうはいうものの、私は埴谷氏との雑談から、これといって特別な着想を得たわけではなく、埴谷氏も、私が舌足らずに話す「文体論」の構想に、実際どれだけの関心を抱いていたのかわからない。

おそらく、自分の意志によってとはいえ、大学と師とを同時に失うことになったその頃の私は、単に対坐すべき年長者を身近かに求めていただけだったのかも知れない。そして埴谷氏は埴谷氏で、私のなかに、無聊をまぎらせる年少の話相手を見出していたというにすぎなかったのかも知れない。

しかし、そういう二人のあいだに、敢えて共通の話題を求めるとすれば、それは小林秀雄以外にはあり得なかった。実際埴谷氏の小林秀雄に対する関心の熾烈さには、私は少からず驚かされた。超えるべき目標としての小林秀雄、最大の敵としての小林秀雄……そういう〝小林秀雄〟について、私は何度埴谷氏が熱弁を振うのを聴いたか知れない。

その小林秀雄の姿を、私は鎌倉の街で幾度か見掛けたことがあった。『モオツァルト』と『無常といふ事』は、依然として私の座右の書であった。だが、『ゴッホの手紙』は、『モオツァルト』や『無常といふ事』のようには、私の心を充たしてはくれなかった。埴谷氏のいう〝小林秀雄〟とは、いったいどの小林秀雄のことなのだろう。どの小林秀雄を指して、埴谷氏は最大の敵と目しているのだろう？　私はその度に、自問自答を重ねなければならなかった。

かくするうちに、月日は容赦なく飛び去って行くかのように見えた。私は意を決して、川島氏に、しばらくのあいだ罐詰にしてもらうように頼み込んだ。このままでは、いつ脱稿できるか覚束ない、どこへでもよいから、噂に聞く罐詰というものにしてもらいたい、そうすれば否応なしに書き下しが出来上るだろう……。

その結果、川島氏が私を罐詰にしてくれたのは、講談社の別館という建物であった。占領中は接収されて、東京裁判のキーナン首席検事が住んでいたという古ぼけた洋館で、宿泊の設備はあるが食事の世話はしないことになっている、という。

「でもねエ、平野謙さんもよく泊っているんだから、勘弁して下さいよ、江藤さん」

と、川島氏は〝川島勝ちゃん〟の顔になって、少々気の毒そうに私にいった。

その講談社別館に、幾日私は泊り込んでいただろう。徹夜で原稿を書いて、白々明けにしばらく仮眠し、空腹を感じて朝食を取りに出掛ける先は、電車道路の筋向いにある、倉田屋という一膳飯屋であった。

なんでも巣鴨刑務所へ弁当を差入れている店だという話だったが、湯気の立っている熱い味噌汁と炊き立ての飯は、なかなかうまくて食が進んだ。陣中見舞だといって、〝川島勝ちゃん〟が、築地の魚河岸のなかにある寿司屋へ、夕食に連れて行ってくれたこともあった。

「ねエ、江藤さん。書き下しを書いちゃったら、またひとつ具体的にやりましょうよ」

と、〝勝ちゃん〟はいった。「具体的」とはいうけれど、何がどう具体的なのかさっぱりわからないのが、この〝勝ちゃん〟の「具体的」の特徴であった。そういえば、〝勝ちゃん〟には、「来る来る来ないの勝ちゃん」という異名があり、神出鬼没、天馬空を征くがごとき名物編集者だという評判も、その頃までには私の耳に聞えて来た。

いずれにしても、その「来る来る来ないの勝ちゃん」に、私は暖かく鼓舞され、激励されているのであった。やがて年が明け、昭和三十四年（一九五九）一月に、とうとう『作家は行動する——文体について』が世に出たときにも、〝勝ちゃん〟は私を魚河岸の寿司屋に連れて行った。

「愉快だねエ、江藤さん、今度また具体的にやりましょうや！」

と、いささか酩酊した〝勝ちゃん〟は叫んだ。

それからいったい何ヵ月ぐらい経った頃だったろう、私はまた一通の封書を受取った。読みにくい見馴れぬ筆跡で、川島氏からの手紙ではないことは明瞭であった。裏を返してみると、そこには「大岡昇平」と記されていた。

## V

その大岡昇平氏の手紙は、今でも大切に保存してある。久し振りに大岡氏からの来信の束を取り出して読み直してみると、そのうちの最も古いものには昭和三十四年二月五日の消印がある。宛先は「武蔵野市吉祥寺二七〇〇　江藤淳様」とあり、封筒の裏には単に「大磯町東町　大岡昇平」とだけ記されていて日付と番地は省略されている。

いくら古い手紙とはいえ、私信の内容をそのまま公開するのは憚られるので、間接的なかたちで紹介すると、満寿屋製二百字詰原稿用紙五枚に、桝目を無視して記されているこの手紙は、基本的には『夏目漱石』を私から借覧したことに対する礼状であった。

このころまでに、初版の版元東京ライフ社は、つぶれて跡形もなくなり、『夏目漱石』は書店では入手不可能の状態になっていた。したがって大岡氏は、当時「文學界」編集部にいた岡富久子さんを通じて、私に借覧を求めたのである。それに応じて一本を郵送したところ、この手紙が来たというようなわけであった。

そんな次第で、当然大岡氏の手紙には、『夏目漱石』の読後感が記されていた。同時にそこにはまた、「週刊読書人」の依頼で『作家は行動する』の書評を引受けたということも記されており、いきおい大岡氏の筆は、この書き下し評論についての感想にも及んでいた。

いうまでもなく、私は、そのいずれにも注目せざるを得なかった。『夏目漱石』について、「あなたのやうな方が出て来たことが、うれしい気持で一杯です。僕などが少年の頃からいろいろ考へあぐんでゐたことが、一挙に解決されたのでうれしいのです」などという暖い言葉が連ねられていたことについても感激したが、『作家は行動する』に触れて、「……小林、志賀を仮想敵とされる必要はないのではないかと思ひました。彼等はもう実質的に神様ではありません。彼等の機能によつて神様であるにすぎないので、仮想敵を作るのは軍備を強化するには有効ですが、大兄にはもうその必要はないと存じます」という意味深長な意見が付されていたのには、思い当るふしがあったからである。

それは、大岡氏からの来信のなかの、「(小林も『批評家失格』の頃までは行動者でした。芸術は実行であるが、彼のモットーだつたのですから)」という註釈と、関わりがなくもないことであった。要するに、私は、『作家は行動する』のなかで批判した小林秀雄の「負の文体」なるものと、実際に鎌倉の街頭で見掛けたことがある小林秀雄の姿の実質感とのあいだの落差に、少からずとまどっていた。そのとまどいから生ずる対象への向い方の不正確さを、大岡氏の批評はさすがに的確に指摘しているように思われたのであった。

これに対して、私がどんな返事を書いたかについては、はっきりした記憶がない。しかし、「東京都港区芝明舟町廿一　虎ノ門福田家」と印刷された封筒にはいっている同年三月二十九日付の次の手紙の冒頭に、「冠省　先達は度々御手紙ありがたうございました」とあるところを見ると、この間二ヵ月足らずのあいだに、私は一通だけではなく二通、あるいは数通の手紙を大岡氏に書き送っていたにちがいない。この三月二十九日付の来信のなかで、私は季刊誌「聲」に執筆する意向はないかと、大岡氏に訊かれたのである。

「聲」といえば、昭和三十三年秋に、大岡昇平・中村光夫・福田恆存・三島由紀夫・吉川逸治・吉田健一の六氏によって創刊され、丸善を発売元として刊行されるようになった豪華な季刊文芸誌である。この雑誌に紙幅を与えられることが、駆出しの若い批評家にとって、何を意味するかは贅言を費すまでもない。私は、もとより昂奮に震えないわけにはいかなかった。

しかし、大岡氏の手紙は、よく読んでみると、『作家は行動する』の続篇を書いてみたらどうか、と示唆していた。だが、果して小林秀雄という、あの実質感に充ちた生身の存在に直面しないままに、私は『作家は行動する』の続篇など書くことができるだろうか？続篇を書く前に、小林秀雄論を書かなければならないのではないだろうか？

そう考えはじめていた私の気持が、はっきり確定したのはいつのことだったか、記憶には残っていない。だが、少くとも大岡氏からの来信の文面で推定できる限りでいえば、同年五月七日付の文首に、「昨日は失礼致しました。御計画中の論文のイントロダクションを弊誌『声』に下さるとのこと、何よりありがたうございます」とあるので、五月六日現在、おそらくは電話で大岡氏から意向を尋ねられたとき、私はまだ『作家は行動する』の続篇のことを考えていたに相違ない。この手紙によれば、締切は八月二十日ということであった。つまり、私が「聲」に書くべき論文は、当初十月一日発売の「聲」第五号・昭和三十四年秋季号に予定されていたということになる。

ところが、それからちょうどひと月後、同年六月八日付の手紙には、「拝復、御手紙ありがたうございました。小林秀雄論、御承諾の返事がないので心配してゐました。安心しました。材料はよろこんで提供します」という文面がある。この間に、私が思い切っていい出したのか、なにかのきっかけで大岡氏のほうの考えが変ったのか、いずれにせよ「聲」には小林秀雄論を書くことに決ったのは疑うべき余地がない。

今から思い返してみると、私はたしかこのころまで大岡氏に逢っていなかったような気がする。もちろん「文學界」の大座談会では同席していたので、面識はあったけれども、執筆に多忙な大磯の大岡氏のところへ、もともと出不精な私が、自分からのこのこ押し掛けて行ったとは到底考えられない。

そういえば、六月八日付の手紙には、「十五——十八日　国際文化会館　二十五日以降三日まで　虎の門の福田屋（ママ）」に泊る旨が記されており、東京で逢ったほうが便利ではないかと書かれている。もし記憶に誤りがなければ、このときたしか十五日から十八日のあいだのいずれかの日に、私は国際文化会館で夕食を御馳走になりながら大岡氏に逢ったのである。

大岡氏は、埴谷雄高氏とは、一見全く対照的な人のように見受けられた。なによりも大岡氏のまわりには、成功した人気作家特有の華やかな雰囲気が漂っていた。大岡氏の行動半径は、ゴルフも銀座もそのなかに抱え込んでいたが、同時に氏には、国際文化会館に宿を取るような、知的でハイカラな趣味を愛するところがあり、その意味で凡百の流行作家とは一線を劃していた。要するに大岡氏は、典型的な都会人であって左翼ではなかった。

しかし、それにもかかわらず大岡氏は、深刻な左翼体験の所有者である埴谷氏と、いくつかの特徴を共有していた。その第一は、饒舌なまでに座談を好む、という性癖である。そしてその第二は、若い世代に対する興味、第三はダンディズムそのものであり、最後になによりもあの小林秀雄に対する熾烈極まる関心であった。

このような大岡氏が、左翼でないだけ、私にとって埴谷氏より話し易い相手と感じられたのは不思議ではない。私はたちまちこの年長の作家に親しみを感じ、文学的青春について語りつづけてやまないその歯切れのよい東京弁に酔った。

だが、それにもかかわらず、私の「小林秀雄論」は、「聲」の秋季号に間に合わすことができなかった。理由は、九月早々に引越ししなければならぬことになったからである。吉祥寺のアパートを出なければならなくなったからではない。下目黒の元競馬場に在る、ある屋敷の留守番にはいらなければならなくなったからであった。

当時父は、銀行を停年退職して以来、兜町の大手の証券会社の関連会社に勤めていた。屋敷というのは、その本社の社主の三男の家である。その会社の役員であるこの人の一家が、ニューヨークに在勤することになり、九月早々には赴任することになった。しかし、家を空家にして置けば傷むし、第三者に貸せば居坐られるおそれがある。したがって、いつでも明け渡す用意のある若夫婦を留守番に住わせるということになり、私ども夫婦に白羽の矢が立った、という次第であった。

私の知らないところで父が決めて来たこの引越しの話に、そのまま乗ることにした一つの理由は、家内の健康にあった。狭いアパートで、夜を徹して原稿書きをしていれば、一緒にいる者の健康に、悪影響を生じぬはずはない。現に家内は、この年の春、肝臓を害してしばらく日赤病院に入院しなければならなかったのである。

「小林秀雄論」を一号延ばすことを承諾した大岡氏の封書には、八月三十日の日付が記されている。つまり、私は、留守番にはいった屋敷で、「小林秀雄論」の稿を起したのである。

それが「聲」第六号に掲載された直後に、大岡氏からまことに貴重な資料が届いた。ここまで書くとは思わなかったので、黙っていたが、思い切って見せることにした、という手紙が添えてある。それは未発表の、小林秀雄の初期断片であった。

これについては、「小林秀雄と私」に述べてあるので、煩を避けたいが、引用の許諾を求めた私の手紙に対する小林氏の返書の葉書の文面を、最後に紹介して置きたい。

《御手紙拝見どうぞ御遠慮なくわざ〳〵御丁ねいに恐縮に存じました　小林秀雄》

私は文字通り、感激に震えながらその達筆のペン書きを、いつまでも見詰めていなければならなかった。

（一九八四年十一月〜八五年三月）

# II

# 伊東静雄『反響』

## I

《これ等は何の反響やら》という、伊東静雄の第四詩集『反響』の扉に記されたエピグラムを見て、本当に、この本に収められている詩はなんの反響なのだろう、と自問しはじめたとき、私は旧制中学の三年生になっていた。

それは昭和二十三年の夏の終りごろで、私はもう鎌倉にはいなかった。祖母がこの年の三月末に亡くなり、それをきっかけにして私の家にはいくつかの変動がおこったからである。

稲村ヶ崎の家を引き払って、東京の場末に建ったばかりの、父の勤務する銀行の社宅に移ることになったのは、その一つである。その引越しの準備をしている最中に、義母が高熱を発し、やがて肋膜炎と診断された。そのために、家の明け渡し期限が来ても義母を東京に移せなくなり、しばらく弟妹とともに義理の祖父の隠居所に預けて、静養させざるを得なくなった。これもまた変動の一つであった。

そんなわけで、私は父と二人でひと足さきに東京に移り、男世帯を張ることになった。銀行の社宅は、北区十条仲原町三丁目一番地にあり、十二坪ほどの急造のバラックにはまともな壁がなく、そのかわりにテックスが釘で打ちつけてあった。後年のことだが、私はこの社宅が、銀行の内部で〝炭住社宅〟と呼ばれていたことを知った。

私はすでに転入試験を受けて、湘南中学から都立一中に転校していたが、夏休み中に学校を変ったので、新しいクラスメートに逢うこともできずにいた。私が伊東静雄という詩人の名を知ったのは、ちょうどこの宙ぶらりんの状態のころのことである。

それにしても、稲村ヶ崎から十条への移転は、私にとっては少なからざる変動というべきであった。私は、突然自分が周囲に露出されてしまった、と感じていた。

十軒ある社宅の敷地には、庭木が一本もなく、西側の窓を開けると四ツ目垣を隔ててすぐ道路があった。そして、西陽は容赦なく粗末な畳の隅々にまでさし込んで、それをたちまち変色させた。

この銀行の社宅全体が、周囲の地域社会から浮き上り、露出されて、以前からこの場所で暮している人々の視線に曝されていることは、いうまでもなかった。生れてはじめて銭湯というものに行ったとき、私はどこでどうしたらよいのかわからずに、湯気の濛々と立ち込める洗い場の一隅に棒立ちになって、茫然としていた。その私を、いずれも筋骨のがっしりした老若の男たちが、奇異の眼で眺めていた。私は、手拭いで前を隠す、という習慣すら知らなかったのである。

とにかく、私はいろいろなことを覚え、いろいろなことに馴れなければならなかった。この新しい環境に馴れ、必要なことを覚えないかぎり、生活を、いや、ことによると生存を続けて行くことも覚束ない。秋の新学期のはじまるまでのあいだは、父が勤めに出かけてしまうとほかにすることもなかったので、私は掃除や洗濯や買物などという、通常一家の主婦がするような仕事を、自分に課すことにした。

しかし、とまどうことはあったけれども、この変動は、私にとって一種の感覚の解放をもたらしてもいた。当初、私は、緑があまりにも少い場末の街に、ほとんど本能的な嫌悪を感じていたが、十条銀座の商店街を歩いていると、いつの間にか官能的な陶酔に似たものを感じている自分に気がついて、おどろくことがあった。

それは、人であった。この街の周辺で暮している工員や、国鉄の職員や、小商人やらの家族たちであった。こういう人々は、鎌倉には――ことに、稲村ヶ崎にはいなかった。ことに、この街を行く女たちは、たくましく肉感的な足を踏みしめて、十条銀座を歩いていた。真夏の太陽の下で、彼女たちの甘ずっぱい汗の匂いを嗅ぎながら、私は、そのなましさに昂奮していた。

もちろん、彼女たちが、私をその仲間に入れてくれることはない。そのころは、まだ旧制中学に通っている生徒の数が、現在の大学生よりはるかに少いという時代だったから、銀行の社宅の周囲に友達を求めることはできず、況んや同じ年頃の娘と言葉を交す可能性も、皆無にひとしかった。私は、中学生であるということで、しかも、湘南中学から都立一中に転校して来たばかりの生徒であるということで、はじめから彼女たちの仲間には入れないことになっていた。

だからこそ、彼女たちは魅力的だったのかも知れない。同じ年頃なのに、彼女たちの多くはすでに働いていて、給料というものをとっており、まだ稚さの残っている唇に口紅をつけ、髪にはパーマネントをかけたりしていた。銭湯に通う彼女たちは、髪をタオルやネッカチーフに包んで大人びた襟足を見せ、素足に紅緒のちびた下駄をつっかけて、すれちがいざまに自分たちの魅力を誇示するようなながし目を、私に投げかけた。

つまり、彼女たちは、すでに〝女〟をくっきりと顕しはじめていた。その臆面もなさも趣味も、ほとんど下品であったけれども、下品であるだけに私には一層刺戟的に感じられるのであった。

これと似た嫌悪と陶酔の混淆した感覚は、銭湯通いのなかにもあった。自分の裸体を他人の眼に曝し合うことへの嫌悪と、ほかならぬそのことがもたらす一種の陶酔。私は、疑いもなく、自分を周囲に対して露出することを、ためらいもしなければ恐れもしない人々のあいだで暮しはじめていた。

しかし、このような環境が、どれほど大人になりかけていた私にとって刺戟的に感じられたとしても、そこには美が決定的に欠けていた。

そのことを、私は、夕焼けを眺めるたびに痛切に感じた。緑のほとんどない十条仲原界隈で、美への渇きを癒してくれる自然といえば、夕方の一刻、西の空に展開される豪奢な残照の饗宴以外にはなかった。

十条銀座で買って来た西陽除けの簾ごしにその夕焼けを眺めていると、変動による混乱と解放感の底でうずいているものを、確かめることができた。そういう私の前を、路地の奥にある大黒湯に通う娘たちが、挑発的に腰を振りながら通りすぎて行った。

欠けているものといえば、私のまわりには書物も欠けていた。気がついて見たら、三年前の空襲で大久保百人町の家が焼け落ちたとき、私は、自分の自由になるはずだったおびただしい書物を失っていたのである。これまでそれを意識せずに済んでいたのは、鎌倉にいる限り、どこに行っても書物が充ち溢れていたからであった。

鎌倉では、級友の一人の父親は作家で、もう一人の父親は歌人であり、さらにもう一人の父親は外地から引揚げて来た大学教授であった。彼らの家に遊びに行けば、私はいくらでも本に触れることができたし、ときには本を借覧することすらできた。その便宜が、いまや決定的に奪われてしまったことを、私は悟らざるを得なかった。

本屋に並んでいる新刊書には、心を惹きつけるものがなかった。文芸雑誌のたぐいを手にとって開いてみても、私の胸の底でうずいているものに反響する文字は皆無であった。

いまや、不可思議な時代がはじまりかけているようであった。その新時代の到来を、私は鎌倉ではあまりはっきりと感知することができなかったが、十条銀座の本屋の店先に立っていると、いやでもその気運を感じないわけにはいかなかった。

私は、この新時代に心を閉して、古本屋に足を向けた。古本屋は、十条銀座にも一軒あったけれども、私が好んで出かけたのはこのほうではなく、下十条（現在の東十条）の駅の近くにあった、ほこりっぽい店のほうであった。

この店の主は、六十前後の男で、胡麻塩頭を五分刈りにして、ちょっといなせな雰囲気を漂わせていた。その細君は、五十を少し過ぎたくらいの年恰好の女で、襟に手拭いをかけ、こめかみにときどき頭痛膏をはりつけたところは、水商売上りに見えなくもなかった。

この、いつも少し不機嫌そうな主と、いつも少しおどおどしているように見える細君とが、替りあって店番している古本屋は、世の中から置き忘れられたようにひっそりとしていて、私の心を和ませた。彼らは、私が立ち読みをしていてもなにもいわず、たまに気に入った本を帳場に持って行っても、ほとんど言葉を交さずに、面倒臭そうに代金を受けとって、粗末な紙にくるんだ本を渡してくれるだけであった。

なんという屋号の店だったか、いまではすっかり忘れてしまったこの古本屋で、私は伊東静雄の詩集『反響』を手にとったのである。それはまったくの偶然であった。なぜなら私は、そのときこの詩人についてなんらの知識もなく、詩人が在世しているのかどうかも知らなかったからである。まして私は、彼が私の先祖の故郷にほど近い長崎県諫早の出身であり、当時大阪の中学校で教鞭をとっていたことなど、知るよしもなかった。

しかし、そこには、私の心の底のうずきに応じてくれる言葉があった。そして、その言葉は、あきらかにひとつの確乎たる美的世界を構成して、不可思議な新時代におのずから相対峙していた。当然、私の胸は震えずにはいられなかった。

## II

詩集『反響』は、いま手許にないが、『定本伊東静雄全集』に附せられた富士正晴氏の編注によれば、昭和二十二年（一九四七）十一月三十日付で、創元社から刊行されている。装幀は庫田叕で、B6判一三六頁のつつましやかな詩集であった。

発売されてから一年も経たぬうちに、誰がこの詩集を古本屋に売り払ったのかは知らない。しかし、『反響』のページをなにげなく開いた私は、たちまちそこに収められている詩に惹きつけられていった。

そこには、鎌倉から十条の場末に引移って以来、私の胸を嚙みつづけて来た激しい渇望を、一挙に癒してくれる言葉があった。それは決して大げさな言葉ではない。《これ等は何の反響やら》というエピグラムに示されているように、韜晦した詩人が、遠いところから聴えて来る物音の〝反響〟に耳を澄ませているとでもいうような、静かな、低声につぶやかれた言葉だったけれども、それらの言葉は私の心に深く沁み通っていった。たしか二十円の新円を投じて、私はこの詩集を自分の所有とした。

もし、このとき、『反響』にめぐりあわなければ、私は文学を仕事とするようになっていただろうか？　この仮定の問には、答えにくい。あるいは私は、いまとはまったく違うことをしていたかも知れず、ひょっとすると生きてすらいなかったかも知れない。いずれにしても、ある人との出逢いが人間の一生を左右し得るように、ある本との出逢いもまた人間の一生になにがしかの決定的な影響を及ぼし得るものである。よしその本が、あまり世間には名を知られていない詩人の、小さな詩集であったとしても。

それにしても、昭和二十三年の夏の終りごろの一日、なぜ私はあの下十条の古本屋の西陽のさし込む店先で、『反響』を手にとったのだろう？　それは単なる偶然だったのか、あるいは摂理とでもいうようなものの働きによる必然だったのか。いまだに私は、この『反響』との出逢いが、不思議でならないのである。

この詩集に収められている詩のなかでも、ことさらに私の心のうずきに応えてくれたのは、「夏の終り」という詩であった。それはこういう詩である。

《夜来の颱風にひとりはぐれた白い雲が
気のとほくなるほど澄みに澄んだ

かぐはしい大気の空をながれてゆく
太陽の燃えかがやく野の景観に
それがおほきく落す静かな翳(かげ)は
……さよなら……さやうなら……
……さよなら……さやうなら……
いちいちさう頷く眼差のやうに
一筋ひかる街道をよこぎり
あざやかな暗緑の水田(みづた)の面(おもて)を移り
ちひさく動く行人をおひ越して
しづかにしづかに村落の屋根屋根や
樹上にかげり
……さよなら……さやうなら……
……さよなら……さやうなら……
ずつとこの会釈をつづけながら
やがて優しくわが視野から遠ざかる》

一見したところ、これはむしろ平凡な叙景詩で、その印象は明るい。ほとんど散文に近いほど無理のない各行の進行には、ゆったりとした白い雲の流れのようなリズムが隠され

ているが、そのリズムは、二ヵ所において、

《……さよなら……さやうなら……

……さよなら……さやうなら……》

という歌と交錯し、さりげなく中断されている。

それは、雲の歌――雲のあいさつの歌だ。この歌は、コーラスのあいだから突然響いて来るバリトンのソロのように、叙景のなかから浮びあがり、メロディを奏でる。それは、長調のむしろのどかなメロディであり、雲は流れながら、このあいさつの歌を歌いつつ、遠くへ消えて行くのである。

だが、この長調のむしろのどかなメロディが、かくもしっくりと心の底にわだかまっているうずきに応えてくれるのは、なぜなのだろう？　そして、その結果一種の痛切な悲哀の感情が湧きあがり、しかも慰撫されるのはなぜだろう？　いったい、この、

《……さよなら……さやうなら……

……さよなら……さやうなら……》

は、「何の反響」なのだろう？

そう思ったとき、私は、自分がいまなによりも、この「……さよなら……さやうなら……」という歌を必要としていることに、気がつかざるを得なかった。私は、さまざまなものに「……さよなら……さやうなら」をいわなければならなかった。鎌倉にも、幼いこ

ろから親しんで来た生活の様式にも、それを成り立たせていた時代にも。そして、自分の少年時代と汚辱から自由だった日本にも。おそらく私は、そのとき、長調の明るいメロディで「……さよなら……さやうなら……」をいうことを、ひそかに希っていたにちがいなかった。

しかし、伊東静雄というこの詩人は、どうして「夏の終り」というこの本質的には悲哀に充ちた詩を、かくものびやかな明るいメロディで歌うことができたのだろう。そう思いつつ、『反響』のページを繰って行くと、そこには、ちょうど私の生れたころ——昭和七年から九年にかけての詩を集めた、『わがひとに与ふる哀歌』という章があり、そのなかに「行つて　お前のその憂愁の深さのほどに」という詩があるのが眼についた。

《大いなる鶴夜のみ空に翔(かけ)り
　或はわが微睡(まどろ)む家の暗き屋根を
月光のなかに踏みとどろかすなり
わが去らしめしひとはさり……
四月のまつ青き麦は
はや後悔の糧(かて)に収穫(とりい)れられぬ

魔王死に絶えし森の辺(へ)

遥かなる合歓花を咲かす庭に
群るる童子らはうち囃して
わがひとのかなしき声をまねぶ……
（行つて　お前のその憂愁の深さのほどに
明るくかし処を彩れ）と》

これもまた、ひとつの啓示であった。とはいっても、私がその啓示の意味をより深く汲めるようになったのは、もっと後年になってからであったが、そのときですらこの詩の最後の二行、

《行つて　お前のその憂愁の深さのほどに
明るくかし処を彩れ》

は、やはり私の耳にはひとつの啓示のごとくに響いたのである。

詩人は、なにか大きなものを喪いつつ、それに耐えている人であるにちがいなかった。いや、単にストイックに耐えているというだけではなく、むしろその喪失を創造の出発点に据えて、「明るくかし処を彩」ろうとして来た人にちがいなかった。事実、彼は、「夏の終り」で、あれほど見事に「明るく」、敗戦直後の虚脱と喪失感とを「彩」って見せているではないか。そうだ、詩人は、あの「夏の終り」で、戦に敗れた悲しみをうたってくれているのだ。

ふりかえってみると、私たちはそのころ、敗戦の悲しみをうたうことを許されていなかった。いや、私たちは、敗戦の悲しみを感じることを、そもそも許されていなかった。それが国を占領されていることの、もっとも端的な意味であった。私たちは、喜ばなければならなかった。日本が「民主化」され、戦犯が巣鴨につながれ、闇市が栄えて弱肉強食の自然状態がいたるところで展開されていることを。私たちは敗れたばかりではなく、敗れたことを喜ばなければならないのであった。

そういう時代に、詩人は、悲しみと喪失をうたっていた。きわめてアイロニカルに、悲しみと喪失を「明るく」うたいながら、「視野から遠ざか」ろうとしていた。

《行つて　お前のその憂愁の深さのほどに
　明るくかし処を彩れ》

これは、私という個人に対してばかりではなく、私という日本人に対する詩人の伝言であるとも考えられた。そして、また『反響』には、次のような伝言も収められていた。それは、「中心に燃える」という詩である。

《中心に燃える一本の蠟燭の火照に
　めぐりつづける廻燈籠
　蒼い光とほのあかい影とのみだれが
　眺め入る眸　衣　くらい緑に

ちらばる回帰の輪を描く
そして自ら燃えることのほかには不思議な無関心さで
闇とひとの夢幻をはなれて
蠟燭はひとり燃える》

つまり、「明るくかし処を彩」るためには、人は「自ら燃え」ればよいのであった。そう詩人は、うたっていた。

（一九七六年六月・七月）

# 三島由紀夫の家

## 1

《わたくしは夕な夕な
窓に立ち椿事を待つた、
凶変のだう悪な砂塵が
夜の虹のやうに町並の
むかうからおしよせてくるのを。》

一九四〇年一月の日附がある、この「凶ごと」という詩には、おそらく三島由紀夫氏の主調音がかくされている。当時氏はまだ学習院中等科の生徒のはずであるが、自分の基本旋律を聴いてしまった過敏な中学生が、外界との間に超えがたい距離を感じるようになってもいたしかたがない。成長は、彼にとっては、スポーツマンの同級生においてそうであるような、眠っているうちに寝床をぬらすおびただしい夢精のようなものではない。肉体は年齢を逃れられない。十五歳の肉体は、二十歳の肉体とは違うのである。だが三島氏にとっては、以来成長とは、自己の基本旋律と外界との距離を間断なく測量し続けることを意味するにすぎないものとなる。

　測量は意識的な行為であるが、成長はその性質上意識を裏切るものであるから、三島氏の「成長」は厳密には成長といえないかも知れない。氏のなかには恒にひとりの幼児が棲んでいる。氏の外貌は無意識家のあずかり知らない抽象的な仮面に似通っている。要するに三島氏に年齢がないゆえんである。そして年齢がないとは、氏に本来青春がなかったことを意味する。なぜなら、青春とは肉体が意識を踏みこえてぶよぶよと膨脹する時期、そのために生ずる錯乱を特権とするような季節であるのに、三島氏には決してこういうことはおこりえなかったから。したがって氏のなかでは、恒に幼児が老年と同居しているのである。

## 2

　爾来二十年、三島氏は、「夕な夕な、窓に立ち椿事を待つた、」おそらく今夜もそうであろう。そして、氏の作品に登場する人物たちが唱和するのも同じ歌である。

《……映画館を出たときに、めづらしい大停電があつた。町のあらゆる灯は消え、ネオンはまたたきながら消えて行つた。数秒のちに又ともり、ネオンといふネオンはわなわなとふるへながらともり、新聞社の窓々も一せいにともつた。しかしともつたと思ふと、又消えた。残つてゐるのは自家発電のビルのあかりだけである。（中略）
こんな擾乱の感じは、しかし二人の心によく似合つた。街がこんなに彼らのために、彼らに似合ふやうに変貌したのは、何か思ひ設けぬ幸運とも感じられた。何か起ればいい、何か外的な破滅がふりかかつてくればいい、といふのは節子のこの日頃の願ひであつた。そこかしこの横丁では、人々が店から出てざわめいてゐた。暦より一ト月も早い夜の暖かさも、この不安の感じを強めた》（『美徳のよろめき』）

同じような「期待」を、氏の作品のなかにさぐり出せばきりがない。たとえば『橋づくし』という短篇は、この「期待」のヒューモラスなパロディとして読まれるべきである。私は、三島氏自身の作詞になる清元の地で、柳橋のみどり会でこの作品を脚色した舞踊劇が演じられるのを見たが、芸者のおさらい会で「破滅の期待」が白粉くさく日常的に演出されるのを見物しているのは珍妙な体験であった。だが、こういう珍妙さを、戦後の気違いじみたジャーナリズムのなかで、この作家はいやというほど経験して来たにちがいなく、それは逆に氏が外界との間に計量している距離をたしかめるという快感を、作家にあたえて来たはずである。

このような三島氏に、近頃、『宴のあと』をめぐっての民事訴訟問題という些細な「椿事」がおこったのは、皮肉な話である。もちろん氏の期待する「椿事」とは、こんな辛気臭いものではないはずだが、『鏡子の家』の一節に倣っていうなら、「習慣を渇望するという社会的習性」と「破滅の思想」とは、「仲好く同居」しうるものであるから、この「椿事」はすくなくとも氏の「社会的習性」に打撃をあたえているにちがいない。もともと民事裁判は個人的事件にすぎず、国家権力が訴追する刑事事件とは性質を異にするので、私は別段「言論表現の自由」の危機に対して義憤をもやす気にもなれないが、百万円払うか払わぬかというような個人的問題を、「プライヴァシイの権利」という輸入された民法上の概念を楯にとって、天下の正義に問うというような風潮をつくり出してしまった有田八郎という人の政治的手腕には反感を覚えている。これは作家にとって愉快なことではないのである。

皮肉な話だというのは、この偶発事の背後に、ひとつの必然がかくされているのが見えるからである。つまりそれは、三島氏が外界と自己とのあいだにおこなって来た決してあやまたぬはずの測量に、狂いが生じたことのあらわれである。無意識家にとっては事件は偶然の責任であるが、意識家にはそうではない。狂いはいつから生じたか。私見によれば、それは大作『鏡子の家』に着手しなければならぬと三島氏が感じはじめた頃から、あるいはこの大作が多くの批評家によって冷淡なあしらいを受けた頃からである。

## 3

『鏡子の家』は冷淡なあしらいをうけた。三島氏は失望して映画「からっ風野郎」に出演した。私は昨年の春、京都まで本を探しに行って「からっ風野郎」のポスターが風になびいているのを見たが、ポスターの上の三島氏は、氏が決してあらわにすることのなかった肉体を露出していて、見るに耐えなかった。三島氏は作品の上で好んで肉体を描く作家であり、肉体的な暗喩を多用する作家であるが、それでいて氏が肉体主義者でないのは、氏の描く肉体が恒に観念化、より正確にいえば精神化されているためである。が、これは創作の上でのみ可能なことであって、現実の肉体は舞踏家の修練なしには畢竟只の実在にすぎない。その実在、三島由紀夫の肉体という実在が、意志の跡をすこしもとどめぬままポスターの上で風に揺られて動いているのを見て、私は「ああ間違えてるな」と思ったのである。

だが、実は『鏡子の家』でも同様のことがおこっていたのである。読者は三島氏に華麗な仮面劇を期待したが、氏はここで自己を語ろうとしすぎた。批評家は、なかんずく年長の批評家は、年齢のない三島氏がここでも「現代」という万人にふさわしい一般的な概念を手玉にとってみせることを望んでいたが、氏は「戦後」という特殊な時代の子にふさわしい自己証明を試みようとした。あえていえば、この大作は、熱烈なあしらいをうけるには、個人的世代的でありすぎたのである。さらにいえば、個人的というには世代的でありすぎ、同世代に支持されるためには、「窓に立ち椿事を待つ」という三島氏の主調音が強く響きすぎていたのである。革命的「戦中派」の出現以来、また行動的肉体的な石原慎太郎氏の出現以来、同世代は、「椿事」の期待に生きるというストイシズムを捨て、「椿事」の主体になろうとする渇望を抑えかねていたからだ。

『宴のあと』の成功が、まさに『鏡子の家』から数歩引きさがって、従来の三島氏の美学に復帰することを代償として獲られたことを思えば、『鏡子の家』の特殊な性格は逆に明瞭である。しかし、この失敗作は、成功作『宴のあと』よりはるかに豊かな問題を含んでいる。このことを私は、失敗作からはすかいに作者の横顔を眺めるという、批評家のあのいまわしい習性にしたがっていうのではない。後世文学史家は、『宴のあと』と「プライヴァシイの権利」について数行をさくであろう。だが、『鏡子の家』については数十行をさかねばならぬであろう。三島氏の評伝作者もまた、この大作を無視して氏を論ずることを不可能と感じるにちがいない。なぜなら、ここで主題とされている「戦後」という時代は、本来青春というものを持ちえなかった三島由紀夫氏が獲得した人工的な青春の時代であり、『鏡子の家』はその青春に対する氏の挽歌だからである。一度挽歌をうたってしまった三島氏が、外界と自己との距離を測りあやまって、階段からおちたり、民事裁判にまきこまれたりするような場所に足をふみいれてしまったのも、当然といわねばならない。

## 4

『鏡子の家』は長篇小説として書かれた。そして長篇小説として失敗している。小説としてこの作品を読めば、これほどスタティックな、人物間の葛藤を欠いた小説もめずらしいのである。女主人公の鏡子は、名前が示すように、ボクサーの峻吉、新劇青年の収、画家の夏雄、商事会社社員の清一郎という四人の現代青年の類型を反射する「鏡」であるが、この「鏡」には裏表がないので、二人の人物が対面しようとしても、自分の顔が見えるだけで相手の存在には気がつかない。あるいは相手の影をみとめても、この冷やかな「鏡」の存在にへだてられて相手の肉体に触れ合うことができない。つまり人物たちはすべてナルシスティックであり、ナルシシストからは「他者」も「外界」も飛びすさって行くのが当然である。

ただ一ヵ所の例外は、女高利貸の秋田清美に買われた美貌の新劇青年収が、この醜女にボディビルで造りあげた自分の肉体を傷つけられて、強い存在感を味う部分であるが、ここに生じかけた劇はすこしも展開されぬままに収の唐突な情死の知らせに転換してしまう。あるいは峻吉が、母にいいつけられて山椒の葉を摘みに小庭に出、にわかに自己嫌悪を感じて街を疾走する場面にも「外界」があらわれかけるが、峻吉は結局鏡子の家にまで行ってしまうのである。作者が小説の小説的要素にあまりに無関心なのにはおどろくほかない。正統的な小説家なら、おそらく清一郎というシニカルな会社員を主人公にして、この小説のパースペクティヴを再構成しようとするであろう。しかし三島氏は、この魅力的な人物をつまらぬブルジョア娘と結婚させてニューヨークにやってしまう。そこで彼はコキュになり、山川財閥の当主夫人とワイルド・パーティに出かけるのである。

したがって、結局この長篇小説の実質は、むしろこれらの人物についての作者のかなり饒舌なエッセイの羅列にあり、その構成は前半が上昇し後半が下降するという擬古典劇風の構成ということになる。しかし、そこでなにがなされたか。果して作者は現代青年の類型などというものに、一片の興味をも示しているであろうか？　いったい作者は何を描こうとしているのか。

作者は自己をくまなく反射させようとしている。四人の人物たちは、いずれも三島由紀夫氏の分身であって、彼らにとって鏡子が「鏡」であったように、作者にとっては「鏡子の家」がひとつの巨大な「鏡」の役割を果しているのである。作者は、この小説で、時代の壁画を描こうとしたのだというようなことをどこかでいっていたが、これは偏狭な批評家への弱気でなければミスティフィケイションであろう。壁画には色彩もあり、ものかたちも描かれる。しかし、「鏡」に描くということは不可能で、敢えて描けばそれは「鏡」

ではなくなってしまい、なにが映じようが結局恒に空白にとどまるというのが「鏡」の属性だからである。つまり、『鏡子の家』には、巨大な「空白」が描かれている。いかに惨憺たる失敗であろうか。

だが、話はここからはじまる。作者は、実は最初から「空白」を描こうと意図していたのではなかった。長篇小説などというものがもともと三島氏にはどうでもいいものであって、小説とはいつも氏にとっては生きるための手段といったものではなかったであろうか。そして、氏が描こうとした時代とは、もののかたちもなければ色彩もないひとつの巨大な「空白」の時代、あたかも「鏡」に映じた碧い夏空のような時代ではなかったか。このような時代の壁画は、「鏡」以外のものではありえない。そこには「空白」以外のものがあってはならないのである。このように考えれば、『鏡子の家』はいかにも燦然たる成功ではないか。すくなくとも三島氏自身と、氏と趣味を同じくする少数の人間——あの「椿事」の期待に生きる窓辺に立った人間たちにとっては。

5

『鏡子の家』に住んでいるのは、「戦後」という時代の精神である。この精神は通俗思想史家のいう社会改良主義、民主主義、新教育、昭和十年代の革命的知識人の「第二の青春」、その他もろもろの「時代精神」の断片とはまったく異質であって、しかもなおその底に姿をひそめているものである。

《もし鏡子の父親が幽霊になつてこの家へあらはれたら、来客名簿を見て肝を潰すことになつたにちがひない。階級観念といふものをまるきり持たない鏡子は魅力だけで人間を判断して、自分の家のお客からあらゆる階級の枠を外してしまつた。どんな社会の人間も鏡子ほど、時代の打破したところのものに忠実であることはできなかつた。ろくすつぽ新聞も読まないのに、鏡子は自分の家を時代思潮の容器（いれもの）にしてしまつた。彼女はいくら待つても自分の心に、どんな種類の偏見も生じないのを、一種の病気のやうに思つてあきらめた。田舎の清浄な空気に育つた人たちが病菌に弱いやうに、鏡子は戦後の時代が培つた有毒なもろもろの観念に手放しで犯され、人が治つたあとも決して治らなかつた。いつまでたつても、アナルヒーを常態だと思つてゐた。人が鏡子を不道徳とそしるのをきき、その誹謗の古めかしさに彼女は笑つたが、今やそれが一等尖端的な誹謗になつてゐることには気づかなかつた。》

　これはその「精神」の受け身の、したがって女性的な表現であるが、その積極的な、したがって男性的な表現はこうである。いつも「世界崩壊」を予言しているシニカルな会社員清一郎は、鏡子にむかっていう。

《「さうだらう。君も本音を吐けば、やつぱり崩壊と破滅が大好きで、さういふものの味方なんだ。あの一面の焼野原の広大なすがすがしい光りをいつまでもおぼえてゐて、過去の記憶に照らして現在の街を眺めてゐる。きつとさうだ。……君は今すつかり修復された冷たいコンクリートの道を歩きながら、足の下に灼けただれた土地の熾(おき)の火照(ほて)りを感じなくては、どことなく物足らず、新築のモダンな硝子張りのビルの中にも、焼跡に生えてゐたたんぽぽの花を透視しなくては、淋しいにちがひない。でも君の好きなのはもう過去のものとなつた破滅で、君には、その破滅を破滅のままに、手塩にかけて育て、洗ひ上げ、完成したといふ誇りがある筈だ。君の中には、……灰から立上つたり、悪徳から立直つたり、建設を謳歌したり、改良したり、より一そう立派なものにならうと思つたり、やたらむしやうに復興したり、人生を第一歩からやり直さうと思つたり、……さういふ一連の行為に対する、どうにもならない趣味的な嫌悪がある筈だからね。君は現在に生きることなんかできやしないよ」》

その「現在」についてさらに彼はいう。

《「君は過去の世界崩壊を夢み、俺は未来の世界崩壊を予知してゐる。さうしてその二つの世界崩壊のあひだに、現在がちびりちびりと生き延びてゐる。その生き延び方は、卑怯でしぶとくて、おそろしく無神経で、ひつきりなしにわれわれに、それが永久につづき永久に生き延びるやうな幻影を抱かせるんだ。幻影はだんだんにひろまり、万人を麻痺させて、今では現実と夢との堺目がなくなつたばかりか、この幻影のはうが現実だと、みんな思ひ込んでしまつたんだ」

「あなただけがそれを幻影だと知つてゐるから、だから平気で嚥み込めるわけなのね」

「さうだよ。俺は本当の現実は、『崩壊寸前の世界』だといふことを知つてゐるから」

「どうして知つたの？」

「俺には見えるんだ。一寸目を据ゑて見れば、誰にも自分の行動の根拠が見えるんだよ。ただ誰もそれを見ようとしないだけなんだ。俺にはそれを見る勇気があるし、それより先に、俺の目にありありと見えて来るんだから仕方がない。遠い時計台の時計の針が、はつきり見えてしまふみたいに」》

　鏡子と清一郎のこの哲学的対話を小説の本質的な軸とすれば、夏雄、収、峻吉の三人の人物たちは、「世界崩壊」――「椿事」の期待を共有する人間が、現代社会でどう生きうるかという現象的可能性の追求の道具である。そして、収と峻吉がそれぞれ滅び、日本画家の夏雄だけが奇妙な神秘主義から再生して、明日から家に戻って来る夫との日常生活に復帰しようとしている鏡子に抱かれるのは、芸術家のなかにだけあの「精神」がひそかに伝えられて行くという寓意であろう。だが、そこまでいってしまっては話が進みすぎる。この「精神」と三島氏の「青春」との関係が問題だからである。

　さきほど私は、三島氏が本来青春などを持ち得ない人だといった。これを、氏が極度に早熟な、空想的で孤独な青春を、同時代にはやく先がけてむかえてしまっていたといっても同じことである。あの「凶ごと」にはじまる一連の詩を書いたとき、三島氏はまだ十五歳である。学習院高等科の師清水文雄氏によって「文芸文化」同人に近づき、日本浪曼派の「間接的影響」をうけるにいたったのは、さらに二年後であるから、あの「椿事」の期待の基本旋律は、日本浪曼派によってあたえられたものではなく、むしろ日本浪曼派に共鳴するひとつの絃を見出したのだといったほうがよい。このことは、三島氏を日本浪曼派に吸収されていった数多くの青年たちからへだてている。浪曼派は氏の文学的青春ですらなかった。

「……三島にはなにかもっと『先天的』なものがあり、日本浪曼派からの出発は、三島にとって一時のかりの宿りではなかったか」(『物語戦後文学史』六八回)という本多秋五氏の推測は正しいのである。

相違はこの場合も、「椿事」を期待するかその主体となろうと渇望するかというところにある。本多氏のいう通り、日本浪曼派は、戦後の世界でむしろ堀田善衞氏や橋川文三氏のような、一種の永久革新家に変貌するのが「通常」であるかも知れない。だが、ここに行動家が行動することにおいて傍観者となり、観照家が観照することにおいてかえってあざやかに行動する、という皮肉な逆説が作用する。つまり、堀田氏や橋川氏は、戦後永久革新家となることによって単に「戦時」を生きつづけようとしているが、三島氏は自己を芸術家と規定することによって、かえって確実に「戦後」を生き得たからである。この点において、三島氏は、いわゆる第一次戦後派の作家たちともおもむきを異にする。彼らは、戦後に「昭和十年代」を生きたのである。

《……戦後の世界に於て、世界各国人が詩歌をいふとき、古今和歌集の尺度なしには語りえぬ時代がくること、それらを私は評論としてでなく文学として物語つてゆきたい。》（『花ざかりの森』跋—昭和十九年皐月（さつき））

戦争末期に、すでに戦後を予感しているのは、観照家の面目をものがたっている。だが、このとき、「凶変のだう悪な砂塵」をまきあげてあいついでおこる「椿事」に陶酔していた三島氏は、やがて自分がどのような武器をひっさげてその「戦後」に自らの青春を構築するにいたるかを、まだ知らなかったのである。

6

故神西清氏の「ナルシシスムの運命」というエッセイは、数多い三島由紀夫論のなかでももっとも忘れ難い名文である。そこで神西氏はこう書いている。

《……戦争はたしかに、彼の美学の急速な確立をうながした。その意味で彼は明らかに戦争の児であつた。のみならず戦争は、それまで樹皮に蔽はれて見えなかつた彼の年輪を、その幹に一痛打を与へることによつて露はにした。その意味で、彼もやはり戦争の「直接被害者」であつた。美の信徒は、今やはつきりと美の行動者になつたからである。》「美の信徒」が「美の行動者」に変貌するとは、具体的には三島氏の文体が変化したことである。これは氏の決意のあらわれであって、戦後の氏の作品が「花ざかりの森」の和文体から堅い箴言風の文体に変化したことの裏には、比喩という魔術的な論理がはたらいている。その論理とは、たとえば次のようなものである。

《悲しんでゐる筋肉の悲しみを見るがいい。それは感情の悲しみよりもずつと悲壮だ。身悶えしてゐる筋肉の嘆きを見るがいい。それは心の嘆きよりもずつと真率だ。ああ、感情は重要ではない。心理は重要ではない。目に見えない思想なんぞは重要ではない！》（『鏡子の家』）

このような文章をとらえて、三島氏がいかに非論理的に書くかを証明しても筋ちがいなことである。われわれの論理は、日常生活のおこなわれる実在の世界への対応を仮定して成立するが、魔術の論理にはこういう前提がないからだ。だが、なぜ三島氏は敗戦を契機としてこのような魔術の論理を行使するにいたったのか。それは神西氏のいうように、戦争が氏に「直接の被害」をあたえたためであろうか？

むしろ戦争は氏に「直接の恩寵」をあたえたのである。そこでは「椿事」は次々と生起し、秩序はまたたくまに無秩序に還元され、天空は地上におり立ち、「死」の確実な予感が「生」に性的なまでの甘美さをあたえていた。立つべき「窓辺」はもはやなかったが、この「凶変」の交響楽のなかでは、三島氏の主調音のごときは、ひとつの装飾音符にもあたいせず、その故に氏は安らかにあの「期待」を無限にふくらませることができた。これはひとつの加速度の世界——そのためにかえって時の進行が停止して感じられる世界である。だが、やがて敗戦がやって来て、日常生活が復活する。規律正しい時計にはかられる時間が流れはじめ、卑俗な配慮が高貴な昂奮にとってかわられる。「直接の被害」は、この敗戦からあたえられるのである。神西氏の「戦争」は、すべて「敗戦」といいかえられるべきであろう。そういえば、「ナルシシスムの運命」が書かれた昭和二十七年頃には、まだ「敗戦」という語彙はよみがえっていなかったが。

一旦日常生活が復活した以上、そこであからさまに「破滅」や「崩壊」の期待を語ることはすでに悪徳である。精神は、日常的なものを恒に否定しようと作用するという意味で「悪」であるが、「破滅」の渇望はもっとも純粋に精神的なものであるから、当然「極悪」に属している。だが、困ったことには、日常生活のなかでは、この「極悪」が恐れられるより嘲笑されるのだ。嘲笑されることなく、すでに「戦争」によって明らかに確証されているあの「椿事」への期待——三島氏にとっての唯一の真実を守りつづけるにはどうしたらよいか。比喩が生れ、魔術の論理が駆使されるのはここにおいてである。それは三島氏の正当防衛であるが、この攻撃的防禦の独創性は、優に氏を時代の子とするに足りた。

氏がここでおこなったことは、精神や感情を肉体の比喩で語り、言語をあたかも**もの**であるかのように外在化し、要するにすべての内面的なものを徹底的に外在させてしまうことである。物質的な飢餓の時代に、闇市の不潔な食物と並べて、かくも精神的な肉体、かくも雄弁な物質をさりげなく売るとは、またなんと悪意に充ちた挑戦ではないか！　このことによって、三島氏は、数かぎりもない復員くずれの物騒な若者たちの旗手となった。ここに三島由紀夫氏のあの基本旋律と、「戦後」という時代との出逢いがある。氏の「青春」は、通常の青春とは逆に、意識の過剰によって構築された人工的な「青春」である。

三島氏はまさに砂糖やタイヤを売るように氏の隠匿物資を売ったのである。このことが物騒な若者たちの気に入った。隠匿物資を売り、敗戦であいまいにされかけた真実を強奪して来ること、――それは生きるということである。この国の文学でもっとも高く評価されるのは実行家の文学である。志賀直哉、小林秀雄、中野重治、これらの実行家たちの系譜に当時の三島氏は名を連ねていた。氏こそは、戦後に生きえた唯一人の真の「戦後派」であった。このとき、昭和十年代の革命的青春を再現しようとしていた第一次戦後派はなにをしていたか。彼らは、おおむね反省し、追想し、解釈し、不正確なプログラムをつくっていた。つまり生きていなかったのである。

精神が肉体の比喩で語られ、言葉が外在化されたとき、作家の内部にはひとつの明瞭な輪郭を持った「空白」だけがのこる。つまり、彼はあたかも「無思想」であるかのような外観を呈する。三島氏の内部の「空白」の白さは、他の戦後派作家たちの観念・思想の過剰で澱んだ内部の黒さと好対照をかたちづくる。すなわち氏は「純潔」なのであり、そこに映じるものがあるとすれば、それはあの「一面の焼野原の広大なすがすがしい光り」だけである。

ところで、外在化された言語、ものの外貌をあたえられた思想とはなにか。それはもちろん実在ではない。だが人はそこに運動を、記号をイメイジのなかに熔解させる想像力の働きを見るであろうか。ここにあるものは、たとえば石原慎太郎氏における肉体の言語化、言語における肉体主義の逆のものであろう。三島氏の作品では、恒に言語は静止し、決して運動を開始しない。言語は「鏡」となるが、この「鏡」はもともと氏の内面を素材にしたものであるから、結局あの「空白」しか映さず、作家に反省を強いたりはしないのである。また、内面を外在化したものが三島氏の作品に描かれる「外界」である以上、これは完全に自己完結的な世界で、実在が作者をおびやかす心配も無用である。無論これは小説的世界ではない。

こういう世界が、三島氏の魔術のつくりあげた世界であった。それが氏にとっての「戦後」という「家」であった。『鏡子の家』は、実はこの家霊であり、又鏡子自身でもある「戦後」の緩慢な崩壊と、それに対する作者の覚悟を主題にした「小説」なのである。

## 7

《しかし四人が四人とも、言はず語らずのうちに感じてゐた。われわれは壁の前に立つてゐる四人なんだと。

それが時代の壁であるか、社会の壁であるかわからない。いづれにしろ、彼らの少年期にはこんな壁はすつかり瓦解して、明るい外光のうちに、どこまでも瓦礫がつづいてゐたのである。日は瓦礫の地平線から昇り、そこへ沈んだ。ガラス瓶のかけらをかがやかせる日毎の日の出は、おちちらばつた無数の断片に美を与へた。この世界が瓦礫と断片から成立つてゐると信じられたあの無限に快活な、無限に自由な少年期は消えてしまつた。今ただ一つたしかなことは、巨きな壁があり、その壁に鼻を突きつけて、四人が立つてゐるといふことなのである》

三島氏自身がこの「壁」を感じはじめたのは、おそらく一九五一、二年頃からであろう。「小説家の休暇」によれば、一九四五年から四七、八年にかけては、氏は「あの時代とまさに『一緒に寝て』ゐた。」一九五五年には、もうこういう反動期と寝るわけにはいかないと決心していた。

すでに触れたように、『鏡子の家』では、「壁をぶち割らう」とする峻吉と、「壁を鏡に変へてしまふだらう」という収は滅亡し、「とにかくその壁に描かう」とする夏雄と、「俺はその壁になるんだ」という清一郎はまだ滅んでいない。喧嘩で拳を割られ、一夜でチャンピオンの栄光から失墜して右翼団体に加入する峻吉は象徴的である。すべてが日常性の毒によって腐蝕させられ、あらゆる「悪徳」が自由に出入り出来た淫売宿のような鏡子の家のパーティも、会員制度の俗物の集合となる。そして、鏡子の家に、不在だった慣習と日常性の象徴である夫が帰って来るとき、すべてが終る。もっとも取澄ましたポーズで夫をむかえようとする鏡子の矜持すら、実在の象徴である「七疋のシェパアドとグレートデン」の咆哮におびやかされて、脆くも崩壊する。夫の姿は読者には見えない。だが、どうしてそれを見る必要があろうか。

問題は、この崩壊――つまり「椿事」の崩壊であるが――に、三島氏がどう対処するか、ということころにある。芸術家である彼は、夏雄のように鏡子の抱擁をうけているのであろう。生活者である氏は、おそらく清一郎のように生きようとするであろう。氏の構築した「青春」が崩れ去った今、氏におとずれるのは「成熟」であろうか？　否、ふたたび幼年と老年がともに戻って来るのである。『宴のあと』の主人公は老年であるが、それが少年劇団に演じられた仮面劇（マスク・プレイ）のような印象をあたえるのは、このことのあらわれである。今後、三島氏は決して世代を書かぬであろう。ことに『鏡子の家』の失敗のあとでは。すべては氏の個人的な問題にあの孤独な基本旋律に復帰したのである。

8

世代にあっては「廃墟」に象徴された無秩序は、個人にあっては「血」とエロティシズムに象徴される。清一郎はすでにこの鎖が人間の根をつないでいるのを瞥見していた。読者はいわばその陽画を『憂国』に、その陰画——つまりそのパロディを『百万円煎餅』に見るであろう。

（一九六一年六月）

# 大江健三郎の問題

一九五七年の春から初夏にかけて、私は休刊を間近にひかえた「三田文学」の残務整理に忙殺されていた。事務所は銀座の並木通りに面した古いビルの三階にあり、一つしかない机の上には相変らず寄贈された新聞、雑誌のたぐいが雑然とつみあげられていた。それらを薄赤くそめる西日の強さがそろそろ気になりはじめたある夕方のことである。私は、そのなかから一葉の新聞をとりあげて漫然と活字を眺め、ややあって坐り直すと今度は身を入れて読みはじめた。新聞は東大新聞の「五月祭」記念号で、懸賞論文と懸賞小説が発表されていたからである。論文については今は何も想い出さない。しかし、小説は、編集者に突然仕事への情熱をあたえるあの新鮮な佳作のひとつであった。そうだ、この作家に書かせよう、と思いながら、私は新聞をほうり出して立ちあがった。作品は『奇妙な仕事』という三十枚ほどの短篇で、作者は大江健三郎といい、東大仏文科の学生ということであった。

だが、思い直してみると、この未知の作家に寄稿を依頼することは到底不可能であった。私たちの編集による「三田文学」の最後の号は、もう編集を終えていたからである。落胆して私はやがて作者の名を忘れ、作品の題を忘れた。印象にのこったのは、この短篇の異様な大きさと輝きである。誰かがこの資質を育てるだろう。あきらめて、私は伝票を帳簿とつきあわせたり、休刊後の取次店との連絡方法を考えたりといった、辛気臭い仕事に没頭するほかはなかった。

大江健三郎という作家をはじめて見かけたのは、それからおよそひと月のちのことである。場所は文春クラブで、指さしてそれと教えてくれたのは「文學界」の編集者だったが、はじめて見る大江氏は、焦茶の背広をいかにも律儀に着た白皙の少年であった。その若さと、ユーモラスな歩き癖と、妙に鋭い目つきとのとりあわせは、鮮烈な印象をあたえた。鋭すぎる眼が、実は強度の近視のためだということに気づいたのは、のちに眼鏡をかけた大江氏に逢ってからである。

ところで、「奇妙な仕事」とは、さしあたり犬の撲殺の手伝いをすることである。大学病院に百五十四の実験用の犬がつながれているが、それが残酷だという英国人の女の投書のために、一挙に殺してしまうことになった。「僕」と女子学生と私大生の三人が、犬殺しの助手にやとわれ、無防備な犬たちを次々と手際よく撲殺していく彼の「卑劣さ」に各々の嫌悪を感じている。だが、犬殺しはその行為によって犬と結びつき、犬を「愛する」ことすらできるのにそれを残酷だといってなじる私大生は、犬と結びつくこともできず、一撃で殺すという優しさを示すこともできない。犬に対してあいまいな愛情と反撥を抱き、百五十四の怨みを一身に背負って、「顔が歪むほど僻んだ」赤毛の仔犬を飼いたいと思ったりしている「僕」は、血におびえた赤毛の老犬に嚙まれて、気を失ってしまう。女子学生はすべてに絶望していて、給料をもらったら火山を見に行くのだといいながら、犬の皮を洗っている。彼女によれば、自分たちは「犬殺しの文化」に首までつかっているのである。

しかし、この「仕事」の「奇妙」さは、単にアルバイトの突飛さにあるのではない。戦後の学生にとっては、屍体処理はむしろ割の良い仕事で、これは戦災当時から朝鮮事変まで続いたが、それにくらべれば犬殺しの手伝いなどはよほど上品な仕事である。「奇妙」なのは、「仕事」そのものが宿命的な徒労と背理を含んでいて、「犬を殺すつもりだったが、殺されるのは僕らの方だ」というドンデン返しが最後にやって来るからである。つまり犬殺しも学生たちも、ともどもに肉ブローカーの手先につかわれてペテンにかけられていた。勿論日当は支払われず、そのかわりにあたえられるのは警官の叱責である。「皮を剝がれ、殺されても歩きまわ」っている学生たちの耳に、屠殺を免れた八十頭の犬の咆哮が轟きわたる。

《全ての犬が吠えはじめた。犬の声は夕暮れた空へひしめきあいながらのぼって行った。

これから二時間のあいだ、犬は吠えつづけるはずだった》

「奇妙」さはこの吠え声のなかに、あるいはそれを聞いている「僕」と女子学生との重い疲労のなかに凝縮されている。ここでいう「奇妙な仕事」とは、換言すれば「存在すること」、現代の日本に生きるという「仕事」のことにほかならない。「存在すること」のなかには、あるねじれがあって、人はそのなかで徒労に耐えながら生きるというのが作者の認識であるが、作者はこの認識を得ることによって、逆に徒労から自分を救済しているのだともいえる。

撲殺という行為をめぐっての犬殺しと学生たちの葛藤を現代の状況のなかで生きる者の典型的な態度の間の葛藤という寓意を含んだものとし、この状況そのものを解消させてしまう肉ブローカーのペテンを、状況を超えた「歴史」の悪意の象徴と見ることも可能であろう。大江健三郎氏の新しさは、僅々三十枚の短篇のなかに、この巨大な主題を展開してみせたことにあった。しかもこのような世界の影像を、彼は借物の図式によってではなく、自分の鋭敏きわまる豊富な感受性によってとらえていたのである。この冒険が新しい文体と技法を要求しないはずはない。大江氏はその点でも優に「新しい作家」の名にはじないことを示した。つまり彼のもののとらえかた、世界に対する対しかたは、彼以前の大部分の作家のそれとは異質だったのである。そのことは、たとえば『奇妙な仕事』の冒頭の東大構内のイメイジを、中野重治氏の『むらぎも』に描かれたそれと比較すればあきらかである。

《附属病院の前の広い鋪道を時計台へ向って歩いて行くと急に視界の展ける十字路で、若い街路樹のしなやかな梢の連りの向うに建築中の建物の鉄骨がぎしぎし空に突きたっているあたりから数知れない犬の吠え声が聞えて来た。風の向きが変るたびに犬の声はひどく激しく盛上り、空へひしめきながらのぼって行くようだったり、遠くで執拗に反響しつづけているようだったりした。

僕は大学への行き帰りにその鋪道を前屈みに歩きながら、十字路へ来るたびに耳を澄した。僕は心の隅で犬の声を期待していたが、まったく聞えない時もあった。どちらにしても僕はそれらの声をあげる犬の群れに深い関心を持っていたわけではなかった。

しかし三月の終りに、学校の掲示板でアルバイト募集の広告を見てから、それらの犬の声は濡れた布のようにしっかり僕の躰にまといつき、僕の生活に入りこんで来たのだ》（『奇妙な仕事』）

これに対して、

《何でもそのときは雨がふついた。こまかい雨で、安吉は傘なしにあるいていた。正門からはいつてきた彼は、正面に大講堂をみて、黄葉した銀杏並樹の下を、からだがまつすぐになるような調子であるいて行つた。彼の記憶では、彼のまえにも後ろにも一人の人間も見えなかつた。ほそい雨は、空から、しずかにまつすぐに降つていた。いつもやかましい建築場のリヴェティングが、まつたく聞えなかつた。どこかには人がいるにちがいない。図書館にはいるはずだ。正門の詰所にも守衛がいたはずだ。病院には、医者、看護婦のほかに患者たちがいるだろう。しかし今は、そんなものを含んだまま、焼けのこつた建物、これから建つて行く建物、並樹、樹木、芝草、すべてが地面に直角になつてそのまま濡らされていた。ひろい構内全体が、休息しているというほどふやけてはいない、しんとしているというほど鋭くもない。そのままで濡らされている……そして安吉は、あるいて行く前方に女の姿を見つけたのだつた》(『むらぎも』)

「僕」が「前屈みに歩」いているのに対して、片口安吉が「からだがまっすぐになるような調子であるいて」いるのは、それぞれ戦後の学生と昭和初期の理想主義的な学生の姿勢を象徴するものとして、面白い。しかし、「僕」の見ている大学の建物と、片口安吉の見ているそれとは、同じものでありながら全く異質である。『むらぎも』の作者は、建物を見、並木を見、見たものを正確に再現しようとしている。この建物は、初秋の雨の日、東大の構内を歩けば、私たちの眼の前にあらわれるはずのその建物である。見たものを再現するのは記憶の力であるが、記憶のはたらきは一面想像に似ていながら、スタンダールの指摘するようにそれとは相剋する。だが、『奇妙な仕事』の作者はなにも見てはいない。時計台も、並木も、犬の吠え声も、それらは現実に誰の眼にも見えるように存在するものではない。正確にいえば、「附属病院の前の……」から「……犬の吠え声が聞えて来た」

までの数行で、作者は半ばもの、、、を見て、い、る、。これはいわば半眠半覚の状態である。しかし、「風の向きが変るたびに犬の声はひどく激しく盛上り、……」あたりから作者の夢がはじまる。この短篇の読者は半覚の状態からつるべ落しに夢におちこみ、結末の、「夕暮れた空へひしめきあいながらのぼって行く」犬の咆哮の残響のなかで覚醒するという体験を持つだろう。「奇妙な仕事」のリアリティは、夢によってはじめて証された現実のリアリティである。

大江氏は、この頃、場末の下宿の二階にいて、壁が動き出す幻覚にとらわれたり、急に息がつまって押しつぶされそうになるために大声でひとりごとをいったりするというような日を送っていたらしい。『奇妙な仕事』には、その頃の作者の心境を暗示する一節がある。

《……僕はあまり激しい怒りを感じない習慣になっていた。僕の疲れは日常的だったし、犬殺しの卑劣さに対しても怒りはふくれあがらなかった。怒りは育ちかけ、すぐ萎えた。僕は友人たちの学生運動に参加することができなかった。それは政治に興味を持たないこともあるが、結局、持続的な怒りを僕が持ちえなくなっているせいだった。僕はそのことを時々、ひどく苛だたしい感情で思ってもみるが、怒りを回復するためにはいつも疲れすぎていた》

あの「夢」は、重い疲労感だけに現実的なものを感じ、人間を嫌悪し、周囲の現実を拒否していた孤独な東大生のみていた夢である。大江氏が東大の学生であったこと、しかも文科生であったということは重要で、以後の彼の一連の作品に出て来る学生のイメイジは、他のどの大学よりも東京大学という特殊な学校——学生運動が年中行事であり「進歩的」な雰囲気と使命感の要求が一人一人を圧迫し、誰もが運動の用語で語りあうといった学校のなかにおいてみたとき、生き生きとしはじめる。作家の想像力は、おのずから彼の属する現実の拘束をうけるということの好例であろう。

　このような雰囲気のなかで、犬を焼く煙の「淡い桃色がかった柔かな色の煙」を夢み、それを「ふだん人間を焼いている時より少し赤みがかって優しい色」だと感じるような感受性の持主が、何によって武装しなければならなかったかは明瞭である。彼は眼を見開いていることができない。中野重治氏の「まっすぐに背をのばした」青春は、眼をあげてものを見つめ、見たものを「列挙」するという方法を可能にした。『むらぎも』の建物や街路樹は、このまなざしにとらえられた対象である。しかし、大江健三郎氏の「前屈みになった」青春は、猥雑で不安定な世界をもはや見つめることができない。彼がわずかに見うるのは、閉じられた視野のなかにうかびあがる建物や並木のイメイジである。しかし「列挙」された現実の建物や街路樹が、個物の明瞭な輪郭を持ちながらやはり個物にとどまるのに対して、イメイジに「凝縮」された建物や並木は、個物をこえた意味を得てふくれあがり、世界のなかに存在するものの重みを持ちはじめる。三十枚の短篇がよく立体的に現代の背理をとらえ得たのは、この「凝縮」がおこなわれたからである。大江氏は自らの「夢」をペルセウスの楯にして、現代の「暴虐な現実」をそこにくまなく映し出した。彼はもっとも個人的な不快感と疲労に執することによって、逆にもっとも普遍的な現代の影像をとらえたのである。

『死者の奢り』と『他人の足』は、それぞれ「文學界」と「新潮」の一九五七年八月号に発表された。前者はこの作家の文壇的処女作で、愛着の深い作品らしいが、『奇妙な仕事』のなかには渾然と融け合っていた観念と抒情が、すでに微妙な分裂を示しはじめているのは注目すべきことである。大江氏はこの作品によって、もっぱら観念の新しさを評価され、「思想を表現しうる文体を持った新人」といわれた。だが、実は『死者の奢り』の魅力は、点綴されたサルトル流の実存主義の用語の目新しさよりも、あの徒労と背理の認識に支えられた新しい動的な抒情にある。『他人の足』にはこの分裂はない。しかし、『奇妙な仕事』にくらべると抒情が勝っていて、その結果、この短篇は軽いのである。この作品が鑑賞家に好評で、堀辰雄の現代版という批評もあったのは、おそらくその抒情性のためであろう。やがてこの分裂は次第に深まり、『芽むしり仔撃ち』と『見るまえに跳べ』の間では決定的な溝をかたちづくり、『われらの時代』と『夜よゆるやかに歩め』にいたると、観念と抒情は完全に離婚してにわかに色あせはじめる。大江氏のこの変貌の過程は、この文学世代の精神の軌跡のひとつの象徴として、あるいは後世の文学史家の注目をひくかも知れない。

一九五八年一月号の「文學界」に発表された『飼育』と、同年六月号の「群像」に発表された『芽むしり仔撃ち』とは、当時「日本読書新聞」に文芸時評を書いていた私に、大きな衝撃と感動をあたえた作品であった。『飼育』で、大江氏は『死者の奢り』では幾分それによりかかっていた観念のわく組みをみごとにのりこえ、やや過剰なほどの華麗なイメイジを展開して、彼の背理の世界の屍臭を飾っていた。この作品のなかでは、「戦争」と主人公の内的な成長の背馳が美しいフーガを奏しているが、このフーガは、大江氏の世界のねじれ目に一閃して「僕」の指を砕く「父」の鉈の輝きによって完成させられている。『芽むしり仔撃ち』の世界もまた、処女作以来この作家の作品を一貫して来た二重構造の世界であって、その外側には「戦争」があり、内側には疫病で封鎖された村がある。この村が、ある山村であると同時に普遍的な村であることはいうまでもない。しかし、ここでは歴史の悪意は偶然のかたちづくる「宿命」としてではなく、村を棄てて逃げた大人達の行為の結果としてとらえられ、ここには「疲れすぎた」処女作の「僕」のかわりに、大人達の行為の「卑劣さ」を糾弾する「僕」がいる。この発見が、『芽むしり仔撃ち』を、それ以前の作品から一歩進めた佳篇とした大きな動因であった。

ところで、これら一連の作品に展開されているのも、やはり一種の「夢」であることにかわりはない。この頃大江氏は一躍文壇の寵児となり、同じ年の「文學界」十月号の座談会「第二の復興期」でも最初から臼井吉見、平野謙、山本健吉氏ら代表的時評家によって問題にされたが、そこで平野氏の提出した次のような疑問は、期せずしてこのことに裏側からふれていた。

《たとえば「死者の奢り」を僕はそうとう丁寧に読んだんですが、読めば読むほど、あの死人を入れた浴槽のようなものがどのくらいの大きさの、どのくらいの高さのものか、わからないいんだよ。その描写を読むと、自分の背の高さとスレスレのものか……しかしイメージとしてはウンと高くて、ウンとでかいような気がするんだけれども、〔実際の水槽は〕だいたい銭湯〔の湯舟〕ぐらいのものらしいんだな。そこに何十人といるわけでしょう。具体的なイメージとしては、そういう点では落第なんだよ。細かく見るとね、大江君にはそういうことがあるんだな》

この事情は、『むらぎも』の描写と、『奇妙な仕事』のイメイジとの間に存在する事情と同じである。眼に見えるものを描写するリアリストは、眼の前にあるものに拘束される。しかしものを見ないところから出発するイマジストは、個物に拘束されることがない。この二つの態度の間に横たわっているのは、実在を測る客観的尺度の消滅という認識であって、ここにもマルクシズムという包括的な世界により得た世代と、すでにそれにより得ない世代との認識上の根本的な断絶がある。イメイジは、客観的な実在の尺度に合致しないからといって、真実ではないとはいえない。そのリアリティを保証するのは世界に対面し、それに耐える作家の主体の凝縮の深さである。この見地からすれば、『死者の奢り』や『飼育』が「落第」どころではないことはいうまでもない。

しかし、それならばどうして『芽むしり仔撃ち』の感化院の少年達の「勇者の倫理」がしばしば、日本の現実から遊離した遠い国のお伽噺のような印象をあたえるのであろうか。イマジストは世界を見ない。が、存在するのはイメイジだけであろうか。果して世界は実在しないであろうか。この佳作を書きあげたとき、大江氏の直面した難問はこれである。彼はここで、「認識」から「決意」へと進んだ。「決意」は当然現状否定の意志である。この意志と、意志の激突すべき日本の現実との距離が、当時まだ生活しはじめていなかった大江氏に測定できなかったとしても不思議はない。彼は自らの意志の正しさを疑わず、また疑い得もしなかった。彼がえらんだのは、自らのイメイジと実在との関係を今一度たしかめる——自分の生きかたについて検証をおこなうということではなく、文学と実行との不安定な分離であった。文学という行為のなかで否定するかわりに、彼は一面において現実にむかって叫び、一面において今日の状況に埋没しはじめたのである。

一面において叫ぶとは、現実の自分を「勇者」と措定し、そのように振舞うことである。ジャーナリズムは「勇者」となった大江氏の影像をまきちらしはじめ、彼も幾分この虚像を信じはじめた。しかし、実はそのときから埋没がはじまっていたのである。作品の世界があの「凝縮」を喪い、作者が一転して一般的な概念のなかに甚だ個人的な不快と疲労をまきちらすという倒錯をおかしはじめたのは、そのあらわれにほかならない。徒労と背理の認識のあとには、皮肉なことに徒労と背理の実践がつづいたのである。大江氏は、自らそれと知らずに、あのドンデン返しへの道を歩みはじめていた。

『戦いの今日』と『不意の啞』は、大江氏が『飼育』によって第三十九回の芥川賞を受けた翌月、各々「中央公論」と「新潮」の一九五八年九月に掲載されたものである。前者を平野謙氏が、後者を臼井吉見氏が称讃したのをはじめとして、この時大江氏は讃辞の渦のなかにいたが、私には『戦いの今日』の「アクチュアリテ」はすでに『飼育』のリアリティに及ばぬものと思われ、『不意の啞』のうまさはむしろ技巧の空転を感じさせて心外であった。そのことをたまたま紀伊國屋書店のパーラーで逢った彼にいうと、彼は「どうも小説が早く書けてしかたがない」といって、困ったような顔をして笑った。翌五九年に「婦人公論」に掲載された『夜よゆるやかに歩め』は、こういう状態のなかで書かれた作品で、流行児となった彼の前に出現した都会生活のひとつの影のような情事の物語であるが、私には当時の彼自身が、スコット・フイッツジェラルドの小説の主人公に見えてしかたがなかったものである。

　これと前後して、彼は物議の中心となった長篇の野心作『われらの時代』を発表し、非難と共感の渦のなかに立った。以後の彼があの難問の周辺で苦闘していることは周知の通りである。私がこの稿を草している五月初旬現在、大江氏は文芸家協会の代表の一人としての中国旅行の準備をしているはずである。幾多の「勇者」を興し、亡ぼした大陸の広大な自然が、彼になにものかを啓示することを、私は希っている。この才能豊かな作家の直面している問題は、単に彼一個のみの問題ではないからである。

（一九六〇年六月）

# 神話の克服

## 1

約一年前、私は『生きている廃墟の影』というエッセイを書いて、われわれ日本人の血にひそんでいる過去の呪縛についてふれたことがある。その「廃墟」は、まるで敷石の下からにじみでてくる地下水のように、たとえば日本語の散文作品をひたし、われわれの日常生活のはしばしにまでなんらかの影響をおよぼしているものであった。

また私は、合理的な、限定し、人間化しようとする意志と、限定されまいとし、われわれを支配しようとするえたいの知れない非合理的な、巨大な「廃墟」とのはげしい相剋のなかに、明治いらいの日本の近代化のエネルギーの源泉をみようとした。そして、この空間的イメイジで私に感じられる泥沼のような「廃墟」と、時間的な発展性をもつ人間的な要素、具体的には散文との激突のなかから、新しい文学的エネルギーが生れるのではないか、という仮説を提出した。

そののち、私は『奴隷の思想を排す』という論文を書いて、この過去の力の拘束が私小説、文学上の芸術至上主義的な系譜にどのように作用し、それぞれの行動をどのように束縛しているかをみようとした。そこで私が論証したいと思ったのは、文学作品が決してそれだけで空中にうかんでいる自己完結的なものなどではなく、人間のもっとも人間的な行為のあらわれである、ということであった。

それと同時に、私は「散文」の問題からすくなくとも「小説」の問題にまで考察の対象をひろげて、文学作品は、今日論証できるかぎりでは、客観的にそうだとみとめられるような「真実」を描くことはできなくなっている、といった。その機能は真偽の論証をこえた、ひとつのヴィヴィッドなイメイジ――ヴィジョン、文学的な思想、なんと呼んでもよいが――を提示することにある。そして、そのイメイジは、特に今日の日本の状況のなかでは、明瞭なプロポーションをもった人間のイメイジであって、それがヴィヴィッドなものとなり、ほんとうにわれわれ読者を感動させるものとなるためには、現に日本民族が潜在的にもっているおびただしいエネルギーを、「樹液のように」吸いあげなければならないはずだ、といった。

現在、私は、このような議論をさらに大きい視野の下で、さらに細かく発展させなければならないと思う。われわれが過去の呪縛をうけているのが事実であるとしても、それが今日のようなある意味での「文運隆盛時代」(!)に、どのようなかたちで作用しているか、ということについては、いまだ具体的にふれられたことがない。また、私小説家のなかにあった「文学」を絶対化して、それに奉仕しようとするロマンティシズムが敗北した今日、それにかわるものが、どのような性質をおびているか、という点についてもなおあいまいな点が多々ある。さらに、われわれの民族的エネルギーなるものがもっとも爆発的に噴出したのは、どの対象に対してでもなく、太平洋戦争という非合理的な浪費の奇怪な雰囲気のなかでだった、という問題がある。

このエネルギーの問題、過去の呪縛に対抗してそれを人間化する問題、それら二つがうまく結びあわされないかぎり、私の論旨の基礎はすえられたとはいえない。二番目のエッセイを書いてからおよそ七ヵ月の間というもの、私は、その間におこったいくつかの文学的な現象を観察したり、それと社会的状況との関係を考えたりしながら、文芸時評を書くために毎月数十篇ずつ発表される長短さまざまな小説をかなり熱心に読んで来た。

その結果、私のえたものは、現象的にいえば現在の日本がやや病的なほどの「文芸復興」期にあるという結論である。このことばは、かつてマルクス主義文学が敗退し、文学者がいっせいに「転向」した直後、具体的には昭和十年代の前後について用いられたことがあるが、当時の極度にロマンティックな風潮を思わせるものが、最近のわれわれの周囲にはびまんしている。社会的に見ても、小田切秀雄氏が戦後のマルクス主義運動の挫折のあとにあらわれた非政治主義的傾向を「戦後転向」と呼んだことを考えあわせると、ほぼかつての「文芸復興期」と同様の条件があるといってよいかも知れない。

すでにいったように、この「文芸復興」ないしは「文運隆盛」の主潮をなしているのは、極度のロマンティシズム過剰である。この傾向は端的にいっていいわゆるベストセラー小説のなかにあらわれている。『挽歌』、『美徳のよろめき』、『氷壁』というのは、過去一年間の代表的なベストセラーズであるが、これに石原慎太郎氏の近作『亀裂』をくわえるとしても、そこに共通している傾向は、作中の人物における生活不在であり、現実逃避的傾向であり、ある種の稀薄さ、リアリティの不在である。それと同時に、これが実は楯の半面にすぎず、これらの作品の魅力をささえているものが、リアリティとしてではなく、ひとつのムードとしてとらえられた強烈な危機感だということにも注意する必要があるであろう。『挽歌』の物語は異常感覚をもった少女の、中年の男との恋物語にすぎない。『美徳のよろめき』が、古典的（！）な、非時間的なモラリズムの書の外観を呈しているのはおそらく衆目のみとめるところである。『氷壁』の内容はあるパセティックな、しかし児戯に類する恋愛遊戯にすぎず、『亀裂』が文体にまで高められることのない実感の集積であることについてはほかの場所でふれたことがある。

しかもなお、ふたたび私はこれが楯の片方の面にすぎないということをくりかえす必要を感じる。これらの作品は現実に、かなり具体的な生活者である百万に近い読者によって歓迎されている。彼らの読みとったものは、なんであるといったらよいか？

私は、おそらくそれが、例の危機感であろうと考える。それは決して意識されてはいない。しかし、読者は、それらの作品のストーリーの内容、人物への共感、あるいは文学的な価値などに対してではなく、それらに反応していると信じながら、実は、たとえば『美徳のよろめき』のなかで、女主人公がにわかに革命や反乱の幻覚にとりつかれるような場所に噴出している切迫した危機感に反応しているのである。したがって、これらの作品は、極言すれば、読者をその中に具体的に参加させ、行動させ、しかも読者の主体性を失わせない「文学作品」としてよりは、むしろひとつのまったく倫理性を欠いた「象徴」として読まれている、という方がよい。

いうまでもなく、これらは文学作品を意図して書かれたものであって、これに文学的な分析を加えることも、さしてむずかしいことではない。現にそのような分析は多くの批評家によってなされて来ているし、それはそのかぎりではおおむね大した間違いはないであろう。しかし、全体として見れば、これらを文学作品としてのみあつかうのはあやまっている。なぜなら、これらの作品は、「象徴」として、限定すれば一種の「神話的象徴」として機能しているからである。つまり、今日、文学的エネルギーがもっとも強く凝集するのは、機能的に見れば、文学作品に対してではなく、「神話的象徴」に対してである。

いっぱんに、われわれは、われわれ自身そのなかにいる現在の状況を、はっきりと見定めようとするよりは、あるあいまいなムードとしてうけとっている。意識される範囲内、大衆社会論を信奉するアメリカ仕込みの社会学者のことばをかりれば、「実感」される範囲内では、世のなかは落ちついて来たということになり、「文運隆盛」は平和の証拠だというぐらいのところにおさまっているであろう。しかし、ムードにしか反応しない人間の前に、それが登山家と人妻の恋物語であろうが、姦通小説であろうが、ひとつの図柄があらわれると、それは構成され、提出された行為の表現としてではなく、奇妙に有機的な、奇妙に平面的な呪符のようなものとして、われわれの意識の下に圧迫されているエネルギー——危機感を吸収し、そうすることによって、さらに新しいムードをかもし出すという機能をはたしだす。

作家は文学作品を書いていると信じながら「神話的象徴」を描いて文学者から呪術師に変身し、読者は文学作品を読むと信じながら「象徴」に反応して、ムードにひたりこみ、さらに奴隷的存在に堕落して行く。いっぱんには世のなかがおちついて来たということになりながら、その底にひそむ潜在的要素は一々検証されることがない。学問的な定義を下すなら、ロマンティシズムとは、現実に反応することではなく、現実以外のものであって、いいかえれば、不在に反応するのだといってもよい。西洋の文学史の教科書を読むと、それは都会人が田舎に、近代人が中世や古代に、西洋人が東洋に、青年のうちのあるものが未来に反応することだと書いてある。しかし、現在の日本にすむわれわれは、自分たちのいる状況の性質を知り、そこでの実際的な行動を思うよりは、現実の状況から自らを遠ざけようとするムードに反応している。私は現在、軽蔑的（ペジョラティブ）にこの「ロマンティシズム」という言葉をつかう。それは正確に、非生活的、非行動的なものに堕落した、病的な「ロマンティシズム」にすぎない。

多くの高級な文学理論も、このムードのなかに浮遊している風船のようなものとして機能している。その無力さの一つの原因は、今日すでに「神話的象徴」と化している「文学作品」を、もっぱら「文学作品」として理解しようとするところからきている。そして、さらに、その無力さの一因は、論者が自らもこの「ロマンティック復興」のムードに身をひたしながら、「神話的象徴」を、「文化的行為」の結実だと誤認しているところにある。これが典型的にあらわれているのは、たとえばあの「精神共同体」理論であって、そのなかでは、神話の次元と文化の次元の混同ないしは倒錯が、論者自身によってすら意識されていない。

このような現象はたんに「文学作品」の「象徴」化にとどまるものではない。いっぱんにいってわれわれの周囲には、多種多様の情緒喚起的な象徴がうようよと浮遊している。これについては、次に具体的な例をいくつかあげたいが、「文学作品」が、現在、商業的な広告や、政治的なスローガンと同じ次元にしか存在しないということぐらい、おそらく、今日のわれわれの問題を明瞭に示すものはない。文学の論理が類推の論理や情緒喚起的な論理であってみれば、今日のわれわれの周囲の主導的論理は、まさに文学的というべきである。「文学的状況」における、「文学作品」の「神話的象徴」への堕落、これをおいて、当面の問題はない。

常識的にいえば、現代は技術文明の時代であり、現代社会は無機物的社会であり、非人間化されているということになっている。しかし、かりに非人間化されているとしても、逆に私には、それははなはだ有機的な、呪術的社会であるように思われる。《……社会生活が危機に陥る瞬間には、古い神話的な考え方に抵抗する合理的な力は、もはやみずからの支えをうしない、このときからふたたび神話の時代がひらける。神話は真に征服され、克服されることのないものである。それはつねに暗黒のうらに伏して、時機のくるのを待っている。この時機は、なんらかの理由で社会生活を結合させている力がその強さを失い、霊的な神話の力とたたかいえなくなった時に来るものである》

このようにいったのは、ナチスに追われてアメリカに亡命したドイツのユダヤ系の哲学者、エルンスト・カッシラーであるが、彼のいう「神話」――「意識されざる詩」は、今日、日本にかぎらず、世界に充満している。「生きている廃墟」が存在するのは、おそらくわれわれの社会においてだけではない。

これについて、アメリカの言語学者、スチュワート・チェースは、現在、「理想主義」的ということばが、どのような意味で用いられているかという実例をあげている。(註1) それによると、ある人にとってはこれは「むこうみずな」という意味であり、ある人にとっては、「真実な」という意味である。また一人にとっては「実際的でない」ぐらいの程度であるが、他の人にとっては「正確な」という意味だとされている。そのほか、「詩的な」、「感傷的な」、等々、その解釈はおよそ枚挙にいとまがないという。

これは主としてことばが情緒喚起的に用いられた例である。つまり、「理想主義」的ということばは、それが具体的な行為のうらづけを欠くときには、実際上ほとんどなにものでもさし得る代数の記号のようなものになってしまうのに、しかもわれわれに一種のムードを喚びおこすのである。

S・I・ハヤカワによると、われわれは現在はんらんしている、「反動」「アカ」といったような政治的スローガンや、商業的象徴である広告などによって、かつてないほど呪術的な思惟においやられているという。彼は、「ユダヤ人」ということばが、いかに喚起的に用いられて非人間的な機能を果したかについてかたり、もともと、記号であることばによって具体的な状況から解放され、思惟の自由を得た人間が、ことばによって奴隷にされている点を指摘している。(註2)

しかし、これらが意味論の学者のいうように、主として言語的な問題にとどまるものでないことはいうまでもない。そこにはわれわれのなかにひそむ非合理的な衝動が、一定の社会状況のなかでどのように作用するかという問題がつけくわえられなければならない。これについての興味深い実例は、大江健三郎氏が「日本読書新聞」（一九五八年三月三十一日号）に書いた文章に示されている。それは、南極観測隊のカラフト犬を殺すのはあたりまえだといった彼の発言に憤激した「世論」についてかたっているものであった。
《世論は、個人的に責任をおう署名いりの発言の集合であるべきである。……ところが奇妙な事情がある。一つの確固とした存在として「世論」を仮想し、それに自己を埋没させて、署名のない発言をする者たちがいるのだ。彼らは暗い奥そこから棒をふるって僕を殴りつける。僕が殴りかえすためにふるいたつと、彼らはいない。「世論」の亡霊がまぬけな図体をのろのろあらわすにすぎない。……この空虚でヒステリックな「世論」の亡霊へ、これら投書家たちほど単純でない、悪意にみちた力が作用しはじめた時、その時なにがおこるか。マッカシー旋風のように完璧な範例がある以上、僕は危機感からのがれることができない》
これは、現に、記号であるべきことばが、神話的状況のなかで、喚起的な象徴に転化された典型的な例である。今日多くの文学作品が、明瞭な構造を持ち、読者を主体的にそのなかに参加させる行為の表現ではなくなり、まったく倫理性を欠いた「象徴」になっているように、個人の主体的意見の集合をあらわす名前であったはずの「世論」が、ここでは、あいまいな実体を持ち、ムードを喚起するものだとみなされている。
もともと、主体的な意見の参加という要素を持つ以上、「世論」がものではなくて行為であることはいうまでもなく、そのひとつひとつの集合という意味で、それは立体的な、無機的な構造をもっていなければならないであろう。しかしこの場合、それは有機的な、骨なしのバクテリアのように自己運動する生きた個体に変質している。それにもかかわらず、われわれはこの間の事情を意識せず、「文化」的な「世論」の残像をおいながら、それを呪術的に機能させている。

このように下等動物化しているのは、なにもベストセラー小説や「世論」にかぎったことではない。多くの観念や思想は、具体的な構造を持ち、行為への方向をもった、いわば「文化」的な文脈のなかには存在せず、風船玉のようにぷかりぷかりと宙に浮いていて、しかも生きているものに変質してしまっている。あるいは、記号が人間の手をはなれて、逆に人間をあごでつかう神話的な象徴になってしまっている。

しかし、もともと、この場合の「世論」のような喚起的な象徴は、主として文学作品のなかでもちいられるものであった。ほかの論文でふれたように、文学作品、特に詩のなかでは、ことばは多く叙述的にではなく、喚起的な次元でもちいられる。たとえば、

《夕暮は僕らにとって、きわめて貴重な短い時間だった。僕らがあらゆる制約からのがれ、自分の躰に微細な塵のようにまといついている数知れない院内規約や法規のすべてを払いおとしてしまうことのできる唯一の機会が、それら川のようにめぐるあらゆる季節の夕暮だったのだ》（大江健三郎『鳩』）

この文章にもちいられたことばは、きわめて喚起的な性質のものである。ここにある「季節」や「夕暮」は、叙述的な記号としてのことばの次元から、作者によって意識的に、

喚起的な次元にうつしかえられ、この文章のなかで、かなり鮮明なイメイジに構成されている。喚起的に作用するというかぎり、これらのイメイジは、「世論」や、「反動」や「アカ」とすこしもかかわりがないが、それにもかかわらず、この二つのあいだには、明瞭な、こえがたい断層がある。

それは、「夕暮」や、「季節」が、短篇小説の文脈という人為的な秩序のなかで、作者の意志によってコントロールされ、ほかのイメイジとの相互の力関係から均衡をあたえられているのに対し、さきほどから指摘してきた喚起的な象徴が、すべてそれと意識されることなく、いつのまにか有機化し、無秩序に浮遊しているという点である。一方には人間の意志が動的に関与している。しかし他方では、人間の意志のいかんにかかわりなく、全体として大きな破局を内包している不安定な世界のなかで、ことばが自己運動しながら人間を奴隷にしている。

比喩的にいうなら、現在の世界全体が、丸山真男氏のいうように、「寓話」になっている、といってもよい。[註3]この、誰が書いたかわからない「寓話」の文脈には、「反動」、「理想主義」、「アカ」、「世論」といったようなやや強力なイメイジがちりばめられ、あるいはまた「象徴」や、「図柄」に転化してしまった、『氷壁』や、『挽歌』や、『美徳のよろめき』などという文学作品がちりばめられている。自然科学が、原子力エネルギーを解放したように、この「寓話」である世界は、人間の内部に潜在している非合理的なエネルギーを、いまにも解放しようとしているといってよい。いま、まさに世界全体が奇妙に平面的な、有機的なアメーバ状の生きものに変化して不定形な自己運動をおこない、人間の輪郭は、ある粘質な力のなかに解消させられようとしている。

現に、われわれの非合理的な、暗い、兇暴なエネルギーは、徐々に解きはなたれようとしているであろう。文学作品の中で人間の意志によって均衡をあたえられている「象徴」よりは、野ばなしにされた神話的象徴の方が、比較を絶するほどのエネルギーを組織できるという奇怪な事実が、われわれにはすでに示されている。あのカラフト犬事件についていうなら、「世論」という呪詞によって、どれほどの熱狂的な潜在エネルギーが解放されたか。南極におきざりにされた犬に対する感傷的な同情などという合理的説明でこの現象を解釈することはたぶん見当がちがっている。その象徴が無内容であればあるほど、われわれはそのなかに、日常生活の単調なくりかえしの下にかくされている、暗い、原始的な情熱を注ぎこもうとする。そして、その象徴が包括的なものであればあるほど、解放される原始的なエネルギーは増大し、人間はいっそう奴隷化される。

このような状況が、その本質において宿命論的なもの、あるいは現実の蔑視を成長させるものであることはいうまでもあるまい。宿命論や無常感が日本の専売特許であるような議論が近来とみにさかんであるが、このような論者たちは、「二つの世界」ということばや、「冷たい戦争」ということばや、「近代の超克」というようなことばのなかに共通してかくされている、ある宿命論的ムードや、現実蔑視の性質に気がついていない。そしてまた、このような状況が、予言者的存在を歓迎するのも当然のことである。

かつてオスワルト・シュペングラーは、『西欧の没落』という大ベストセラーを書いたが、この時彼は、なによりもまず予言者として語っていた。また、最近、梅棹忠夫氏の『文明の生態史観序説』(註4)が発表されて、やや意外なほどの反響を生んだが、これもまた一種の楽観的予言であってシュペングラーの裏返しにすぎない。日本が先進国だということになろうがなるまいが、その機能は、おおむね易者のことばに似たものであって、冷静に検討すればここにも一種の怠惰な宿命論がかくされていることはあきらかであるが、しかもなお、この学説（！）は一世を震撼させたのである。

このような、文学的論理によって支配されている状況を、私はきわめて病的なものだと考える。それは、カッシラーのことばをかりれば「神話」の復活であり、原始状態への復帰である。しかも、われわれは、過去において現実にこれと似た状況に支配された経験をもっている。「文学」（一九五八年四月号）の「昭和の文学」という特集のなかにある、昭和初期の「文藝」の編集者、高杉一郎氏の回想は、きわめて示唆的にその頃のムードをつたえている。

《日本が中国に侵略戦争をおこなっていたかぎり、私たちは惰性的で無気力なものであったにせよ、抵抗意識をもちつづけたのであった。ところが……昭和十六年の暮についにあの絶望的な太平洋戦争のなかにとびこんでいくと、私たちは一夜のうちに自己麻痺にでもかかったように、抵抗意識をすてて、一種の聖戦意識にしがみついていった》（『「文藝」編集者として』）

一夜のうちに、というのはたぶん誇張ではない。この体験のものがたるものは、ひとつの圧倒的な危機の到来とともに、知識人さえもが、むしろみずからもとめて「聖戦」、「八紘一宇」、ないしは「大東亜共栄圏」などという神話的象徴にとびついていった、ということである。戦争や独裁を成立させるのは、冷静な思弁ではない。むしろ、あいまいな、非合理的な呪詞によってときはなされた、原始的なエネルギーであるということを、この記憶ほどあきらかにかたっているものはないであろう、現に、われわれがそのなかにいるこの文学的状況は、一歩をあやまればすぐそのようなエネルギーを解放しそうにみえる。そして、それが、文学現象的には一種の「文芸復興期」の様相を呈しているところに、ある問題がかくされているにちがいない。さきほどの規定によれば、現在の「文運隆盛」の主調は、極度のロマンティシズムの傾向にあった。以下に論じられるのは、そのロマンティシズムの由来する場所についてである。

## 2

巨視的にみるなら、加藤周一氏がかつて指摘したように、明治以来の日本の近代文学の性格はそうじてロマンティックだというべきである。しかし、そうだということは、かならずしもそれが意識的にロマンティックだったということを意味しない。意識されたかぎりでいうなら、近代の日本の小説の主流をなしていた私小説作家たちは、極端に小心なリアリストであり、彼らの前にはたとえば嘉村礒多の場合におけるフローベールに象徴されるような、「近代文学」の神がいた。彼らにとっていかに「文学」が物神化し、ある意味で神話的な象徴に転化され、彼らが芸術家意識をもった呪術師になったか、などということについては、すでに指摘してある。

しかし、ここで重要なことは、それにもかかわらず、彼ら私小説家の信じたのが「自我」であり、近代的な「文学」であって、「神話」ではなかった、という事実である。いわば、私小説家を主流とする日本の近代文学のなかでは、ロマンティシズムが潜在化されている。ごくおおざっぱにいえば、大正末期、あるいは昭和初期までの日本文学は、極少数の真のリアリストたち——このなかには二葉亭四迷、夏目漱石、有島武郎らをふくめることができるが——と、私小説家を中心とするさまざまなニュアンスをもった潜在的ロマンティシストたちとによって、ささえられていたといってもよい。

そしてさらに、彼らに共通の性格は、彼らにとっての「文学」が、西欧の近代文学の同義語であり、自我の検証の行為の同義語だったという点にある。彼らの作品の多くは、明瞭な輪郭や、構造をもたず、不定形な「実感」の「写生」にすぎないが、彼らの「個性」の輪郭はかなり明瞭である。たとえていえば、日本の前近代的なロマンティシズムの上に、西欧から輸入された「近代文学」の鋳型がはめこまれていて、ロマンティシズムはそれらをうちやぶって噴出して行こうとはしない。

かりにこのような傾向を「近代主義」と呼ぶとすれば、昭和初期のマルクス主義文学運動は、この意味での「近代主義」の最後の光芒であったといってよいであろう。しかしこれ以後、今日にいたるまで、やや大胆な言辞を弄するなら、日本の文学は根本的にその性格を変えている。それ以後、かつて潜在化されていたあのロマンティシズム――依然としてそれを私は軽蔑的（ベジョラティブ）呼称として用いる――は、一転して顕在化されるにいたっている。私の考えでは、この転換をあえてさせた契機は、小林多喜二の獄死によって象徴されるマルクス主義文学運動の挫折、およびそれにつづいておこった「転向」にあるが、ここに、われわれの文学史のうえでは特に顕著な、意識的な「ロマン主義運動」があったことを忘れてはならない。

私のいうのは、もちろん「日本ロマン派」のことである。この運動の意識性は、この旗印に端的にあらわれているといってよい。明治・大正の文学と、昭和期の文学の性格を根本的にちがえさせている原因が、「コギト」や「現実」のような微々たる同人雑誌のなかだけにあるといったらこれは極言であろう。しかし「日本ロマン派」ほど、「転向」のなかにある価値転換の意味を明瞭に象徴しているものは、おそらくほかにないように思われる。

これに関して、「文学」の「昭和の文学」特集のなかに掲載されている橋川文三氏の、『日本ロマン派の諸問題』は、ひとつの重要な手がかりをあたえるすぐれた労作である。これは、ことばの本来の意味でのユニックな、氏の一連の「日本ロマン派」研究の一端であるが、以下に私がのべる見解は、この先駆的な業績に負うところがはなはだ多い(註5)。

ところで、いっぱんに「日本ロマン派」はどのような性格のものとして理解されているか。いま便宜上、『文学五十年』(時事通信社刊、一九五六年)によれば、

《「日本浪曼派」は、昭和九年三月に創刊された「現実」の系統を引くものであるが、これに「青い花」、「コギト」、「麺麭」などの雑誌による人たちが加って、プロレタリア文学運動の崩壊した後の文学界に、ロマンティシズムの新風を齎らそうとしたものであった。同誌の三号には、保田與重郎が「反進歩主義文学論」、亀井勝一郎が「シェストフ論」を書き、雑誌の性格を明らかにした。日本の古典、美術、文化に対する関心を鼓吹し、昭和十年代の日本主義の素地をつくり、その開拓者となった。……この雑誌は、昭和十三年三

月に廃刊になった。前後して、亀井勝一郎は、仏教に関心を持ち、保田與重郎、浅野晃、中谷孝雄などは、林房雄とともに、……ファシズム的傾向を、色濃く示した。また、太宰治もこの雑誌に加わり、「道化の華」その他のエッセーを発表した》

また、この運動の指導者と目される保田與重郎については、

《このなかで、保田與重郎は、「コギト」以来、古典に対するロマンティシズムを、主観的な文章で絶えず鼓吹し、「日本の橋」、「戴冠詩人の御一人者」、「後鳥羽院」などをかき、かなり広い支持者をもった》

とある。

このような見解は、現在の文学史のいわば「公式的」見解であるが、橋川氏がその研究のなかでくりかえし指摘しているように、このような説明によって、「日本ロマン派」の意味を正確につかもうとすることはおそらく不可能である。いっぱんにいって、われわれのなかには、「転向」、「文芸復興」、「国民文学」、「民族主義」等々ということばでいろどられた、かつての——ある意味では現存していいさえする——あの神話的な一時期を故意に無視しさろうとする傾向がある。あるいは、形式論理的な、善悪いずれかといった二値的な評価で処理しきれたものと信じようとしている。その結果が、おそらく文学史的には「日本ロマン派」の過小評価となり、歴史的には、現代史の図式主義的解釈となるので、ここには、事実を正確にみさだめて、その意味を知ろうとする態度があるとはいえない。

要するに、あの転換期の意味は、いまだに処理されてはいない。もしカッシラーのいうように、個人にとっての「詩」、民族にとっての「神話」が、危機の到来によって喚起されるものだとしたら、このような未処理の状態こそ、かえってあの兇暴な「神話」の復活を用意するものだといわねばならない。現在の神話的状況に、より強力な「神話」そのものの核がつけ加えられたとしたなら、その結果は想像にかたくない。かつてわれわれは、「神話」の呪縛の下で狂的な戦争に没入するという愚行をあえてした。しかし、現在では、戦争そのものの多角的な意味を知ろうとせずに、「神話」を復活させるという非実際的な愚行をおかしかけてはいないか。すんだことはさらりと水に流す、というのは江戸っ子的心意気の基本であるが、歴史は最初から人間の味方でもなければ、人間化されてもいないのであって、歴史を人間化することが必要だというのは、主にこの理由にもとづいている。

橋川氏と同様に、私は、以上のような理由から「日本ロマン派」をプロレタリア文学衰退期の、「転向」文学の一変種とのみ考えることに反対したいと思う。「文学史」は、もしそれが「文学」の歴史であるなら、個々の作家の意識的な——日本の近代文学の場合、この原則は不幸にしてあまり正確にあてはまらないが——「作品」の集合、あるいはその作品をささえている作家の創造的な意志の集合とみるべきであって、そのかぎりで「文化」的な、あるいは「人間」的な次元に存在するものである。一八六八年以来、小林多喜二の獄死と、蔵原惟人の文学理論の挫折、という二つの事件で象徴的にあらわされている昭和八年（一九三三年）までの、日本の近代文学の歴史は、概括的にいって「文化」的な次元に存在するといってよい。

しかし、保田與重郎や、亀井勝一郎といったような人々が「転向」によってマルクス主義文学と絶縁したとき、彼らはほかならぬその行為によって、おそらく意識的に――このことはきわめて重要である――大きなまわり舞台をまわしていた。その瞬間、といったものを比喩的に想像するとき、私はある種の感慨を禁じ得ない。つまり、彼らは、その行為によって、二葉亭以来の日本の近代文学、ないしはそこに投影されている人間の創造的な意志全体を、沈黙のうちに完全に（！）圧殺したのである。ここでは、もともと「文学」の存在した「人間」的な次元から、もうひとつの次元への価値転換がおこなわれている。以後、日本の文学は正確に「近代文学」ではなくなる。近代的な文学は依然として書かれつづけるであろう。しかし、これ以後というもの、それはほとんど、過去の残照や自らの基礎についての不安になやまされつづけ、創造的な行為から形骸的な惰性に変質せざるをえなくなる。そして、近代文学そのものの発展をささえていた潜在的ロマンティシズム――それは小林多喜二の獄死で最後の閃光を発するが――は、顕在化して、文学作品を没倫理的な神話的象徴に変化させようとする圧力にかわる。

この価値転換の結果、あらわれた次元はいったいなんだといったらよいか。ある意味で近代の日本人がつくりあげて来た「文化」――それはやや皮肉なことに「文明開化」の延長にすぎないものであったが――全体を根こそぎに形骸化してしまうような次元はいったいなんであろうか？

それを、私は、まさに「神話」の次元であろうと考える。まわされた舞台にのって、「人間」は姿を消し、かわりに「神話」が登場して来る。いうまでもなく、この舞台の中心にいる「日本ロマン派」という支柱は、ほとんどわれわれの眼にふれることがない。しかし、彼らから発した呪縛は、おそらく戦争直後の短い一時期をのぞいて、今日にいたるまでさまざまなかたちで日本の文学に影響し、われわれ自身の行動を拘束しているのである。

現象的には、「日本ロマン派」のひとびとがのこした業績はきわめてすくない。三島由紀夫氏が指摘するように、それは、

《保田與重郎氏の初期の評論と、佐藤春夫氏の詩および法然上人別伝「掬水譚」と、檀一雄氏の「花筐」と、文芸文化同人の国文学研究のほかには、伊東静雄氏の詩業を数へるのみ》[註6]

であったかも知れない。しかし、これらは実は大きな氷山の頭にすぎないので、さきほどの「世論」が巨大なエネルギーを組織する力を持ち、しかも社会的な秩序のコンテクストから浮遊した生きた「象徴」だったように、「日本ロマン派」の業績そのものもまた彼らのもたらした神話の舞台とじかに照応し、そこからおびただしいエネルギーをときはな

った、生きた象徴であったとするのがいっそう妥当であるように思われる。

　したがって、この運動の性格は、たんに文学史のひとつの挿話でもなく、保田與重郎という狂信的な、しかし実はきわめて「非政治主義的」な審美家の個人的な気質だけに帰せられるべき問題でもない。客観的にみるなら、この運動の機能は、たぶん保田與重郎、亀井勝一郎、伊東静雄といった人々の個々の業績をこえている。いわば、それは、明治以来の日本の近代文学の全体につきつけられた古い「神話」の側からの挑戦状として理解されるべきものである。この微々たる運動が、二葉亭四迷、森鷗外、夏目漱石などというきわめて明確な個性の輪郭をもった作家をふくむ、近代文学の総体とつりあうだけの重量をもっているといえば、それは粗雑な誇張になるであろう。しかし、彼らがパンドーラの箱からときはなった原始的エネルギーそのものは、優に近代文学の全体とつりあっている。そしてまた、かりにこれらの文人たちの個々の「作品」が、文学年表というベルトコンヴェアーの上にのせられて時間的な距離のかなたにはこばれ、われわれの視野から去っていくとしても、彼らのときはなった「神話」、あのあいまいな、しかし危機の到来とともにたちまち蠢動を開始する生きたイドラは、いまだにときはなたれたままで、しかもわれわれはがいしてそのことを知らない。

　このように考えるとき、「日本ロマン派」の歴史的位置の重要性は、ややあきらかになるであろう。いわば、われわれは、この審美家のグループにおいて、「人間」と「神話」、ないしは「文学」と「神話」との接点に立っている。このことは、私の考えでは、おそらく現代史いっぱんにもひろくあてはまるものであって、昭和史をつくりあげるうえでの混乱の一半は、素朴な合理主義のために、昭和期をそれ以前からかなり劃然とへだてている「神話」的要素を正確に対象化することができていないことから生じるものと考えられる。だいたい、「合理主義」という万能の武器のようなものは、はじめからどこにもありはしない。非合理的なもの、あいまいなもの、人間の心情を意味もなく圧迫するものを、それにたえながらはっきりと対象化しようとする行為や努力だけがある。しばらく前にそれをめぐっての論争が行われた遠山茂樹氏らの『昭和史』[註7]などは、素朴な合理主義者が、その「合理主義」への過信のために、もっとも重要な要素を見のがして神話に復讐された例であろう。

この接点、われわれを人間中心の近代主義的な「文化」の次元から、喚起的な象徴を中心とした「神話」的な次元へさか立ちさせた点にはたらいた思想は、どのような構造をもっているといったらよいか？　「日本ロマン派」のイデオローグたちが、マルクス主義から国粋的神秘主義、ないしは「非政治的」審美主義に変身したとき、その「転向」という行為は、いったいなにを破壊し、なにをもたらしたというべきであろうか？　いっぱんに通用している定説によれば、この時、「階級」という機軸のかわりに「民族」または「国民」という機軸があらわれたということになっている。しかし、この転換の下にかくされているものはなんであったか？

ここで、われわれはやや原理的な問題にかえらなければならない。私は、いままで、喚起的象徴による原始的エネルギーの解放、非合理的思惟のはんらんなどといった状況を、「神話」的状況という名でよんで来た。そして、それに対立するものとして「文化」、あるいは「人間」を提出して来た。これを要約すれば、「文化」―「神話」の関係は、「人間」―「自然」の関係と等しいといってよいであろう。いうまでもなく、ここでいう「人間」は、主体的な意志を持ち、あいまいなものを明瞭化し、自分を圧迫から解放しようとするもののことであり、「文化」は、そのような行為の結果、できあがって行く、人間化された環境のことだ、ということにする。それなら、いったい「自然」というのはなにか、という問題がもちあがって来る。「自然」と「民族」との関係を発見することが、おそらく「日本ロマン派」の「転向」をとくひとつのかぎである。

河野与一氏によれば、ギリシャ人たちは「自然」を、人間の社会の「規範」に対立するものとして考えていたという。(註8) 社会的な秩序や規範は、それが人間の手でつくられたものだというかぎりで、ギリシャ人たちの理解の範囲内にあるものであった。その外にあるもの、理解の範囲をこえた、ある暗い、あいまいなものにあたえられたのが「自然」という名であって、「自然」がなんらかの意味で「規範」を圧迫しはじめないかぎり、それは問題にされることがない。都市国家の繁栄が終って、社会秩序が乱れはじめると、この「自然」は哲学者たちの考察の対象となりはじめる。いったい「規範」そのものがなくなったとき、「自然」を対象にしないでなにについて考えたらよいか。

　このような河野氏の解釈を借用するなら、われわれは、あいまいな剰余そのものの名であった「自然」が、ほかならぬ「神話」の座をしめる場所であることに気づくであろう。しかし、ここで、われわれはこのわけのわからぬ「自然」に対してある面からのたえることのない攻撃をいどんで来た人々の存在を忘れることはできない。たとえば、ミレトス学派の自然哲学者たちの関心事は、この「自然」に人間的な「規範」をあたえることであった。タレースは、万物の「もと（アルケー）」が「水」だといったが、カッシラーのいうところによれば、この「もと」というのは、この場合神話のなかでかたられるような「むかしむかし」のことではない。「ホットケーキのもと」とか、「カレーライスのもと」とかいうような原理的要素のことであって、ここにはその上に坐っている「神話」はわきにおいておいて、それ以外の「自然」を相手にしようという態度がみられる。主としてはかり知れない過去からの縦の影響力をこうむっていた「自然」に、横の論理的な軸をあたえたこと、これは自然哲学者たちの最大の功績であった。

　この態度はいうまでもなくのちの「自然」学にうけつがれ、現在の自然科学者たちにまでおよんでいるといえる。比喩的にいえば、こうして「自然」のあいまいさは次第次第にこわされ、その構造は相対性理論や量子力学を生むにいたるまで微細にあきらかにされていった。しかし「自然」の上に坐っていた「神話」に関するかぎり、このような対象化が組織的におこなわれたことはない。ヴィクトリア朝の偽善的風潮に投げつけられたサー・ジェイムズ・フレーザーの『金枝篇』や、ロマンティック復興期のマックス・ミューラーやフロイドの神話解釈の仮説がないわけではないが、それらは単に解釈というにとどまるであろう。むしろ人間は、自然科学の発達につれて、かつて「自然」の上に座をしめていた「神話」という怪物の存在を忘れるようになったのである。われわれの「文化」は、おそらくこの「神話」の支配の忘却、ないしは「自然」が主として横の論理的な軸だけをもっているとする前提の上に成立している。つまりそれは、自然科学によって対象化されたものが「自然」のすべてであり、その「自然」はすでに人間の支配の下におかれているという前提のもとに成立している。

　ここで問題をもとへかえそう。さきほど私の指摘したあの接点、昭和八、九年における重大な価値転換の時期に、保田與重郎氏ら「日本ロマン派」のイデオローグたちは、彼らの「転向」のなかで、実は、「文化」そのものの否定によって一種のネガティヴな「文化」をつくりあげようという、奇妙な過程を経験していたのである。

　いましがたのべた前提にしたがえば、かりに図示すると、世界は、

「人間」⟷「文化」<···>「自然」
　　　　　　　　　　　「神話」

というようなぐあいにできあがっていた。彼らの試みたのはこの中間項を破壊した序列を転倒することであり、この結果の状態を真の「神代ながら」の最高の「文化」とみなすことであった。

（図示する必要上、静的（スタティック）に書くが、実際は「人間」⟷「文化」の関係はたえず、いれかわりながら、いわば円運動をしている）その結果をかりに図示すると、

「自然」
「神話」⟷「人間」

ということになるにちがいない。（この関係は直線的である）彼らの「転向」のなかにはたらいたエネルギーは、この中間項を破壊しながら次元の百八十度の転移をおこなう、という方向に作用したのである。

橋川文三氏によれば、保田與重郎氏のなかに集約的にあらわれているという「日本ロマン派」の「過激な非政治性」なるもの、ある種の反官、反体制主義、「人工」排撃、あるいは「頽廃せる現実の絶対的容認」などというのは、けっきょく、せんじつめるとあらゆる「文化」的要素、人為的規範の排撃ということになるであろう。そしてまた、

《どのやうに言つても古代をいふ我々の方が、今のところでは最も尖鋭な近代と、又すでに頽廃する以外に更生法のない現代の皮層の尖端にあきらかに暁通してゐるのである》
（『万葉集の精神』）

と保田氏がいうとき、この反「文化」主義、反「人間」主義は、一種の強い危機意識と、革命的な色彩をおびはじめる。これは、人間のつくったあらゆる秩序を現に頽廃しているとみなし、その頽廃を極点にまでおしすすめることによって、秩序の制約から自由になろうとする意味で、たんに反「近代」的であるばかりでなく、反「封建」的でもあり、したがって反「前近代」的ですらある。

しかし、いうまでもなく、この革命性や危機意識ほどマルクス主義の革命意識に似て非なるものはない。なぜなら保田氏の論理のなかでは、革命そのものがあらゆる体制を否定すること、ないしは「一君万民」というような「原始状態」への復帰であるのに、マルクス主義者にとっては、それはひとつの体制をもう一つのよりよい体制で置換すること（すくなくとも現象的には）と考えられているからである。

このことは、マルクス主義そのものの「科学」性からもある程度まで説明できるであろう。マルクスが、人間の関与した生産関係から歴史を説明しようとし、歴史に「科学」的な土台をあたえようとした時、彼もまたおそらく「自然」の上に坐っていた「神話」のおそろしさを忘れていた。そしてあらゆる合理主義がしばしば自らの無視して来た非合理的要素によって復讐されるように、彼自身の思想すら現代にいたるまでにしばしば「神話」化されざるをえないという結果になってきたのではないか。

ともあれ、このことは「日本ロマン派」の思想史的意味にひとつのあたらしい重みをつけくわえるものである。保田與重郎氏らにとっては、マルクス主義革命はたんに相対的な革命にすぎない。それはひとつの「体制」のかわりに他の「体制」を、ひとつの「文化」のかわりに他の「文化」をもたらすものにすぎない。しかし、彼らは「文化」そのもの、あらゆる人間的意志そのものを否定しようとする。「現状」——つまり「頽廃」した文化に徹して、それを否定することによってのみ、絶対的な現状の変革が可能であり、新しい真の「文化」が可能である。

《破壊と建設を、同じ瞬間に一つの母胎で確保する》(『危機と青春』)

というのは、けっきょくこのことであって、この論理には、無理心中の論理に似た奇妙な宿命論的ニヒリズムと、それとうらはらな急進主義への意志がみられる。

「日本ロマン派」の論理のうちで「転向」によって失われなかったものは、おそらくこの変革意識だけである。「転向」によって行動はうしなわれ、徹底した受動性がとってかわる。しかし、徹底的な現状否定が徹底的な現状容認にかわったところで、それを超えようとする「急進性」(!)だけはうしなわれることがない。そして、通説のいわゆる「反動性」のためにではなく、逆にこの「反体制性」、あるいは「急進性」のために、保田氏らの「ロマン派」イデオローグたちは、あのまわり舞台をまわすことができたのではなかったか。横光利一から小林秀雄氏にいたる文壇の文学者たち、転向の経験者のあるものからマルクス主義の洗礼をうけなかった橋川文三氏ら当時の高等学校の下級生たちまでおよんだその影響力の深さを、私はこの仮説によってしかはかることができない。

《保田の天皇制讃美、古典＝神典的レトリック、煽情的な中世美論などが、それとして私たちをひきつけたのではなく、むしろそのニヒリズムに相似したイロニィの否定的魅力が私たちをとらえたのである。……「命のまたけむひとは」という古代的抒情詩に含まれる予感的な「亡びの意識」こそ、保田の文章・文体そのものから、私たちが本能のようにして感じとったものであった》（橋川文三『日本ロマン派の諸問題』）

しかし、この急進的態度には、おそらく彼らが「イロニイ」といった自己矛盾がかくされている。さきほどの図式をふたたび用いれば、「文化」の項を抹殺されてできる世界の構図は、

「自然」
「神話」　⟷　「人間」

というものであったが、これが宿命論的な構図であって、一種の落莫たる原始状態であることは一見してあきらかであろう。ここでは人間は自然や神話の支配下におかれて、そのなかに情緒的に埋没する以外の行為をゆるされない。ここではすべてが受動的であり、自己破壊以外の主体的な行為は不可能である。なぜなら、ここでの人間は主体的な「個人」ではなく、「神話」や「自然」の超絶的な意志を実現するための手段にすぎないから。

それにもかかわらず、「日本ロマン派」のイデオローグたちの論理のなかでは、これこ

そが真の（！）「文化」的状態であるということになる。いや、それにとどまらず、彼らの「急進性」はこの構図をさらに変革することを要求する。橋川氏のいうように、「予感的な亡びの意識」によって「自然」や「神話」の意志をさきまわりして実現しようというのであれば、この理想のために必要なのは「個人」を完全に抹殺することであり、「人間」の要素を消しさることである。こうして彼らの論理の究極にある世界の構造は、次のようなものにならざるを得ない。

「自然」……
「神話」……
「混沌」……

そして、これは、正確にいえば、

という状態である。人間がきえてしまった以上、もはや「自然」はなにものによっても対象化されず、「神話」はなにものに呪縛をあたえることもできはしない。抹殺された人間のかわりにあらわれるものは、このような「混沌」――「自然」がさいげんもなくひろがっているという状態であって、それ以外のものではありえない。

つまり、彼らのロマンティシズムのなかにかくされている理論によれば、「文化」は「死」の同義語でしかない。もしこれが「イロニイ」だというなら、これほど完全な「イロニイ」はないであろう。「日本ロマン派」はその「反近代」主義の当然の帰結として

「文明開化」を否定し、「自然主義文学」の個人主義を否定したが、ここにみられるロマンティシズムは、ほかならぬ狂的な「自然」主義――「自然」崇拝の結果なのである。彼らにあって「民族」のなかに解消した「個人」は、さらに「自然」のなかに、抹殺される。このような性格のロマンティシズムが顕在化したことは、あとで思いおこす必要のある重大なことである。

しかし、保田與重郎氏によって象徴される「日本ロマン派」のイデオローグたちは、決していてこの過程を実行しようとして自ら手を下すことはなかった。彼らの変革意識は強烈であろう。しかし、それは非行動的な変革意識にとどまる。彼らにあっては、人間は、頽廃を宿命としてもっている「文化」のなかに、やすんじて身をまかすこと以外、変革に参画することのできないものである。行為すること、あるいは対象にはたらきかけることは、かならず「自然」から遠ざかり、そこになんらかの人為的痕跡をのこすことを意味するであろう。こうして、彼らの非行動性、その呪術者的な「自然」との感応が生れるということになる。彼らは、その論理をあの喚起的象徴にとんだ一流の「悪文」でくりひろげる以外の行為をしない。しかもなお、その行為は行為として自覚されてはいない。

ここで、われわれは眼を転じて、この行為の帰結、もしくは、この論理の実際上の機能についてみなければならない。あらゆる思想は、ヤヌスの顔のような二つの面をもっていて、一方は思想家の意識の範囲内にあり、もう一方はそれが他人におよぼす影響の部分であるが、概してこの二つは混同される傾向にあるからである。

私の考えでは、「日本ロマン派」の論理は、機能的には、いままでたどってきた論理上の帰結を現実の歴史の上に擬制しつつ実現するというかたちで作用したものと思われる。保田與重郎氏はあの「悪名高い」エッセイのなかに、また伊東静雄氏はあの悲愴な絶唱のなかに、神話的な象徴をくりひろげて「危機意識」のムードをつむぎだした。しかしそのムードを伝達される側にとっては、この「意識」は、あいまいな、悲愴な、しかもある意味では肉感的なほどにみずみずしいひとつの実体のあるもの——「危機」そのものとしてうけとられたのである。私がさきほどから便宜的に図示して来たあの論理の過程は、思想やことばの次元にあるもの——人間が意識的に構築してわれわれに伝達しようとしたもの——「文化」的なものとしてではなく、まさに眼の前にあって宿命的につぎつぎと実現されずにはいないものとしてうけとられたのである。この「象徴」のはたした役割は完全に神話的なものだといわなければならない。世界の意志がすでに決定的なものであるからには、それに反抗することになにほどの意味があるか。宿命にすすんでしたがうことをおいて、どこに宿命をこえる道があるか。ここにいたって「文化」と「死」を同一のものとすることは、完全に現実的な行為の問題となる。

この伝達過程は、呪術的な伝達過程以外のなにものでもない。さきほどから指摘してきた保田氏の絶対的受動性、「現実の頽廃の絶対的許容」のうらにあるのは、自らを、より大きな、しかもあいまいなもののなかにゆだねることによって、はじめてその思想をかたるという態度である。それが「自然」であろうが「神話」であろうが、このような性質の発言から「人間としての責任の体系」が生れることはまずありえない。巫女は神がのりうつっているあいだ、神託をかたる。しかしそのことは巫女個人の責任の問題をこえている。それと同じように保田氏らの論理からは、署名された発言に対する責任は生れない。そうである以上、ここから他者の問題が生れることもまたありえないであろう。そして、逆に「署名された発言」の責任をとること、それはあらゆる文学者の最低限度の倫理なのである。問題を保田與重郎氏にかぎっていうなら、彼と、「願くはインテリの天命を全うしたい」と希った小林秀雄氏との決定的な相違は、ここにもとめられなければならない。《敗れたる強敵には熟れた茘枝をさくやうな残忍な死を与へよ。勝利の眼のまへにあるものは敗北である。真身なしにあはれと歌ふべきである》（保田與重郎『戴冠詩人の御一人者』）

このような文体は、決して個人の主体的な行為から生れるものではない。より大きなあいまいな力、「自然」の声であって、それはいわばリア王のきいた「自然」の声そのもののように無恥で、残忍で、恣意的である。そしてまた、このような「自然」の声を予言者の声ときいたがわの青年たちにとってみれば、この「優雅なレトリック」（橋川氏）のなかにちりばめられた「神話的象徴」は、彼ら自身を判断すべき責任と自由を課せられた「人間」の次元から、戦争や危機を、春の香りのようになまなましい感覚的なムードとしてのみうけとろうとする、原始人たちの次元にけおとすという機能をはたした。この呪術的な過程によって、どれほどのおびただしいエネルギーが喚起されたかはいうまでもない。「日本ロマン派」の論理は、そのいちじるしい非政治性や非行動性にもかかわらず、結果としては類例のない行動的な役割をはたした。近代の日本の文学史の上で、「文学作品」（！）がこれほどの政治的・社会的（殺人的）機能をはたしたことはかつてなかったのである。

いまかりに私は「文学作品」といった。しかしすでにふれたように彼らの書いたものは正確に「文学」ではなく、また「作品」でもない。右にのべたような「日本ロマン派」の特性は、文学者としての完全な堕落であって、彼らを「文学者」と呼ぶことには、非人間的な「自然」を人間的な「文化」と混同するのと同様なあやまりがあるであろう。かりに「神話」や「民俗」が文学作品の、単に時間的なだけでなく論理的な「もと（アルケー）」であるとしても、「神話」や「民俗」がそのままで「文学」になることはない。そこにはかならず「自然」の次元から「文化」の次元への意識的な転位がなければならないのである。

もしこれを近代主義的口吻とする人があれば、そのような人にはアリストテレスの『詩学』によってこたえればよい。彼はそこであの有名な「カタルシス」の説をとなえているが、それによれば、「詩」の機能は、行為の模倣によって人間の情熱を排出させ、魂を浄化することにあった。われわれのなかにひそむ原始的なエネルギーを現実にときはなつのではなくて、それをならすこと、あたかも科学者たちが、一度ときはなってしまった兇暴な原子力エネルギーを平和的利用という方向にならし、人間化しようとしているようにそれを人間化すること、これをおいてほかに文学者の現在の段階での存在理由はおそらくない。

3

私の考えでは、昭和八、九年ごろを境にして、その後顕在化しているロマンティシズムの特質は、大ざっぱにいって以上のようなものである。これが、現在の文学的論理の氾濫、文壇での「ロマンティック文芸復興」とどのようにつながりあうであろうか。さきほど私は、「日本ロマン派」によってもっとも集約的に表現されている過去の一時期が、現存していさえする、といった。現に、今、ここで、現状に対しての具体的な行為を欲しているわれわれにとって、過去が現存する、とはどういう意味か。むしろ済んだことはさらりと水に流す方が、いっそう行動的な考え方であり、実際的でもないか？

ここでふたたび私はやや原理的な反省を行う必要を感ずる。つまり、実際に行動しようとする人間にとって、どのように「時間」というものをとらえるのがいちばん好都合か。そしてまた、一般には「時間」はどうとらえられているであろうか。

われわれにとって、がいして「時間」は、河の流れのように過去から現在を通り、未来にむかって流れていくものと考えられている。たとえば鴨長明にとっての時間はそのようなものであって、彼は『方丈記』の書き出しに次のように書いた。

《ゆく河の流れは絶えずして、しかももとの水にあらず。淀みに浮ぶうたかたは、かつ消えかつ結びて、久しくとどまる事なし。世中にある人と栖と、またかくのごとし》

インド・ヨーロッパ語にある時制もまた、過去から現在を通って未来にむかう一本の直線で時間をあらわしている。前者をかりに宿命論的、後者を客観化された時間のとらえ方と呼ぶとしても、この二つには共通の性格がある。それはいずれの場合も人間が積極的に関与していないということであって、前者では、人間は「朝に死に、夕に生るるならひ、ただ水の泡にぞ似たりける」というように時間の「流れ」におし流されるものとしてとらえられ、後者によると、それはちょうど時計の文字盤や図表をみているもののように、時間を客観的にながめるものとしてとらえられる。

たぶん宿命論や自然科学は、それぞれ背中あわせになりながらこのように「時間」をとらえて来たので、それは宿命論者や自然科学者にとっては好都合なものであったにちがいない。このような客観的な、あるいは非主体的な時間のとらえ方から、過去が現存するなどという帰結はでてくるわけがない。しかし、これがはたしてあらゆる場合に普遍妥当な時間のとらえ方かどうかは、かならずしも断定できない。

これに関して、アメリカの民族学者、言語学者、ベンジャミン・リー・ワーフの『言語・思惟・現実』(註9)という本はひとつのてがかりをあたえる。このなかで、ワーフは、ホーピー族というアメリカインディアンのことばを実地に調査して得た結果を、次のようにのべている。

彼によると、英語、フランス語、ラテン語などとちがって、ホーピー語にはふつうの意味での時制というものがない。また、そこには、「時間の長さ」とか、「遠い昔」とかいう、時間を空間的な比喩で表現する語法もほとんどない。そればかりか、われわれが「時間」とよぶものをあらわすことばすらない。彼らの世界は、三次元の「空間」と、四番目の次元の「時間」などというふうに形作られてはいない。そのかわり、ホーピー族は彼らにとって「すでにあらわれたもの」と、「これからあらわれるもの」の二つに、すべてをわけて考える世界観を持っている。前者のあらわすものは、われわれのいう「現在」と「過去」のすべて、「物理的な世界」、つまり現に事実としてのこっているもののすべてであり、後者はいうまでもなく「未来」や現在のなかにふくまれている可能性をあらわしている。

ワーフは、インド・ヨーロッパ語にある時間のとらえ方――それがわれわれの時間把握と共通するものを持っていることについてはすでにふれた――より、ホーピー語のそれの方がはるかに操作的(オペレーショナル)なもの、つまり人間の実際の行為に即したものだという。つまり、そのとき、時間は河のように流れもせず、時計のようにめぐりもせず、人間の行為そのものだということになるので、人間のいないところに時間はなく、また人間の関与していない時間というものもない。たとえていえば、このとき、人間は直線の軌跡を描いていく一本の鉛筆の運動そのものとしてとらえられる。ここには、いうまでもなく「すでに描かれた部分」としての過去が現存するであろう。またここでは、「時間」は「空間」と対立することもなく、人間の行為のなかで「空間—時間」として統一されている。

ホーピー族だけではなく、最近とみに文学的議論の好題目になってきた「一神教」の家元であるヘブライ人も、これに似た時間のとらえ方をしていた。ヘブライ語のこの特徴についてはワーフもほかの論文のなかでふれているが、ノールウェイのヘブライ語学者、神学者であるボーマンによると、ヘブライ人もやはり「現在」、「過去」、「未来」などという時間のわけかたをせず、「完了したもの」と「未完了なもの」とにわけ、「完了したもの」はどこか遠くにいってしまったものではなく、現に眼の前にのこっているものと考えていた。(註10)これは、この神学者によると、「存在、生成、活動の三者をあわせた深い精神的な運動と行為」をおこなうものとしての人間に即した、主体的な時間のとらえ方だということになっているが、それはともあれこれがものをつくろうとする人間の間尺にあった時間のとらえ方であるのは明瞭である。

たとえば大工が「家をたてた」というとき、たてられた家は現にのこっている。農夫が畑をたがやした時、たがやされた畑は現にのこっている。われわれが実際に仕事をはじめるとき、「時間」は頭の上を流れていくものなどではなくなり、われわれの行為と歩調をあわせはじめ、その結果は現に眼の前にのこっているということになるであろう。これはおそらく歴史についても同様であって、このようなみかたをすれば、歴史は年代記や年表やその他単に叙述された歴史だということにはならずに、意識するとしないとにかかわらず現にわれわれ自身がつくりつつあるものだということになる。過去は決してベルトコンヴェアーのようなつごうのよいもので遠くへはこばれていきはしない。現在でせきとめられて、われわれの上に重くのしかかってきている。なぜなら、それを意識するとしないとにかかわらず、われわれは歴史のなかにいるので、決してその外側に出ることはできないから。

つまり、私のいう「過去が現存する」ということは、このような意味においてである。われわれがながめたり、整理したり、知識をえたり、鑑賞したりすることをやめて、現にいま、ここで行為しようとするとき、つまり神話的な象徴でもなければ床の間のおきものでもない「文学作品」を書こうとするとき、われわれはにわかに重い過去の圧力を二つの肩の上に感じる。そして、すでに遠く去って視野から消えたはずの一時期に、われわれをとらえた「神話」が、現にわれわれの前に存在してその影をわれわれの周囲になげかけているることを知るのである。好むと好まざるとにかかわらず、過去は現にわれわれの前に堆積している。堆積しているものに気づかずに、遠くから古い規範をたぐりよせようとしている人があるとするなら、たぐりよせられるのは形骸か幻影にすぎない。必要なのは過去を喚びおこすことではなくて、それを処理することである。

前の章で、私は「日本ロマン派」のメタフィジックというべきものの構造についてのべ、それが「転向によって顕在化したロマンティシズム」の中核をなす論理だといった。しかし、私は、それ以前の潜在的ロマンティシズムにおいても、その基本的なメタフィジックは「日本ロマン派」のそれといっこうにかわりがない、ということをつけ加えておかなければならない。ただ、それが「自我」や「近代」や「文学」への信頼という「文化」的な意志によって外側から閉じられていたという点をのぞいては。

たとえば、私小説家におけるおもてむきの自我の検証の行為と、それをうちがわからささえていた原始的なエネルギーとの対照は、志賀直哉氏の『暗夜行路』のなかに典型的にあらわれている。[註11] そこに描かれた主人公時任謙作の徹底した他者への無感覚（劇の不在）、大山の夜明けのところにあらわれた「自然」への受動的な没入、あるいは実感の尊重（人為的な要素の蔑視）などの要素は、ほかならぬ「日本ロマン派」のメタフィジックを構成していたものであった。この作品をかろうじて小説にし、しかもかなりすぐれた小説的作品にしているのは、おそらくそのような要素によって喚起された原始的なエネルギーが、志賀氏の強烈なエゴイズムに吸収されていたためである。

同じような現象を、われわれは、葛西善蔵や嘉村礒多のような正統的な私小説作家のなかにもみることができる。彼らにあって、このメタフィジックは、その作品のなかの「詩」をかたちづくっていたといってよい。しかし、この系列の最後のものである小林多喜二については、事情がいささかことなる。このことに関して、埴谷雄高氏の『或る時代の雰囲気』(「新日本文学」一九五八年四月号)という回想的批評は、きわめて示唆的だといわなければならない。

《それから後、ひとりの友人から偶然小林多喜二の死に居合わせたという状況を聞いた。……彼が留置場に降りてきたときはすでに激しくテロられていて、傷つき疲労した軀は保護室に横たえられたが、その呻き声と「日本共産党万歳！」という絶えざる叫び声が留置場内に一種名状すべからざる異状なショックをひき起したのであった。……あんなに手放しのヒロイズムに溺れちゃ向うのテロをとことんまで呼ぶことになる、と私の友人はむしろ慨嘆する語気を私に洩らした。ところで、その話を聞いている私は、友人と意見をやや異にした。……たしかに小林多喜二のヒロイズムは向うのテロを幾分そそつたかもしれない。しかし、そのヒロイズムはテロの原因なのではなく、むしろ、結果なのだ。つまり、そのヒロイズムがとことんまでのテロを呼んだというより、相手の酷しいテロの果てにそのヒロイズムでやつと軀を支えていたのだと解釈すべきだ》

ここでは「文学」や「近代」のかわりに、なにがしかの実体のある「党」が物神化され、絶対的な喚起的象徴になっていて、小林のエネルギーを解放している。そして「党」そのものが現実に、彼と「零距離」存在するからには、「党」を「自然」のかわりに置換した彼のロマンティシズムも、ある意味で顕在化しないではない。しかし、この究極的な状況の下で、この作家は、埴谷氏の指摘するように、逆にこの「党」を支柱として「軀を支えていた」、つまり生きようとしていたのであった。

このように考えるなら、小林多喜二の「日本共産党万歳！」という絶叫が、どのように増幅され、当時の知識人たちの内部に反響したかはすでにあきらかである。

《当時の、とくにプロレタリア文学運動からの「転向者」の心中には、必ず一方に、小林多喜二の死骸があった筈だ。端的に言うなら、私の転向の根本動機は、かかる死への恐怖であった。それ以外にもさまざまの理くつはつけられるが、ただ一点恐ろしかったのはかかる「死」である。だからこの点に即して言うなら、「死」の恐怖を克服しないかぎり、転向は完成したと云えないのではなかろうか。つまり「死」の恐怖を解消せしむるに足る他の思想がありうるかどうかということである》（亀井勝一郎『回想』――一九三三年を中心に――「文学」一九五八年四月号、傍点江藤）。「かかる死」と亀井氏がいうとき、このことばの意味はきわめて大きい。極言するなら、この「死」を前にして、日本の知識人の心から「近代」に対する信頼は消えうせた。すくなくとも完全にゆらがざるを得なかった。これ以後、日本の「近代主義」――文明開化をささえ、巨大な工業をおこし、強力な軍隊を創り、技術を発達させてきた理想は、方向を失った。

いいかえれば、この時以後、あのロマンティシズムを潜在化させ、制作の原動力とさせていた目標はなくなった。小林多喜二の絶叫がたえた瞬間に、それはおそらく消滅した。いうまでもなく、私は小林の作品を決して高く評価しない。それは私小説としてすら一流のものではなく、平野謙氏のいうように、「左翼風俗小説」にすぎないというべきかも知れない。しかし、それにもかかわらずこの事件の重要性はきえない。なぜなら、それは「近代」の——あるいはロマンティシズムを潜在化させていたあらゆる人間的努力の——「死」を象徴しているからである。

そして、そのかわりに、「生をその始原に還らしめ」ようとする——そして実際には「かかる死」のかわりに「かからざる死」をもたらそうとする——ロマンティシズムが顕在化してくる。やや大胆な断定を行えば、昭和八年以後、今日にいたるまで、敗戦直後のごく短い一時期をのぞいて、「文学」は間断なく後退し、「神話」が間断なく前進しつづけている。作家の意識のなかでは、その作品はいぜんとして「文学作品」であろう。しかし彼はそれをある方向にむかおうとする主体的行為の表現として書くわけではなく、その作品をまわりからとりかこんでいる状況の性質もまた一変している。それは人間の主体的な努力が最大の悪徳となるような原始的状況である。そして、彼らの「文学」によってかろうじてコントロールされ、それを内側から支えていた原始的エネルギーは、解放されてその作品を圧しつぶそうとしている。もし彼らが作家であろうとするなら、その作品はエネルギーを失い、形骸化せざるを得ない。また、もしエネルギーを回復しようとするなら、その時、彼らの信じて来た「文学」すらも抹殺しなければならない。

かりに、この状況を図示しようとするなら、それは、底辺にいて呪術者のようにおびただしい民族的なエネルギーを喚起しながら、あらゆる創造的意志を嘲笑し、「文化」や「人間」の価値を否定していた「日本ロマン派」周辺の文学者たちと、かつてのエネルギーや目標を失って一種の無重力状態におちいり、空中に浮遊し、「文学」をいたずらに「純粋」化させながら、その形骸をおい求めていた不幸な「近代主義」者たちとの、対比として描きうるであろう。これらの「近代主義」者が「転向」者であれ、西欧的近代主義者であれ、ひとしく経験しなければならなかったのは、現実の消失という事実である。作家にとって、現実はもはや風俗以上のものとしてはとらえられず、批評家にとって、それは実体のないあらゆる「近代」的観念としてしかとらえられない。

あえていえば、戦後の中間小説の流行や、純(!)文学作品の中間小説化などという現象の原因は、直接的には、このような状況のなかにもとめられるべきである。がいして、現実は、作家が一定の方向にむかい、周囲の状況に対して積極的にはたらきかけようとするときのほかはとらえられることがない。われわれは、通常、現実そのままをとらえられるものとして、自分の外側に存在しているもののように考える。しかし、それは実は外在的なものでもなければ、決してできあいのものでもない。いわば、それは行動するものの感じる周囲の抵抗そのものであって、正しくはかたちづくるといった方がよい。もし作家に主体的な行為への意志がなければ、それは決してかたちづくられるわけがないのである。

高見順氏や武田麟太郎氏が「転向」ののちに書いた風俗小説は、まさしくこのような危険をふくんでいたというべきであって、リアリズムが風俗描写に堕したというのは、無重力状態のなかでの作家がどれほどの悲劇的な存在であるかをものがたっている。(註12)このような作家の風俗小説への傾斜は、そのまま理論家における芸術至上主義への傾斜と対応するといってもよい。風俗小説の作者にとって、「現実」が風俗以上のものとしてとらえられなかったように、「近代主義」的な理論家にとっても「近代」や「文学」はもはや実体を失った「イデア」以上のものとしてはとらえられない。かつて、あるエッセイのなかで、私は、マラルメの詩が一種の「詩の詩(メタ・ポエム)」であり、そこでの「詩」や「美」が表現そのものとしての、完璧なイデアである「詩」や「美」だといった。同じように、小林秀雄氏によって象徴的に代表されるこれらの理論家たちは、あるパセティックな消失の「不安」にかられながら、彼らの「文学」を、周囲の状況から断絶し、「純粋」化し、ブラッドレーのいう「それ自身ひとつの世界であり、他から独立し、完璧で自律性をもったもの」へとおしあげていく。

しかし、この「不安」の強さに正比例して、「文学」そのものがかつてそれを支えていた原始的なエネルギーからの断絶を深めていくのはあきらかである。だから、このようにイデア化された審美主義が、ある点でまったく逆転され、周囲の状況にびまんしている強力なエネルギーに吸収されてしまうのは、あるいは当然の帰結というべきかも知れない。おそらく、昭和十七年の九・十月号の「文學界」に連載された「近代の超克」座談会の行われたのは、そのような決定的な点においてであった。

さきほど私は、昭和八年以後、「文学」が後退し、「神話」が前進しているといった。一人の革命家の死によって、「神話」をしたがえたロマンティシズムが顕在化した瞬間をこの劇の序幕が開始された瞬間だったとすれば、この座談会においてそれは悲劇的なカタストロフィにおわる。われわれは、この座談会のもつ意味の多様性をまだよく理解してはいない。しかし、すくなくとも、この討論が、そこに参加した日本主義者たちによってではなく、むしろ当時のもっともすぐれた西欧的な「近代主義」理論家によって組織されたものだということには注目しなければならない。いわば、これはそのような近代主義者たちが、自らの敗北を自認するために行った座談会であった。この座談会の終了と同時に、「文学」は破壊され、審美家はある悲愴な苦渋のうちに「神話」と秘密結婚をおこなう。前の章で、私が指摘した「日本ロマン派」のメタフィジックは、ここでその現実の仕事をおえる。これ以後、われわれの耳にきこえたのは人間の声ではない。「自然（フィシス）」の声のみが、やがて焼きはらわれた街をわたりはじめることになる。

ここでさきほどの前提に戻ろう。われわれは、意識するとしないとにかかわらず、歴史のなかにいて、決してその外にはでられなかった。過去は、現にわれわれの上に重くのしかかっていた。そして、われわれが主体的に行為することは、それを意識的にみさだめ、われわれが歴史に歩調をあわせるのではなく、われわれの歩調に歴史をあわせるということであった。このように考えると、いま便宜上編年的にみてきたこのような要素は、現在にせきとめられて、同時的に混在しているということになる。私はここで、現在の状況におけるこのようなメタフィジックの意味を、たしかめてみたいと思う。そしてかつて劇的に相剋した要素が、劇の終了の結果、まことに悲劇的に、この状況のなかに浮遊していることを確認してみたいと思う。

ふたたび、現在の状況を描こうとするなら、それはひとにぎりほどの「文学」と、文学的意匠をこらした圧倒的な「神話」との奇妙な平和的共存状態としてみることができる。これは、あるいは、「文学」を主体的な行為としてとらえているひとにぎりほどの明確な責任の体系を持った「文学者」たちと、「文学」を喚起的象徴に堕落させて、文学的な意匠をまといながら人間についてのシニカルなイメイジを拡散させているロマンティシストたちとの共存状態としてとらえられるかも知れない。ここでもっとも危険なことは、誰もが一様に「文学」の、したがって「文化」的次元の行為を語っているかのような外観を示しながら、実は多くのものが、無意識のうちに「神話」を語り、さきほどから指摘してきたあのロマンティシズムのメタフィジックを浸透させせようとしていることである。

ここで、私は、われわれの「神話」が、昭和十七年の七月に決定的な勝利をおさめたきり、まだ一度も日本人によって敗北させられていない、ということに注意を喚起しておきたい。同時に、その時決定的な敗北を自認せざるをえなかった西欧的な近代主義者たちは、おおむねその後自力で復権してはいない。そしてまた、ウォータールーの戦場にナポレオンの敗北後に到着した将軍のように、無傷のまま登場した戦後の近代主義者たちは、かつての「文学」と「神話」との劇の舞台に立った人々ではなかった。彼らは無傷であり、戦闘の終ったあとの戦場の支配者であり、しかしその支配権は、彼らが自らの手でかちえた支配権ではなかった。彼らは「神話」を克服したのではなく、ハシカにかからなかった子供が健康だという意味で健康なのであり、いったんあたえられた自由の後退がはじまると急速に弱体化しなければならなかったのである。

さきほど、私は、小林多喜二の獄死とともに開始された、原始的エネルギーをしたがえたロマンティシズムと近代的な文学との劇が、「近代の超克」座談会でいちど終了したといった。しかし、この間にあきらかに劇的な相剋があったということの重要性は無視すべきではない。その時、相手方の存在はきわめて明確であった。しかし、昭和十七年七月以後、最近にいたるまで劇は再開されたためしがなく、あいまいをきわめた錯覚がひとびとを支配している。この長い幕間のあいだ、われわれはあたかも「神話」が悪夢か幻影にすぎなかったのだという前提のもとに行動し、それがかつて誰によっても処理されず、現に勝利（！）をおさめたままであるということを故意に無視している。「神話」は幻影だったから、あるのは「文学」の問題だけなのだ、という、安易な風潮が充満している。「神話」があきらかに「神話」以外のなにものでもなかった状況と、それが一見文学風の服装をこらしているという状況の、どちらが危険であるかはいうまでもない。

このようにして、現在、私には、「原始的エネルギー」か「文学作品」かという二者択一、あるいは二律背反がふたたびおこっているように思われる。「文学作品」を書こうとするとき、作家は社会的な孤立におそわれ、行為と構造を欠いた神話的象徴に類する中間小説を書いてムードを喚起しようとするとき、民衆のエネルギーを組織できる。あらゆる文学者にとっての中途はんぱな無重力状態——つねに彼らをあの「日本ロマン派」のメタフィジックにいざない、一見「文化」的な行為によって原始状態を出現させようとする状態が、現代の状況をかたちづくっている。

かつて戦後の近代主義者たち、第一次戦後派の作家や「近代文学」の理論家たちが活動をはじめたころの状況はこのような性質のものではなかった。それは、あたえられた自由のかげに「神話」が身をひそめていた幸福な状況であって、彼らの活動は、そのころ自らの手で歴史をつくろうとしていた民衆の活動と歩調をあわせていた。このような状況——政治的な論理が支配し、すべての人間が現実を直視せざるを得なかったような散文的な状況の下では、原始的なエネルギーと文学作品との疎隔などはおこりえない。かつて私小説作家たちすらも現実にもちえなかった「近代」が、実体としてそこにあった。「文学」も、私小説家の潜在的ロマンティシズムの目標であることにとどまらず、もっと「健康」な行為としてとらえられることが可能であった。

つまり、小説を書くことは、「美」を形成することでも形式の完成でもなく、人間が人間に対して行う動的な行為であり、自分のかたちづくった現実を読者とわかちもち、さらにその行為のなかに読者を参加させていくという過程であった。このように方向を持って、主体的に、しかも個性的に作家が行動しているとき、創作が自己運動することもなければ、他者との関係を絶つこともない。それはすぐれて倫理的な行為であり、その確証をわれわれは、たとえば、武田泰淳氏の『ひかりごけ』や、大岡昇平氏の『野火』のような、モニュメンタルな作品のなかに見ることができる。

しかし、これらの作家たちの個性的な活動は、やがて自己運動を開始し、空転しはじめる。そして彼らを助けて来た理論家たちの尖鋭な合理主義も、同様に空転しはじめる。要するに状況の質が変ったのであって、それはかつての政治的な散文的な状況ではなく、閉鎖的な、文学的な状況であり、ふたたびあの神話がすがたをあらわし、ロマンティシズムのメタフィジックが顕在化してくる。しかも、これらの近代主義者たちは、その存在にすら気づかずにいた「神話」にいつのまにか足をすくわれ、敗退もせず、戦うこともできずに、いつのまにか平和的共存をとげるということになる。

このような思想的な劇の欠如ほど現在の状況の性質をものがたっているものはない。すでに指摘したように、かつての「近代の超克」座談会は、西欧自由主義的近代主義者が、自らの敗北をその思想に対する誠実さの故に自認させられたという、あるニヒリスティックな苦渋から生れていて、そのかぎりで劇的なものであった。しかし、現在の「近代の超克」再説はかつての率直さを失い、外見的には「現代文学の貧困を救う」という発想の下にあの「文化」否定、人間否定のメタフィジックをかくしている。「文学者」が「呪術者」とたたかってこれに敗れるところにはあきらかに劇がある。しかし、「文学者」が「文学理論」のなかで、自らそれと意識することなく「文学作品」を神話と混同し、それを主体的な行為の過程ではなく、自己完結的なものにおとしめようとしているのであれば、そこには劇の存在する余地はない。「神話」は無意識のうちに生れる。しかし「詩」は詩人の主体的な行為によって生れる。それにもかかわらず、今日の近代否定論者は、「個性」の衰弱したイメイジをあたえることによって、文学の貧困を救おうとする……

その結果としてあらわれるのが、中間小説の流行と、純文学の中間小説化という現象であることはいうまでもない。風俗小説の起源を、自然主義小説の頽唐期にもとめて私小説的発想の必然的な帰結と見ようとする中村光夫氏の見解(註13)はおそらく正確であるが、現在の中間小説の氾濫の直接的な原因は、前の章でふれたように、「転向」後のロマンティシズムの顕在化、およびその結果としての現実(リアリティ)消失というところにもとめられなければならないであろう。つまり風俗小説や中間小説の氾濫の底には、行くべき方向を失った作家の、没倫理的なシニシズムがかくされている。あるいは、自分でも信じられなくなった「文学」や、「文士気質」の形骸に対する、ややこっけいな執着がある。

こうして、この問題は、かつて「神話」によって「文学」を圧殺された経験をもつ西欧的な近代主義者が、かつて喪失した「個性」や「近代」に対する信頼を、まだなんによっても回復できていない、ということにつながらずにはいない。作家が自らの仕事の意味を知り、かりにそれが私小説作家の場合のように自らをヒーローにする態のものであっても、自らのヒロイズムと、「文学」や「近代」への信頼をもちつづけていられたあいだは、彼には最小限のリアリティが保証されていた。しかし、理論家によって「個性の衰弱」がとかれ、「文学」や「近代」への信頼もまた無意味と化したとすれば、作家には自らの技術を自己運動させる以外の方法はのこされていない。しかも、小説の「物語性」、小説の「原型」などという観念は、ある意味でこの惰性的な自己運動を正当化する。しかもできあがった作品を文学以外の基準で評価することを拒否するという芸術至上主義的な「鑑賞」が流行するというのであれば、この過程はほぼ完全に確立されたといわなければならない。

まえにいったように、現実は客観的にとらえられるものではない。それは行為するときの抵抗感そのものとして形づくられていく。しかし、この「鑑賞家」たちは作品をものとしてしかととらえようとしない。こうして、ロマンティシズム文芸復興期の特色である、小説における現実(リアリティ)の稀弱化とムード主義の流行という現象にいっそうの拍車がかけられる。くりかえしていえば、現在の状況における中間小説的作品の流行と、文学的意匠をこらしたある種の近代否定論、精神共同体論、個性衰弱論の横行は、正確に同じ原理から発している。

つまり、これらはいずれもわれわれから無限に責任を解除し、それと同時にわれわれから主体的な行為への意志をうばっていく。そして、われわれをより大きなあいまいなものの中に呑みこんで、ムードや喚起的な象徴にしか反応しない、輪郭を失った原始的エネルギーの集積にかえていく。これは「日本ロマン派」のメタフィジックが現実の歴史の上に行った作用と大してかわりがないであろう。かつて「文学」と「神話」は劇的な相剋を行った。しかしいままでは、「文学者」たちが礼儀正しい共謀のうちに、おそらくは善意で、この種のメタフィジックを拡散させようとしている。これが、現在のわれわれの状況の意味である。次の章で、私は、さらに、具体的な文学作品のどの部分を、神話が浸蝕しはじめているかについてのべなければならない。

## 4

さきほど、私は、敗戦後の状況のなかで、「神話」は一時あたえられた自由のかげに身をひそめなければならなかった、といった。しかしこれは正確な表現ではない。ソナタの終楽章が、低い繫留音で前の楽章と連絡しているように、「神話」はむしろその時、ひとりの才能ある若い作家のなかにひそかに自らの血をそそぎこみながら、生存しつづけたというべきである。もちろんそれは三島由紀夫氏のことであって、かつて「日本ロマン派」のイデオローグの一人は、彼について次のようにいった。

《交遊に乏しい私も、一年に二人か一人くらゐづつ、このやうに国文学の前にたたずみ、立ちつくしてゐる少年を見出でる。「文芸文化」に「花ざかりの森」「世々に残さん」を書いてゐる二十歳にならぬ少年も亦その一人であるが、悉皆国文学の中から語りいでられた霊のやうな人である（註14）》

『花ざかりの森』が、三島氏の処女作であることはいうまでもない。ちなみに、この作品は戦争末期に出版された同名の作品集におさめられている。しかし、氏が自らいっているように、この作家は「神話」の正統的後継者ではなく、むしろその庶出子であった。すでにのべたように「日本ロマン派」には「文学者」はいなかった。しかし三島氏がやや古風な芸術至上主義者の外見を呈しているとしても、近代的な作家であることはおそらく論をまたない。こうして、三島氏におけるロマンティシズムの問題は、ひとりの近代作家のなかにおける神話と近代主義の共存状態の問題ということになる。

《私は……事実を了解した。それは敗戦といふ事実ではなかつた。私にとつて、ただ私にとつて、怖ろしい日々がはじまるといふ事実だつた。その名をきくだけで私を身ぶるひさせる、しかもそれが決して訪れないといふ風に私自身をだましつづけてきた、あの人間の「日常生活」が、もはや否応なしに私の上にも明日からはじまるといふ事実だつた》（『仮面の告白』――傍点著者――）

戦後の状況で、あるいは中村光夫氏が指摘するように彼の怖れていた「日常生活」はなかなかはじまらなかったかも知れない。しかし、その状況は、さきほども指摘したように、きわめて「散文的」な、人々が歴史にじかにふれてそれを主体的につくろうとしていたような状況であった。そのような状況のもとで、「日常生活」のもっとも本質的な特徴である「散文性」を恐怖する作家は、どのような対策を講じなければならないか？

答はあきらかであって、彼は自らのなかにひそんでいる神話に外在的な形式をあたえてそれを確認しなければならないのである。カッシラーは「文化」の危機に「神話」があらわれるといった。この場合、その逆が成立しなければならない。「神話」が散文的な状況のなかで危機にひんしているとき、その庶出子は、自らのなかの「神話」を対象化し、それに美的形式をあたえなければならない。対象化し、構築するという意味で、これはあきらかに「文化」的行為である。しかし、その行為はひとつの危機的な受け身の行為でしかない。

三島由紀夫氏を他の戦後派作家からへだてているのはこの特徴である。彼がほかの同時代者よりすぐれた作家的資質にめぐまれているのは事実であろう。しかし、それ以上に彼の作品の魅力や通俗性（！）は、その完全な受動性、その本質的なロマンティシズム、あるいは彼の「神話」との秘密結婚などの点にもとめられなければならない。ほかの多くの戦後派作家は結局現実をかたちづくろうとするもの——つまりリアリストであった。しかし、三島氏は、本質的にロマンティシストである。原始的なエネルギーをともなうあのロマンティシズムが、近代小説の糧にされたとき、それはかならず自己完結的な行為にならざるをえない。

そして、実際に、三島氏はこのナルシスティックな行為を厳格に完成させようとする。そうすることによってしか、周囲の「散文的」な、「民主的」な状況から自らの身を守る方法はない。こうして彼はまったく孤独なまま、その内部にある「神話」をのぞきこみ、それを「芸術」や、美や、「悪徳」などという外在的なイデアにかえることによってかろうじて自らの存在を正当化しようとする。一見このような彼の横顔はひとりの革命家に似た尖鋭な印象をあたえる。しかし、もし革命家の行為が状況の変革にあるとするなら、この作家の行為は自らのなかにしかかえってこない。まわりにいるのが「神話」から解放された人間ばかりだとすれば、どこにはたらきかけるべき対象があるか？

こうして、ここでもまるで「日本ロマン派」のメタフィジックを逆にしたような事情が成立しはじめる。「日本ロマン派」が機能的には権力に協力する方向にはたらきながら、その論理に反権力的なものをかくしていたように、三島氏の作品は、その論理上のアンチヒューマニズムにもかかわらず、機能的には、あらゆる規範から解放されて人間を回復したということになっている「アプレゲール」たちの、行動上のヒーローを提供するという皮肉な結果が生れる。初期の三島氏の作品がはたした実際的な影響は、あきらかに急進的なものであった。

そしてまた、たんに文学的にいうなら、この作家の、「神話」を外在的形式に転化させようとする過程の厳密さ――それは『金閣寺』でひとつの頂点にたっしている――は、あたかも「日本ロマン派」のメタフィジックがあの「混沌」状態を最高の「文化」と錯覚させたように、ほとんど彼のなかに一人のもっとも急進的な芸術至上主義者、あるいはあらゆるものを人工化する唯美主義者のイメイジを生みださせるということになる。こうして、彼のなかにある「神話」はたくみにかくされ、読者は、実は自分がそのような金属的な人工化された世界の底にある「神話」に反応しているのだということを忘れてしまう。

しかし、このような孤独な操作を外側からささえていた状況の質は、いつまでも不変ではない。散文的な状況のなかでは、神話は凝縮しなければならないであろう。しかし、力関係がかわり、状況が神話化されていくにつれて、三島氏のなかにあった「神話」と「近代主義」は、それぞれ反対の方向に分離していかなければならない。「神話」はもはや対象化されてイデアにたかめられることなく、ムードとなって状況に拡散して行く。そして近代主義的な小説技法は、あらゆる近代主義の例にもれず、すでに「神話」度の稀薄になった人工的なイデアを機械的にくみあわせて自己運動をはじめようとする。

『仮面の告白』から『金閣寺』をへて『橋づくし』にいたる三島氏の道程は、このような観点から評価されなければならない。彼の人工的側面がほとんど完成に近づいたのは『金閣寺』においてであったが、「日本ロマン派」から継承したその「血と土」に根ざしたロマンティシズムは、『潮騒』や『若人よ蘇れ』をへて、最近の作品では、文学的な操作をへることなしに、ほとんど「神話」そのものの持つあの破壊的なメタフィジックを露出しはじめる。たとえば、

《今まで明るかつた街が、俄かに闇にとざされるのは凄愴な眺めである。交叉点の信号も消えてしまつた。交通巡査が提灯をかざして、交通を整理しはじめる。車道には自動車の前灯ばかりが、ほとばしり、ひらめいて、闇をその不安な光りでつんざいて過ぎた。

こんな擾乱の感じは、しかし二人の心によく似合つた。街がこんなに彼らのために、彼らに似合ふやうに変貌したのは、何か思ひ設けぬ幸運とも感じられた。何か起ればいい、

何か外的な破滅がふりかかつてくれればいい、といふのは節子のこの日頃の願ひであつた。そこかしこの横丁では、人々が店から出てざわめいてゐた。暦より一ト月も早い夜の暖かさも、この不安の感じを強めた》(『美徳のよろめき』)

このベストセラー小説のなかで、作者の意図したのは、この「不安の感じ」を小説的に増幅して伝達することにすぎない。小説としてみるなら、この作品は現実感をまったく欠いたド・サドの拙劣な、静的(スタティック)な模倣にすぎないであろう。しかし、この「何か起ればいい、何か外的な破滅がふりかかつてくればいい」という中心のモティーフは、ある官能的な情緒と結びつき、さらにそれは革命や暴動のなかでの自己破壊を夢みるという希求と結びついて、およそ児戯に類する人妻の不倫の物語の底によどんでいる。

肉感的な、甘ずっぱい、みずみずしい不安、しかも自己破壊をふくんだ、過激な非政治性、あるいは過激な受動性、これらは、「何か起ればいい」という呪詞――それは正確に呪詞以外のなにものでもない――によって、われわれのなかの複雑な危機感を解放する。この作品を文学作品として理解するのが正確でないというのはこの理由にもとづいている。それはひとつの強力な神話的象徴にすぎない。その「物語」的な図柄のなかで、われわれのなかにひそんでいる原始的なエネルギーは、強い官能と混合され、われわれを奇妙に有機的なムードのなかに浮遊させる。これほど完璧なあのロマンティシズムの表現はまれである。

同じようなムードは、『橋づくし』という短篇のなかにもあらわれている。これは作品としてみるなら、芸のこまかい淡彩の好短篇というべきであろう。しかし、かつて散文的状況で書かれた頃の三島氏の作品にあった構築された骨組みは、この作品からはまったく影をひそめている。新橋の料亭の娘が、陰暦八月十五夜に、浴衣がけで爪紅をさした素足に黒ぬりの下駄をはいて、あまり流行らない芸妓を二人つれ、山出しの女中を供に大川の橋を渡る。誰も口をきいてはいけない、口をきいたものは願をかなえることができない、ということになっているが、このタブーはささやかな偶発事によって次々と破られて行かなければならない……

このムードのかげにある緊迫した危機感には、『美徳のよろめき』にあったのと同じメタフィジックがかくされている。三島氏のなかの「神話」は、もはや対象化されてイデアにすら転化されない。ここにみられるように、なにものによってもさまたげられることなく、周囲の「神話」的状況に流れこんで行く。あるいはこの小説の輪郭の不分明さそのものが、逆に現在の状況の性質を端的にものがたっているといってもよい。そしてさらに、このような「神話」は、別の作品のなかでは、さらに明瞭にかたられている。

《『もし戦争になれば……』と杉雄が空想するのはかういふ時である。原子爆弾でなくても、空襲はまた必ずはじまるだらう。なつかしい、やさしい、抒情的な空襲警報のサイレンが町の空に響きわたるだらう。誰も電気スタンドなんかを持ち出す奴はゐないだらう。

杉雄が作つて、東京のはうばうの家へ据ゑつけたスタンドは、一せいに燃えるだらう。べらべらした薔薇いろの襞は、忽ち炎に包まれて、荘厳な、趣味のよい黒い色をした灰に変るだらう……》（『急停車』）

これはほとんどひとつの美意識にまでたかめられた「文化」否定──「文学」否定というべきである。三島氏から噴出しはじめた原始的エネルギーをともなうあの「神話」は、氏が構築してきた人工のガラスの城さえも許容しない。このようななまなましい肉感と危機感との結合、さらにそれと「死」との結合という過程は、あらゆるベストセラー小説のなかにみられるであろう。それが『氷壁』であれ『挽歌』であれ、そこにあるパセティックな、胸をしめつけられるようなムードの底には、官能によって「死」にいざなうというメタフィジックがあり、しかも稀薄なムードのなかにかくされている。そこにあるのは「死」の思想である。あるいは「文化」と「死」を同義語とする思想であり、現実を対象化することを拒否する思想である。

このように考えるとき、三島由紀夫氏とともに、戦後の文壇における井上靖氏の出現の意味は重要になって来る。「新潮」（一九五七年十二月号）の座談会で、河上徹太郎氏と中村光夫氏が、それぞれ、「井上靖さんの小説でも、悪口の方からいえば、僕のいう薄皮小説じゃないかな。『射程』にしても内容の思想的なもの、或いは人間的なものはスープの出しがらみたいに捨てちゃって、おつゆだけを非常に上手に作ってある」（河上氏）「やはり今の小説の傾向は井上靖から発しているということは事実だね」(中村氏)といっているが、おそらく井上氏の文壇への出現は(註15)、リアリズムないしは散文的状況の終結を予見するものであり、それはおそらく昭和二十八、九年の「第三の新人」たちの出現によって決定的に完成したといわなければならない。

今日の常識に反して、むしろ表面的な社会の安定や作品の題材の日常化は、散文的状況の終結を意味する、というべきである。つまりここでは、日常性の回復が逆にロマンティック文芸復興を促進するという奇妙な倒錯がおこっているので、これ以後、今日にいたるまで、大多数の小説はほとんど個々の作家の善意や努力とは無関係に、自動的に近代小説であることをやめようとしているかに見える。あえていえば、われわれの場合、大ざっぱにいって日常性の回復は本質的には文化的原始状態の回復(!)にほかならず、あの「神話」――「死」の思想のメタフィジックは、まさに現実の歴史の上にその姿をあらわしかけている。

しかし、すこしこまかく見れば、三島由紀夫氏と、井上靖氏以下の物語作者との間には本質的な相違がある。つまり、三島氏が、「神話」の子であり、その孤独な擁護者であり、自らのメタフィジックの意味をあきらかに意識している――その点では彼はふしぎに主体的である――のに対し、井上氏らは、それを明瞭には意識していないのである。すでにのべたように、三島氏は「神話」から出発して近代作家に変身し、ふたたび「神話」にもどろうとしている。正確にいうなら、彼は一度も「近代主義」の洗礼をうけなかったので、その意味で「神話」を生んだ「血と大地」の子である。彼の才能には、われわれ民族の「血と大地」に根ざしているという強味があり、この自信はおそらくゆらぐことがない。

しかし、その他の物語作者たちは、それが菊村到氏のような、小説の「原型」を直接的に叙事詩の「物語」におこうとするロマンティシズム理論の忠実な実践者であるとしたところで、本質的には自信を失った「近代主義者」の側に属している。彼らは、いまや行くべき方向を失って空虚なシニシズムにおちいりかけている。方向がない以上、状況に対して主体的にはたらきかけることもなく、書くべき対象を自らの手ではっきりとつかむことができない。そこに、近代小説の全称的否定理論があらわれて、小説の「原型（アルケティプ）」――これは正確に神話的な意味での「もと（アルケー）」で、原理的な「もと（アルケー）」ではない――を「物語」におくとしたなら、作家がこの理論にすくいを求めるのは当然である。いわば、ここでは、作家たちは知らぬ間に技法の上から「神話」の浸透をうけているのである。

すでに昭和初期において私小説の理念は敗北し、戦後のハシカにかからぬ「近代主義者」の多くは、その「個性」を否定されて「神話」に足をすくわれている。このようなロマンティシズム過剰のとうとうたる風潮のなかで、これらの作家の作品が「薄皮小説」にならないとしたら、そのほうがおかしいので、これら不幸な近代作家の末流は、自らの喚起したムードに作品をのみこまれ、しかも根本的には孤立して、そのムードの底にひそんでいる民衆の不定形なエネルギーとは絶対にふれあうことがないのである。

こうした宙ぶらりんの状態にあきたりない作家が、むしろ状況の底にひそんでいるエネルギーそのものに直接ふれようとするのは当然の帰結である。たとえば石原慎太郎氏の『亀裂』のなかには、そのような誠実な現状否定の意志が明瞭にあらわれている。彼の否定するのは、たとえば井上靖氏の『氷壁』にあらわれている合理主義のいくばくかをとどめた稀薄なムードであり、彼の求めるのは、現代の状況の底にかくされているおびただしい非合理的なエネルギーに直接ふれることであろう。石原氏はもちろん「近代主義者」ではなく、「神話」の子でもない。しかし、彼は直接的に状況をとらえるということが、どのような行為を意味するかをおそらく意識してはいない。

かつて私は、新進作家を論じた文章のなかで、『亀裂』が根本的に受け身の小説であり、巨大な皮膚感覚の集積によって書かれた小説だという意味のことをいった。石原氏の意図は現実の状況を包括的にとらえることにあり、それを「実感」によってとらえようとするところにある。しかし、これは結局、「現実の受動的な容認」という点で、「日本ロマン派」のイデオローグたちのメタフィジックの根本にある態度と通じる方法だといわねばならない。頽廃した現実のなかに尖鋭に埋没しなければ、それを超えることができない。皮膚感覚を全開放にしてそのなかに身を投じなければ、現状を否定できない。これがきわめて急進的でもあり、また誠実な態度でもあることは異論の余地がないであろう。しかし、このようなかたちでエネルギーにふれ、三島由紀夫氏のいわゆる「エネルギッシュな頽廃」をわがものとした作家は、どのような帰結を歩まなければならないか？

その端的なあらわれを、われわれは『亀裂』の文章のなかにみることができる。『亀裂』の文章は有数の悪文である。しかし、それはおそるべき魅力を秘めたメロディーを持っている。

《その過程に、俺も、洋も、誰もがそれぞれに徹し、その瞬間瞬間でいって亡びるのなら亡びても良いのだ。その幾十億の出来損いの上に厖大な時間の結果を見ればきっと何かが出て来るのかも知れぬ。だが、だがしかし、俺は、俺たちはもっと急がなくてはならないじゃないのか？》

この悲愴な絶叫は、

《「無責任のようだが、その内に何かが出て来るんだよ」》

といった植原教授に対するこの小説の主人公都築明の反問である。この文章はおそらく次のような文章のメロディーを思わせるにちがいない。

《過去日本の文学界に於て、俗調の流行極り、先代の糟粕を食ひて嫌はざること、今日の事情に過ぎるものを知らない。しかも省みて芸術する自覚の切迫の極点に形成されしこと、今日の青年文学人に勝るものあるを見ぬ。……今にして次代は一つの萌芽に己を蔵めつゝ、現状は混沌として分明でない。僕らがわが世代の歌を唱へねばならぬ》（『日本浪曼派』広

告)

あるいは植原教授のことばについていえば、

《しかしさしあたつて、よいと考へてしてゐることを、無下に云うて了ふ必要はない。多少考へが未しくとも、よいことをしてゐたら末はよくなると思ふ》(保田與重郎『攘夷の思想』)

『亀裂』のこのような部分に私は橋川文三氏のいう「亡びの意識」、あるいは伊東静雄の詩のなかにある「いそぎ」のリズムの不思議な新鮮さ(!)の反映をみることができる。そしてさらにいえば、この小説の人物ほど非行動的な死の論理にとりつかれた人間はいない。彼らは常にいかに死ぬべきかをのみ思い、詠嘆し、実際に「亡んで」行く。橋川氏は、「近代の日本にして『死』をカリキュラムとして与えられた世代は、(われわれの)ほかになかった」(『日本浪曼派批判序説』三)というが、かりに「死をあたえられた世代」がほかにないとしても、ここには、まさに「死」を自らに課そうとしている「個人たち」がある。この小説にあらわれたのは、まさしく「日本ロマン派」のメタフィジックの正確な反復ではないのか? 石原氏の筆舌につくしがたい魅力はここにある。彼はおそらく現代の他のどの作家よりも、おそらく三島氏に数倍して、民族のエネルギーの根本に触れている作家である。あるいは作家的人物である。

このようにして考えるとき、私はいわゆる「世代論」的思考そのものにある便宜的な、あるいは自己中心的な論理に対していくらかの疑問をもたないわけにはいかない。ここでのべたように、本質的な問題は、おそらく個々の「世代」の断絶をこえていはしないか？「死」の思想によってのみあのおびただしい民族的エネルギーにふれることができるという不幸な逆説を、現に、橋川氏たちからすれば「幸福な世代」に属する私たちも共有していはしないか？

私には、「世代論」そのものが、かりに戦後の合理主義者たちによってとなえられた頃には、ある実際的な意味をもっていたとしても、本質的には、その根本を全体的な家族制度的思考においた、ひとつのロマンティシズム特有の発想であるように思われる。おそらく現在もっとも必要なことは、個々の「世代」が別々の問題を負っているということではなく、すべての「個人」が、多様な、異った角度から、結局は同じ問題に対処することになるということを、明瞭に知ることであるように思われる。いうまでもなく、それは、いかにして「薄皮作品」か、「死」の思想を含んだ強力なエネルギーかという不幸な二律背反関係をうち切るかということであり、「神話」そのものをならして生の方向に転化させるかということになるであろう。

ある意味で、大江健三郎氏の一連の作品のなかには、そのような方向にむかおうとしている要素がないわけではない。しかし、すこし唐突な比較を行えば、いつも審美的鑑賞家の好餌となっている石原慎太郎氏の文法を無視した悪文と、大江氏のやや優等生的な好短篇との感触は、意外によく似ている。そして大江氏の肉感的な世界と、三島氏の人工的な初期の作品の世界も、隠微なかたちで、あるものを共有しているようにみえる。それが、現在の私の問題に対してどのような解答をあたえているかについては、すこしあとでふれたいが、これらの作家が共有している強烈な魅力がなければ、「文学作品」は、それが民族の「血と土」にふれているという、最低の条件をすらみたしていないことになる、ということをいっておかなければならない。

《動物たちの死骸は吊りさげられると、二三日のうちに急速にかじかんで行く。そして、一週間もたつと、血に濡れて汚れた羽毛が皮膚にはりつき、痩せた人間の裸のように見える雀より、肥えた躰をまるめ、樹液にふくらむカエデの翅果のように繊細な耳を荒あらしい体毛の間に覗かせるドブ鼠の方が美しいのだった。僕らはそれを溜息をもらしながら見た。

毎朝、ドブ鼠の剛毛の一本いっぽんには霧粒がこびりついて凍り、針葉樹林の樹氷のようだった。そしてそれらを初冬の陽ざしがゆっくり融かし、剛毛をすかして漂白された鼠の肌をあらわにした。暫くたち、陽が高くなると臭気が空気を汚染させ始める。それは昼のあいだ濃密な臭いをたてつづけ、そして夜と霧とが少年院をおおうと再び凍りついて臭いのない冷たい石になってしまう》(『鳩』)

ことわっておくが、この作品は小説として『飼育』よりかなり劣り、作者の感受性の氾濫がややマナリズムにおちいりかけているようなところがあって、大江氏の短篇としては決して佳篇のうちに属さない。しかし、あらゆる失敗作の例にもれず、ここには作者の論理化の手をすりぬけたものがあらわれている。この作品について三島由紀夫氏がのべている意見は、きわめて暗示的である。

《『鳩』の小動物たちは、それぞれ鼠やモルモットや鳩を呈示するにすぎないが、その宝石のやうに凝つた血によつて、鼠一般、モルモット一般、鳩一般の荘厳な象徴と化し、色欲的観念の具現となるのである。そこにはサディストの究極の夢があり、われとわが手で殺した小動物は、動物であるがゆゑに、永遠に一般概念の彼方にとどまり、精神や個性の片鱗をひらめかすことはない。そこでこの殺戮行為は、黒人を飼育するよりももつと純粋なエロティックな行為として終るのである。それはアニミズムからもつとも遠い文学である》(『日記』二、「新潮」一九五八年五月号)

さきほど私は、三島由紀夫氏の作品のなかでいかに彼のなかの「神話」が対象化され、イデアにたかめられ、そして一種の倒錯した「神話」——つまり「文学作品」にしたてられていったかについてのべた。大江氏の場合にも同様のことがいえる。しかしこのとき、「神話」は状況のなかに充満し、彼の内のみならず外にも存在する。大江氏の試みることは、「人間」が「動物」と対等であり、「死体」が「生きているもの」と対等であるようなこの状況を、きわめてリアリスティックに対象化することである。

かつて私はある文章で、大江氏の世界が汎神論的であるとしても、それは対象化され、論理化された汎神論の世界だといった。その意味で彼の作品はおそらく「アニミズムからもっとも遠い」であろう。それは三島氏の作品が「文学作品」だという意味で「文学作品」である。そしてその世界がいかに非日常的であるにせよ、彼は根本においてリアリストたらんとしている作家であり、近代主義の系譜をついでいるといえるであろう。しかし、問題はそれのみにとどまらない。人間を動物化し、人間を死体化して描くときのこのサディストのなかには、たんに「エロティックな観念」をもてあそぶというにとどまらない、あるはげしい原始的なエネルギーの陶酔がほとばしりでている。この衝動をおいて、大江氏のあの抒情を説明することはできない。「動物」は「エロティックな観念」にとどまるであろう。しかし、その観念をもてあそび、さらに徹底化させようという情熱はあきらかにあのロマンティシズムの原始的なメタフィジックを秘めた情熱である。

大江氏が対象化し、リアリストたらんとするとき、その手をくぐりぬけて彼のなかの「神話」が噴出する。あるいは彼のなかにロマンティシズムが奔流する。『鳩』はまさにそのような作品であって、彼のなかでは、いわば「文学」と「神話」はたえずはげしい劇的な相剋を行っている。そして彼はあきらかにそのことを知り、自らのなかに「神話」や「死」の思想にひかれる部分があることを知っている。そして、事実、彼の作品の強烈な魅力の一半は、作者自身の人間的な意志に反して、そのなかに「死」の思想の官能的なメタフィジックが噴出し、彼がコントロールしようとしたイメイジが逆に神話的象徴になりかける、という危機をふくむところにあるとすらいえるのである。

このように考えるとき、現在の状況におけるロマンティシズムの浸透度——あるいは「文化」を死の同義語とする思想の浸透度の深さは、ほぼ明瞭になるものと思われる。前にふれたように、状況が「神話」化しているのは世界的な傾向であって、ひとり日本のみの特殊事情ではない。しかし、そのことは、かならずしもすべての「神話」が同一のメタフィジックによってささえられていることを意味しない。危機に際会したとき、おのおのの民族は、おのおのの「神話」を復活させる。そしてわれわれの場合、それは、おそらくは民族のもっとも深い恥部にねざしたあのメタフィジックによってささえられているといってよい。

このことは、そのまま、われわれの周囲に充満している、「ロマンティック文芸復興」のムードのよって来たるところをものがたっている。そのムードは、おそらく、民族の恥部——そのエネルギーの根元であるあの「神話」に結びついていて、どのような外来思想の力によってもたやすくは解消させられない。ほかの論文で指摘したように、それはただちに形骸化されて超絶的な規範になるか、あるいはこの状況のなかにのみこまれ腐敗するかどちらかの道をたどるであろう。

さらに重要なことは、あらゆる文学作品がなんらかの意味で「詩」との関係を持たないでは無力だということであり、さらに「詩」は、どれほど高次の抽象が行われるとしても、「神話」から生れないことには無力だということである。文学作品は、そのなかにどれほど危険なメタフィジックがかくされていようとも、「神話」の原始的衝動に似たなにものかをとらええないとき、形骸に堕落する。このことは、いままで引用して来た三人の作家の異常な魅力からも証明できることであり、さらに、近代主義から出発した人々のうちで、非合理的な「自然」や「神話」の声に耳をかたむけた人のみが、いぜんとして旺盛な仕事をつづけ、「薄皮」でない作品を発表しているという事実からも証明できることである。

たとえば、『ひかりごけ』から『森と湖のまつり』にいたる武田泰淳氏の作品や、堀田善衞氏の『インドで考えたこと』などは、その具体的な例証である。これらの作家には、大江氏や石原氏にある繊弱なものはなく、逆に自らの唯一性に対する信頼がある。かつて、堀田氏は、インドから帰って、いままでのやり方を全部かえなければならないのではないかと思った、という感想をもらしていたが、氏についていえば、この旅行はおそらく氏の近代主義が大きく変質しようとした転機を劃するものであった。

要するに、「神話」をおそれて、文学作品が日常的な、しかも形骸化した「規範」――文学以外の「規範」によりかかろうとしはじめるとき、その作品はすこしも面白くなくなる。世のなかには真面目な作品や善意の作品というものがあって、それらはわれわれを安心させたり、自己満足的なイメイジをあたえてくれたりするが、そのような作品は結局面白くない。そして面白いのは、逆に、人間が残酷で、淫猥で、おおむね悪意であるにもかかわらず、そのことを自ら意識している、ということであろう。そしてさらに、残酷な、淫猥な、しかも官能的なものはおそらくあの「神話」そのものに根ざしている。人間が「神話」からのがれえたというのは錯覚であり、われわれの血のなかにひそんでいるあの「死」の思想のメタフィジック——すべてのロマンティシズムの「もと（アルケー）」であるあのメタフィジックは、おそらく永遠に死ぬことがない。

そうであるとして、それならわれわれはどのようにしてこの頽廃した状況、人間が奴隷であることをえらび、「文学」が「神話」に席をゆずりわたし、「文化」が「混沌」と同一化しようとしている非人間的状況に対処したらよいか？　どこにこのロマンティシズム過剰の死の思想の氾濫のなかで、リアリズムの可能性を見出し、この状況がファシズムに傾斜して行くのをくいとめる道があるか？

そう考えるとき、ミレトス学派の自然哲学者のやった仕事は、われわれにひとつの手がかりをあたえる。つまり、ある意味で「自然」状態への復帰である現在の状況に、「神話」的なそれではなく、人間的な「もと（アルケー）」を見出し、それを文学的方法によって人間化することである。しかし、タレースの末流である文学上の自然主義——河野与一氏はこれを自然科学主義と呼ぶべきだというが——から発した近代リアリズムによっては、このことは不可能である。すでに私は現実の歴史の上で、誠実な西欧的近代主義者がいかに敗北したかを指摘した。しかし近代的なリアリズムが不可能なのは、単にそれが外来思想だからではない。それは、ほかのエッセイでくわしくのべたように硬い現実があり、それを模写することができるという前提、つまり自然哲学者のみた「自然」に「神話」がなかったように、「神話」の存在を無視するという前提から出発しているからである。そこには一種のオプティミズムがある。そして事実上、日本での自然主義リアリズムが、いかにその本質においてロマンティックだったかということについてはすでにふれた。

われわれに可能な方法は、ミレトス学派の哲学者の無視したもののみに「規範」をあたえることである。自然科学が「自然」を人間の「規範」のなかにおさめようとして格闘しているように「文学」は「神話」そのものを今一度人間の「規範」としなければならない。つまり「神話」的状況そのものを対象化することによってそれから人間を解放しなければならない。文学の「原型」はうたがいもなく「神話」にあり、われわれの場合たぶんあの「死」のメタフィジックのなかにあるであろう。しかし「文学」と「神話」の間には超えることのできない断絶があり、それは決して連続してはいない。

いま私は、最初の「詩」が生れた瞬間のことを想像する。それは最初の詩人が、自らの周囲に充満している「神話」を意識し、それを自らの言葉によって（ムーサイの言葉としてのみではなく）語りはじめようとした瞬間のことである。このとき、「神話」は呪縛にかけるものではなくなり、人間の支配のもとにおかれ、人間の存在の証明となることができた。それがいつ、どこでおこったかは知らない。しかし、あの苛酷な「神話」の否定者、文学や詩の否定者ですらあったプラトーン自身の書いた「人間化された神話」は、これが私の恣意的な想像ではないことをものがたっている。プラトーン自身も「神話」を書いた。しかしそれは呪縛にかけるためではなく、呪縛から解放するために、神話の性質を正確に洞察したうえで書いた「文学作品」であった。いいかえれば、それは「自然」の上から、言葉の次元に転化された「神話」であり、このようにしてしか「文学作品」は「神話」から独立することはできないのである。

現在、すべての「文学者」は、ムードや神話的象徴の束縛をふりきって、かつてプラトーンが試みたことをもう一度試みなければならない責任を課せられているであろう。すでに私は、状況は描写できるものではなく、客観的にとらえられるものでもない。リアリティは主体的な行為によってかたちづくられるものであり、状況を対象化することは、それにはたらきかけることによってしか達成できない、といった。今、これにくわえて、われわれは最初から人間なのではない、むしろ自然のままでは、「飼育」される奴隷であり、死体であり、「小動物」の死骸なのだとつけくわえたい。われわれはそのような主体的行為の過程で、はじめて一人の「個性」であることを回復して行く。そしてこの行為の方向は、うたがいもなく、私自身を、あるいはこの小論の読者を死から生に向けなおす方向である。

さきほど、私はまた、主体的に行動するということは、歴史の主人になり、われわれの歩調に歴史の歩調をあわすことだといった。具体的にいえば、それは、現実の歴史の上で人間が自らを破壊するよりは生かすことを、戦争よりは平和を、原始状態よりは秩序をえらぶということを証明することである。われわれがファシズムや破壊や残酷さから自らをすくい、われわれのなかに現にひそむそのような行動への憧れをならし、「神話」を手なずけるということ以上のリアリスティックな行為は、現在ほかにない。それは正確に、われわれの極く些末な日常生活にまでつながっている。こうして神話的状況を対象化することは、われわれが人間になり、歴史を人間化することに連続するであろう。そしてその時、民族のエネルギーもまた、ムードとなって拡散することなく、定着されて、その方向に働きだすであろう。その責任を回避するとき、文学者は、人間になることを回避したということになるにちがいない。

……………………

『神話の克服』補註

1

（1）Stuart Chase; *Tyranny of Words*, London, Methuen, 1950

（2）S・I・ハヤカワ『思考と行動における言語』岩波現代叢書、一九五一年

（3）一九五八年三月五日午後十一時十五分からラジオ東京で放送された録音構成、「現代の寓話」の中の丸山真男氏の談話による。

（4）梅棹忠夫『文明の生態史観序説』（「中央公論」一九五七年二月号）

2

（5）橋川文三『日本浪曼派批判序説』（「同時代」四―七号に連載中）あわせて参照のこと。

（6）三島由紀夫『伊東静雄氏を悼む』（「祖国」一九五三年七月号）この項に関しては橋川『日本ロマン派の諸問題』より間接的に引用。

（7）遠山茂樹、今井清一、藤原彰『昭和史』岩波新書、一九五五年

（8）一九五八年四月より、定期的に行われている河野与一氏を囲むシンポジウムにおける河野氏の講義「リアリティについて」による。

3

（9）Benjamin Lee Whorf; *Language, Thought, and Reality*, ed. by J.B. Carroll, NewYork, Technology Press of M.I.T., 1956

（10）トーレイフ・ボーマン『ヘブライ人とギリシヤ人の思惟』植田重雄訳　新教出版社、一九五七年

（11）この点に関して、

江藤淳『夏目漱石』―第二部第四章―参照のこと、東京ライフ社、一九五六年

(12) 私は主としていわゆる「人民文庫」同人のリアリズムについていっている。「人民文庫」は転向文学者のうち「日本ロマン派」と対立した方向をめざした人々、すなわち、武田麟太郎、高見順、田宮虎彦、円地文子、立野信之、南川潤、井上友一郎、田村泰次郎、新田潤氏らによって組織された。これらのうち大部分の作家が現に風俗（中間）小説の主要な制作者であることに注意する必要がある。

(13) 中村光夫『風俗小説論』河出書房、一九五〇年

4

(14) 蓮田善明「文学」一九四三年八月号所収、この項に関しては橋川文三『日本浪曼派批判序説』(「同時代」五号）より間接的に引用。

(15) ちなみに井上靖氏は、『闘牛』によって昭和二十四年（一九四九）下半期の芥川賞をうけた。これは昭和二十四年八月、シャウプ博士の勧告によって税制の改革が行われた時よりあとであり、翌二十五年六月、朝鮮事変がおこった時よりも前である。私は、この時期において戦後の建設期が終結を余儀なくされ、思想的、政治的、経済的な価値転換が行われたと考える。井上氏の『闘牛』は、単に文学史的のみならず、思想史的にいっても、この転期におけるわれわれの精神のありかたを象徴する作品というべきであろう。

（一九五八年六月）

# Ⅲ

# 現代と漱石と私

漱石という人はおそろしく孤独な人間だったが、漱石の作品は不思議と読者を孤独にしない。これはどういうことだろうかと、私はこのごろ思うようになった。

私は人なみに中学生時代にはじめて漱石を読んだ。そのときは『坊っちゃん』や『吾輩は猫である』、それに『こゝろ』が面白かった。大学にはいって間もなく、子供のころから弱かった胸を悪化させ、丸一年の間ひとりで寝ていたが、そのあいだにも漱石はずい分読んだ。かならずしも漱石に『道』を求めるような読みかたをしたわけではない。『門』や『道草』を読んでいると気持がしんと沈んで来る。それでいて決して凍てつくということがなく、心の奥底はむしろ豊かになごみはじめる。これは身体の調子にも精神状態にも無関係におとずれる充足感で、その当時まくら元の古ラジオでよく聴いていたモーツァルトやバッハの音楽のあたえる慰めに似ていた。

鷗外とはちがって、漱石は平気で無造作なあて字を書く人である。魚のサンマを「三馬」と書いて済ましている。中学生のころにはこの愉快な字面が象徴するような漱石の軽味が好きだったが、このごろになるとその影にかくされた作者の痛ましい孤独な表情に心を惹かれるようになった。それはわれわれの持ち得たほとんど唯一の近代小説家の顔——『明暗』の作者の顔である。私はそういう漱石の顔を思い浮べながら、『夏目漱石』という本を書いた。もう十年前のことになる。

米国に留学しているあいだにも、私はしばしば漱石とその文学について考えざるを得なかった。そして以前漱石の新しさと感じられたものが、実は漱石のなかにあった旧い文化の教養に支えられていたのではないかと思うようにさえなった。つまり私は、漱石を彼が生きた明治という時代と結びつけて考えるようになった。もっと正確にいえば、明治というあわただしい新時代のなかで崩れて行った旧い価値に根ざしているのが、漱石の文学ではないかと考えはじめたのである。漢学から英学へ、さらに作家生活へという漱石の生涯は、明治という時代の深所でおこっていた文化的秩序の崩壊を全身に体験し、その間に「孤」なる「個」の悲惨さを見てしまった人の生涯と思われた。これほど正面から時代の問題を引受け、その重味に耐えた作家は類例が少いと思われた。

日本に帰って来ると、私はいつの間にか三十をいくつかこしていた。いくら変ったとはいえ日本の社会のなかに暮していて三十をすぎると、家族とか肉親とかいうもののきずなが、妙に生々しく具体的に感じられて途方にくれることがある。そういうときに漱石を読むと、今まではさほど印象に残らなかった彼の小説の細部に、ほっと息がつけるような安息を感じられることに気がついた。これは、近ごろになってようやく味わえるようになった漱石のよさである。

たとえば『道草』で、神経を病んで放心状態で寝ている細君を見守る不安な主人公の前で、突然われにかえった細君が、「貴夫（あなた）？」と微笑しかけるところ。あるいは『こゝろ』の「先生」と「私」が、大久保あたりの植木屋の庭の縁台に掛けて、「蒼い透き徹るやうな空」に映えるカエデの若葉をながめているところ。あるいは『門』の冒頭の、秋日和の日曜日、狭い縁側で日なたぼっこをしている宗助と、ガラス障子の中で針仕事をしているお米との会話。こういう個所はかならずしも小説の主題に直接結びついた劇的な個所ではないが、そこに微光のようににじみ出ている漱石の心の優しさが、私の渇望を充たすのである。

こういう優しさが、どうしてあのかんしゃく持ちで、不幸で暗い漱石のなかから流露して来るのであろうか。彼はいつもわれわれの隣にいる。彼はおびただしい知力と意志力と学識とを兼ね備えた巨人であるが、決してわれわれの上にではなく、「尋常なる士人」としてわれわれの傍にいる。つまり漱石は、いつも人と人とのあいだにいるのである。これは、道徳というものを、他人から離れることにではなく他人と交わるところに求めた儒学の教養から来た態度であろうか。儒学はそれほど深く漱石の血肉に食い入っていたのであろうか。

いずれにせよ、この大作家の頭脳を病ませていたのは、「文学」とか「芸術」とかいう観念ではなかった。神経症と胃弱に終生悩みつづけた漱石ほど、ある意味で健康な作家を、私は近代日本の文学史上ほかに知らない。だが、どうしてあの孤独な漱石が、それにもかかわらず人と人とのあいだにあえて身を投じ、その心のもっとも柔かな部分を進んでひらくことができたのであろうか。

それは、おそらく漱石が、孤独な自己追求というものの悲惨な不毛さを身にしみて識っていたからであろう。私はこのごろ、漱石の文学のこういう特質を、彼が「帰つて来た」作家であったということと結びつけて考えたいと思いはじめている。『道草』の冒頭に、次のような一節がある。

《健三が遠い所から帰つて来て駒込の奥に世帯を持つたのは東京を出てから何年目になるだらう。彼は故郷の土を踏む珍らしさのうちに一種の淋し味さへ感じた》

『道草』が、漱石がロンドン留学を終えて帰国した直後、ちょうど『吾輩は猫である』を書きはじめる前後の生活を素材にした自伝的な小説であることは、よく知られている。そうであれば、『猫』以後『明暗』にいたる彼の作品は、すべて「遠い所から帰つて来た」人によって書かれたといってもいいすぎにはなるまい。「遠い所」とはかならずしも英国、または西洋だけを意味しない。それは他人から遠くはなれた場所、孤独な自己追求が何ものかをもたらすと信じられた場所である。

しかし漱石は、そこで孤独という状態がどんなものであるかを、自己追求の果てに待っているのが狂気と死でしかないことをかみしめることになった。その体験から彼が得た「自己本位」という信条には、つねに「一種の淋し味」がまつわりついている。それは「個人主義」が近代人の実現すべき理想だというような楽天的思想ではない。むしろ「個人」としてしか生きられない近代人の淋しさに耐えようとする決意を託した言葉だと考えられるのである。

そういう「遠い所」から「帰つて来た」漱石にとっては、小説を書くことは一方では人と人とのあいだに帰って他人に手をさしのばすことであり、他方では個体のワクを超えた生の根源に戻ろうとすることであった。これは彼を近代日本の作家のなかで特異な存在とした。というのは、日本の近代文学を支えて来た作家の大多数は、「出て来た」作家——故郷のわずらわしい家族関係や因襲をふり切ってひとりになり、そうすることによって自己を実現しようとした人々だったからである。

彼らにとっては、「自我の確立」というこの目標は、「芸術」のために、「近代」のために、あるいは日本人の精神の解放のために行われるべき大事業のはずであった。彼らには、「孤」なる「個」の悲惨さというようなことは理解の外にあった。彼らの現実の悲惨さ、道徳上の不毛さは「芸術」のために、あるいは「革命」のためにという観念にさえぎられて、その心の視野に映じることがなかった。彼らは一言にしていえば自己追求に憑かれた人々であった。

もし明治以後の文学が、こういう「出て来た」作家によって支えられていたとすれば、漱石はその無言の批判者であった。もし日本の「近代」が、「個人」をつくることを究極の目標にして来たのなら、漱石はその先にある問題を出発点として書きはじめていた。彼が生れてから百年経った今日、日本人はある意味では「近代」を実現しかけているのかも知れない。しかし、その同じ日本人のあいだで漱石がますます広く愛読されているという事実は、この過程でわれわれがいかに多くの貴重なものを失って来たかを物語っている。

われわれがさらに失うものが多ければ、漱石の作品はさらに一層身近に感じられるであろう。われわれは「自我の解放」の代償に不毛な孤独を得た。そういうわれわれの傍に漱石が来て立ち、そのストイックな、しかし優しい心をひらいて「文壇裏通りも露路も覗いた経験のない……教育ある且（かつ）尋常なる士人」に通じる言葉で語りはじめる。そのうちにわれわれの内部にはひとつの問いがわきあがる。われわれは、ずい分遠くへ来てしまったが、「帰るべき場所」はどこだろうかと、いつしか自問しはじめているのである。

（一九六六年一月）

# 小林秀雄と私

ただ今、大変御懇篤な御紹介をいただきまして恐縮しております。江藤でございます。ここに、小林さんのお顔があります。これは告別式に掛かっていたお写真とよく似ていますが、同じ物かどうか知りません。私の『小林秀雄』という本の、角川文庫版で、最近増刷してくれたものです。これを前に置いているせいか、先程から一種名状しがたい気持になっております。

「お前、相変らずろくな事をしゃべらないじゃないか」と、初めから叱られているような感じがするのです。

私が、小林さんのお姿を最後に遠くからお見かけしたのは、あれは昭和五十五年の秋だったか、と思います。私は、昭和五十五年の七月に米国ワシントン市に在るウィルソン研究所から帰国しましたが、八月の末頃アマスト大学で学会があったものですから、もう一度渡米してそれに出席し、九月、大学が始まる直前に帰って参りました。その年、九月二十二日に、小林さんの半世紀にわたる盟友であった、河上徹太郎さんが逝去されました。そのお葬式が関口台町の聖マリア大会堂という所で行われたのです。

河上さんはカトリックの信者ではありませんでしたが、入信しておられる河上夫人の御意向もあって、葬儀はカトリック式で行われました。

おそらく、河上さんが信者ではないからという理由ででしょう。遺影は祭壇の中央にではなく、やや右にそれた所に飾ってありました。献花をしてから、横っちょを向いて遺影にお辞儀をするのは、なんだか奇妙なものでありました。河上さんは、相変らずお酒の好きそうなお顔で写っておられました。葬儀委員長の小林さんは未亡人の脇に立って、黙然と会葬者に礼を返しておられました。

献花が終ると、小林さんが葬儀委員長の挨拶をされました。それは、小林さんの挨拶としては、ある意味では常識的にすぎるとも思われるような調子ではじめられました。「本日は御多用中のところ」と、小林さんはいわれました。「河上君のために御会葬をいただきまして、まことにありがとうございました」

随分、小林さん、まともな事をいわれるようになったなぁ、と思いましたが、その後が忘れられないのです。小林さんは両腕をこう伸ばして、未亡人と御養子さん、学生服のまだ高校生です、の肩を抱きかかえるようにして、やや語調を変えていわれた。

「奥さんは、このごろは大分丈夫になられましたが、元来身体が弱い人です。跡取はまだ幼少の身で経験がありません。皆さんの温かいお励ましをお願いいたします」

葬儀委員長の挨拶は、それだけでしたが、その短い言葉にこめられた小林さんの亡友に対する真情が、私の心を打ちました。

大きなお葬式で、先輩も何人もおられましたので、私はその場では小林さんに何も御挨拶もしないで、家に戻って来ました。

それが、小林さんにお目にかかった、というよりは、お見かけした最後でした。それ以来、アメリカから帰国してからというもの、仕事にかまけて、一度、小林邸をお訪ねしたいなぁ、と思いながらもその機会を得ませんでした。そのうちに、小林さんも少し弱っておられるらしいというような噂も、風の便りに聞えて参りました。

昨年の四月二日、私は長年住んだ市ヶ谷のマンションから鎌倉に移転いたしました。引越し荷物が片付いて、本の整理が大体終ったら、小林さんの所に御挨拶に行こうと思っておりました。実はそのとき、もうすでに小林さんは入院しておられたのでした。のちになって知ったことですが、小林さんが入院されたのは昨年の三月三十日であります。しかし、その後、四月になってから、この『本居宣長補記』という最後の御著書を届けて下さいましたので、私はお元気なのだろうとばかり思って、入院されたことをしばらく知らずにおりました。小林さんのお誕生日の日付のはいった「謹呈」の札が挟んであったのが、異例といえば異例だったのですが。

そのうちに次第に御容態がわかって来て、心配な状態であることを知りましたが、敢てお見舞いに上がりませんでした。お見舞いの人が行くと非常に疲れられる、発熱されるという。見舞いというものは、しばしば見舞いに行く方の、自己満足に終ってしまうことが多い。御病人に障るなら、しばらく遠慮させていただいたほうがよい。そう考えたからでした。私は、やはり小林さんには、少しでも長生きしていただきたいと思っておりました。お元気になられたら、いろいろお話もし、御報告もしたい事があると思っていたのです。のちに伺ったところでは、同じようなことを永井龍男さんも考えておられたようです。見舞いに行かなければ治るだろう、見舞いに行ったらそれが最後になってしまうのではないか、はっきり言えばそういう気持で、ぐずぐずしていたのです。

そのうちに、秋になりました。小林さんは、夏のあいだにおこなわれた八時間にわたる大手術に見事に堪えられて、九月末に一旦退院されたという話が伝わって参りました。それで、お逢い出来ないだろうとは思ったのですが、とにかくお玄関先までもと、ある土曜日、大学から早く帰りまして、衣服を改めて、私の住居から歩いてほんの五、六分のところにある小林家に出掛けたのです。

するど、奥様が出て来られて、

「なんだか主人は、とても疲れやすくなっちゃったのよ」

と私の顔を見るなりいわれました。

「テレビでお相撲を見ても、二番ぐらい見ると、もう疲れたよ、といって、あとは見ないの」

というのです。私は、その時出たばかりの随筆集を手土産代りに持って行ったのですが、

「折角いただいても、活字が読めなくなってしまってねぇ、新聞も読まないのよ。明子(はるこ)(小林氏令嬢)が、パパ、弱っちゃうといけないから、といって、時々車で迎えに来ては、そんなに引っ込んでいると体力が付かないわよ、とドライヴに連れて行こうとするんですよ。小林も、そうかい、といって、出て行きはするんですけれども、あと大変疲れるんです。普段からそんな事をしない人なんですから、病後にしつけない事をさせちゃ、やっぱり無理なのね」

と、小林夫人は心配そうにいっておられました。このやりとりを、小林さんは、奥で聞いておられたのかも知れませんが、とにかく十五分ほど玄関先で小林夫人と立話をして辞去いたしました。

とはいうものの、そのまま家に戻るのも、何となく気持がすっきりしない。時が経てばもう少し元気になられるのではないかと思いましたが、ただ、食欲が無い、というのが気にかかりました。そんなわけで、誰かと無性に小林さんの話がしたくなり、その足で永井

龍男さんの所へ伺ったのです。永井さんはお元気で、金沢から帰られたばかりということで、散歩に出ておられた。十分ほど書斎で待たせていただくうちに、永井さんが帰って来られ、それから例によってお酒となりましたが、永井さんは、非常に小林さんのことを心配しておられた。ある日小林家に寄ったところ、たまたま小林さんが退院して来られたのに行き合わせた。すっかり面変りした小林さんが、「おい、永井、寄ってけよ」

と、いわれたけれども、

「君、僕はなんだか気の毒で遠慮しちゃったよ」と、永井さんはいたましそうに眉をひそめておられました。

そんなわけで、やがて年が変り、三月一日の未明になりました。今日は、文藝春秋の上林吾郎さんをはじめ、生前の小林さんと御親交のあった方々が何人もおいでになりますので、その方々は二月から三月にかけての虚報実報乱れ飛んだ時期の事はよく御存知だと思いますが、三月一日未明というか、二月二十八日の深夜というか、に、かねがね、もし万一の事があったら知らせてくれるように頼んでおいた「新潮」の坂本忠雄編集長から電話があり、

「たった今、息を引き取られました」

と知らせてくれました。私は、すでに寝床に就いておりましたが、この電話で訃報を知

ったのです。

ああ、やっぱり駄目だったか、と思いました。けれども、人間というものは人の死にそう簡単に馴れられるものじゃない。確かな人から確かな知らせが来たって、にわかにはある人の不在に馴染めない。私は、今でも小林さんがまだ本当にお亡くなりになったかどうかわからないような気持がすることがあるぐらいですから、訃報を聞いたからといって、それで納得するわけにもいかなかったのでした。

それから、ものの三十分も経ったでしょうか、あちこちで鳴ったはずのベルが私の家でも鳴り始めた。つまり、新聞社からの記事取りの電話であります。最初に出たのが毎日新聞、これは差し障りがあるかも知れませんけれども、みんな断っちゃったんですから同じことでしょう。新聞記者の人たちも大変で、お役目柄訊いて来られることはよくわかっているんです。そりゃ、私だって新聞社に勤めていて、そういう記事を取らなきゃならなくなったら、同じようにするに決まっているんですけれども、私はやはり、記事用の談話に応ずることができなかった。ほんの三、四十分前に小林さんが亡くなったと聞いて、さあ、その人柄と業績を手短かに語ってくれ、といわれたって要領よく話せるものじゃない。小林さんがどんな人だったか、業績に何があったか、なにしろ過去形で考えることに馴れていないんですから、手際よく括れるものじゃない。だから、勘弁して下さい、といって、電話を切っちゃったんです。あとは電話が掛かって来ても、一切出ないことにしました。

今日出海さんの所も一晩中鳴っていたそうですが、私の所もほぼ一晩中鳴っておりました。

こうなると、これはもうとても眠れたものじゃありません。覚悟を決めて起き出して、寝酒と決めているブランデーの壜をまず持ち出して来ました。それから書庫へ入って、最後にいただいた小林さんの『本居宣長補記』を取り出して来た。そして、ページを開き、ブランデーをちびちびやりながら読み出したのであります。

そうすると、不思議な事が起りました。活字がすうっと消えて行ったのです。消えて行ったといっても、白紙になったというわけじゃない、活字はそこにあるんですけれども、四角い活字がぼうっとなって、その行間からあの特徴のある小林さんの声が聴えて来たんです。つまり、文章が小林さんの声になった。ははぁ、これかと私は思ったのです。

私は、本来英文学を専攻したもので、アメリカでも前後二回暮しましたし、外国語では人並に苦労して来たつもりです。外国語の本を読んでいて、本当に得心がいく時というのは、これは活字が消えはしませんけれども、横文字が横文字に見えなくなって来て、外国人の声でも日本人でもないような声が聴えて来る時だと考えております。自分なりに比較的よく読み込んだ文献の場合ですと、そういう声が聴えて来ることがある。その経験に似ているのですが、違うのは、この場合私が著者を個人的に知っていた、という点です。著者は少くとも二十年来自分が親炙した人であって、そして、その声をもう一度聴きたいと思っていた人の、その声が、その人の声がその時聴えて来た。

私は、次の瞬間に、ああ、小林さんは亡くなってしまったのだなぁ、しかし、こうして著書のページを開けば、その声はいつでも聴えて来るのだなぁ、と思いました。そうしましたら、お恥かしい話ですけれども、初めてつうっと涙が出て来まして、初めて小林さんの死を悼むという人並の気持になった。それまでは、亡くなったというニュースにうろたえていただけであります。

この『本居宣長補記』の最初の章、これはプラトンの『パイドロス』を引合に出しながら、宣長の言語観について語っている章ですが、それを何度も繰返して読み返し、ブランデーを飲み、たばこを吸い、少し涙を流し、それを拭き、というようなことをしているうちに、夜が白々と明けて来ました。そこでやっとわれに返り、勤めがあるからとにかく少し眠ろうと、寝床にはいったような次第です。それが三月一日未明のことでした。

ところで、それではいつ最後に小林さんとお目にかかってゆっくりお話をしたのだったかというと、これは、ちゃんと記録が残っておりまして、昭和五十四年七月十四日土曜日のことでありました。

この日は、「新潮」の坂本忠雄君と一緒に鎌倉へ参りました。その年の九月の末からワシントンのウィルソン研究所に行くことに決まっておりましたので、小林さんに御挨拶に伺おうと思ったのです。まだ八幡様の裏山に住んでおられた頃からそうでしたが、午後三時頃に伺ってしばらくお話しし、夕食の時間になると、小林さんが天ぷら屋に連れて行って下さるのがいつもの例でした。お酒が入るとさらにまた話が弾むというふうだったのです。

この時も、やはり午後に参りましたが、「アメリカまで何しに行くんだい」と訊かれたものですから、「今の日本の文壇・論壇も、大分水ぶくれにはなったけれども、奇妙に自閉的になってしまって動きがとれなくなっているような気がします。どうしてこうなってしまったのだろうということを文芸時評の現場で九年間考えて来た結果、これは、やはり戦後、日本の文壇・論壇が再出発した当初に問題があったのじゃないかと考えるようになりました。幸い、爾来三十何年経って、特にアメリカで当時の事情を明らかにする一次資料の公開が進められているので、それを自分の目で確かめて来たいと思います」といいましたところ、小林さんは目を輝かせて、「それはいい、それは是非やって来なさい」と激励して下さったのであります。

これは、実は「文化会議」の、昭和五十五年秋の総会の時にもちょっと申し上げたのですが、そう励まして下さった上で、小林さんは、さらに続けて、「大体君たち、だらしが無いじゃないか。今の日本のマスコミはなってないぞ。それは、そもそも君たちの努力が足りないからだ」といわれました。

そこで、私は、「もちろんわれわれの努力も足りないでしょうが、やはり今は小林さんのお若い頃とは時代が違うのだと思います。敗戦と占領を経験した結果、日本のマスコミはかつてないようなかたちにねじ曲げられてしまったのではないか、というのが私の実感です。だからどこでどうねじ曲げられているのかを、アメリカまで行って確かめて来たいのです」と申しました。すると小林さんは、素直に肯かれて、「ああ、そうかい、それはそうだね」といわれたのでした。

私は、小林さんという人を、怖い人だとか、不寛容な人だとか、ニヒリストだとか、と見るのはすべて間違っていると思います。小林さんという人は、鈴木重信さんも「諸君！」(昭和五十八年五月号)の追悼文に書いておられたように、お逢いしていると一種独特の温かさを感じさせる人でした。まるで、上等なストーブの側にいるような、ある人格的熱意が伝わって来るのです。それがわからない人は、よほどひねくれているというほかない。これは、やはり非凡な人柄の証拠だろうと思います。もちろん怖くない、ということはない。馬鹿な事をいうと、ぴしっと叱られますけれども、小林さんという人を、概念的な言葉で括ってしまうと見失われてしまう温かさがある。つまり、人情家の側面です。

そういう意味では、小林さんは、恐らくインテリが好きではなかったろうと思います。インテリというのは、どれくらい知恵があるかを鼻にかけ、外国語は幾つ出来る、マルクスは全部読んだとか、何とかいっている人たちでありますが、そういうインテリのインテリ性を、小林さんは結局、最後まで信用しておられなかったのではないか。小林さんが、人間評価の基準にしておられたものは、その人間の素朴な素直さであった。そういう事を繰返し繰返し書いておられた。繰返し繰返し書いておられたけれども、インテリはそれを素直に読まない。そして、小林秀雄というのは、ニヒリストだとか、不寛容だとか、斬人斬馬だとか、死屍累々だとか、勝手なことをいう。それは全部見当違いなのです。

小林さんという人は、こちらが素手でぶつかっていって、要するに熊公、八つぁんと同じ気持で近づいて行けば、熊公、八つぁんとしてその儘に受け容れてくれるけれども、小癪なインテリ面をひけらかそうとすると、とたんにぴしりとやられる。そういう人だったと思います。小林さん御自身が、そういうあどけないような素朴な面を現されることもありました。自意識、意識家というようなことを若い頃はいわれましたが、小林さんは晩年には、漱石もそうだったと思うのですけれども、意識の向こうにあるもののことを考えておられたという形跡があるように思います。

ところで、その日も恒例のごとく天ぷら屋に連れて行っていただくことになったのですが、ははぁ、と思ったのは、小林さんも足が弱られたということでした。

小林さんはもともと非常に足の速い人で、いわば疾風が通りすぎるように歩く人でありました。私が旧制中学の頃、終戦直後でやはり鎌倉に住んでおりましたが、若宮大路を小林さんが和服姿で風のように通りすぎる姿を何度もお見かけしたものでした。決して急いでいるようには見えないのですが、とにかく足の速い方でした。その小林さんが、急に足が弱られたのを見て、私はそのときいやな予感がしたのです。

天ぷら屋へ行ってからは、和やかにお話をしました。お酒ももう大分前から弱くなり始めておられましたが、これもさらに格段と弱くなられた。心配だったものですから、食事が終ってから坂本君と一緒に小林家までもう一度お送りして帰って来たのでありました。

これが、小林さんにお目にかかった最後でした。それでは最初はいつだったかというと、昭和三十六年の十一月に『小林秀雄』という本が出たのですから、三十七年の春頃だったのじゃないでしょうか。あれはそこにいらっしゃる新潮社の菅原（国隆）さんが連れて行って下さったのか、ひとりで伺ったのだったか、いずれにせよアメリカに留学する前だったと思います。私は、昭和三十七年の夏からプリンストン大学に参りまして、初めは一年の予定でしたが、結局二年滞在して、三十九年の秋に帰って参りました。三十七年の出かけたのが夏で、その春に初めて私は小林家に伺ったのであります。

雑誌「聲」及び「文學界」に『小林秀雄論』（初めは「論」というのが付いておりました）を書いている時、小林さんの所に行けば勿論逢って下さったとは思います。しかし、私は何分まだ二十代の若輩で、小林さんは何といっても比べものにならぬほど大きな存在です。お逢いすれば圧倒されて、何も書けなくなってしまうかも知れない。とにかく書いてしまうのが先決問題だ、と思っていましたので、雑誌に連載中は絶対に逢うまいと覚悟を決めておりました。

ただ、一度だけ文通をいたしました。その経緯は、私の『小林秀雄』の後書きに書いてありますが、「聲」に『小林秀雄』を書くきっかけを与えて下さったのは大岡昇平さんであります。それまで『夏目漱石』を書いてから数年、批評という困難な仕事に自分を投入してみて、当時、私は学校教師をしておりませんでしたから、若い頃の小林さんと同じで、批評を書いて原稿料を得るだけで生活しておりました。テレビはあっても白黒の頃で、批評文を書く以外の収入源は一切無いという状態です。

今から考えて、われながらよくやったものだとも思いますが、そういう生活を数年つづけているうちに、小林秀雄という存在がいくら大きくても、横っちょから皮肉をいってみたり、搦手から攻めようとしてもだめだ、小林さんはもとより神様じゃない、一人の人間だけれども、人間なら人間らしくこっちも一人の人間として正面からぶつかってみて、この人がどんな道を歩いて今日に至ったか、ということを見定めなければならない。見るのは大変、物を見るということがすでに大変なんですから、況や、生きている人、しかも批評家中の大先輩を見定めるというのは大変に決まっています。自分に出来るかどうかわからないけれども、とにかくやってみよう、とそのとき思ったのでした。

お引受けして「聲」の第一回を準備しているときでした。大岡昇平さんが、所蔵されている小林さんの未発表の初期断片を送って来て下さいました。「こういう物があるから、よかったら参考にしたまえ」という手紙が添えられていたのです。

はじめ私は、この断片草稿を前にしてとまどいましたが、よく読んでみるとこれが実に貴重な資料であります。小林さんが若くて全くの無名時代、恐らく小林さんの人生の一転機になると思われる経験の前後に書かれた原稿であります。読み進むうちに、私は体が震えるような感動を覚えました。事実、震えました。これと同じような経験を味わったのは、後に東北大学の漱石文庫で漱石所蔵のサー・トーマス・マロリーの『モルト・ダーサー』のマクミラン版二巻本に漱石自身が記した書き込みと、漱石自身がちぎってページに挟んだ栞を発見した時だけであります。これは是非使いたい、と私は思いました。自分とあまり年の違わない頃の小林秀雄という青年、みんなが仰ぎ見ている現在の小林秀雄という大批評家ではなくて、自分と同じように若く、自分と同じように生活の手段が無く、精神的にもさまざまな悩みを抱えていたはずの青年が、このように自分の内面を書き留めていたのかということを知って、私はにわかにこの青年を身近に感じられるようになったのです。

しかし、我に返って考えると、未発表とはいえこの原稿の著作権は小林秀雄氏にあるに決まっている。それを勝手に第三者が公にするわけにはいかない。研究上の参考のために、大岡昇平さんから見せていただいて胸に秘めておくというならまた別の事であります。しかし、私はどうしてもそれについて書きたい。それについて私が感じた事を書きたい。それを自分の「小林秀雄論」の礎石にしたい。どうしたらいいか、その辺の記憶は曖昧で、あまりはっきりしておりませんが、恐らく大岡さんもそう勧めて下さったのだと思います。私はいずれにしても、これは御当人の許諾を得なければならないと思いまして、小林さんの許諾を求める手紙を書いたのです。

「この度大岡さんのご好意で、あなたのお仕事に対する論を雑誌『聲』に書こうと思っている。ついては、大岡さんからあなたが青年時代にお書きになったというこういう草稿を見せていただいた。これを自分の論文の中に引用させていただけないものだろうか。私としては、是非お許しいただきたいと思います」というような趣旨の手紙でした。

するとと、打てば響くように一通の葉書が舞込んで参りました。

「お手紙拝見。どうぞ御存分にお使い下さい。小林秀雄」と、書いてありました。その筆蹟は、私が大岡さんから拝借して手許にあった草稿の筆蹟と寸分違わない筆蹟でありました。小林さんは若い頃からいい字をお書きになった方で、すでにその草稿を書かれた頃には、晩年の字とほとんど変りがないくらい完全に筆蹟が固まっていた。間違い無く小林さんの草稿であります。しかも潔い、「存分にお使い下さい」という一言が、どんなに嬉しかったかわかりません。私は、文字通り存分に使わせていただきました。小林さんがお読みになって不愉快な事もあったかも知れない。小癪な、とお思いになった事もあったかも知れない。充分使い切れていないに違いありませんが、とにかく私はその一言を支えにして『小林秀雄』という作品を書き続けることが出来たのでした。

この作品については、大岡昇平さんが最初から親切にして下さいまして、文献的にも第一部を「聲」に連載しているあいだこまごまと御教示をいただき、毎号のようにお手紙をいただいたり、いろいろ批評して下さったりしました。その手紙は、大切にしまってあります。そしてその経緯はその都度、私の著書の注として残してあります。しかし、御当人の小林さんがあのとき、「存分にやってみなさい、私はここに立っているから、ぶつかって来るなら来なさい、その結果どうなるかは、君の責任だよ」という意志を伝えて下さったことは、やはりこの上ない励みになったと思うのです。

そして、「聲」終刊ののちは、「文學界」に第二部を連載しまして、私はちょうど終戦直後、昭和二十一年の十二月第一輯が刊行された「創元」(これは第二輯までしか出ませんでした)所載の『モオツァルト』までで、私の「小林秀雄論」を終えることにいたしました。なぜそこで終えたのかという必然性を、実は、私は昭和三十六年の秋にこの論を擱筆したときには、それほど深く自覚しておりませんでした。なぜ『モオツァルト』で終えたのか。『ゴッホの手紙』や『近代絵画』にはなぜ触れなかったのか。しかし、どういうふうに書いていっても、『モオツァルト』で一段落してしまうのですから仕方がありません。

その後、さまざまな「小林秀雄論」が出て、本にもなっております。いちいち私は、同業の批評家諸君にたずねて歩いたことはありませんが、私のような方法で「小林秀雄論」

をやって行くと、『モオツァルト』で一旦終るのではないかと思います。これはなぜそうだったかということが、最近になってよくわかって来た。小林さんのお仕事は『モオツァルト』で一段落し、それから昭和三十年代初めまでの約十年間、並大抵ではない試練に晒されたからです。

世間的、文壇的にいえば、この間に小林さんは最初の八巻本の全集を創元社から刊行しておられる、その全集で芸術院賞を受賞される、というふうに、文壇的地位も一段と高まり、ますます鬱然たる存在になっていかれた時期だと思うのですが、私は、小林さんは実はこの時期大変に辛かったと思う。それも、小林さんの心がけが悪くて辛かったんじゃない、世の中が変ったから辛くなったのです。

戦後の小林さんの第一声は、「近代文学」の第二号、昭和二十一年二月号所載の座談会「コメディ・リテレール――小林秀雄を囲んで」に記録されております。「近代文学」の同人、平野謙、荒正人、小田切秀雄、佐々木基一、埴谷雄高、本多秋五、といった人々が小林さんを囲んで催した座談会です。有名な発言ですが、ちょっと引用いたします。《僕は政治的には無智な一国民として事変に処した。黙つて処した。それについて今は何の後悔もしてゐない。大事変が終つた時には、必ず若しかくかくだつたら事変は起らなかつたらう、事変はこんな風にはならなかつたらうといふ議論が起る。必然といふものに対する人間の復讐だ。はかない復讐だ。この大戦争は一部の人達の無智と野心とから起つたか、それさへなければ、起らなかつたか。どうも僕にはそんなお目出度い歴史観は持てないよ。僕は歴史の必然性といふものをもつと恐しいものと考へてゐる。僕は無智だから反省なぞしない。利巧な奴はたんと反省してみるがいゝぢやないか》

これは本当に考え抜かれた第一声であって、小林さんはこの立場を少しも崩さずに、その後の占領時代を過ごされたのであります。私が少年時代にお見受けした、あの風のように和服の裾を靡かせて鎌倉の若宮大路を過ぎて行かれた小林さんは、この頃の小林さんであった。小林さんは、今御紹介した「近代文学」の座談会での発言の直後、同じ年の六月、雑誌「新日本文学」誌上で「戦争責任者」の一人に指名されました。

この烙印は、占領時代がどんなものであったかということを、想い起すならば、小林さんにとってどんなに大きな重荷になったかわからない。多くの人々が、ざまぁ見ろ、いい気味だ、と思った。この機会に小林秀雄をたたきつぶしてやろうと思った。中傷や罵詈の中にはいろいろなものがありました。小林さんの『ドストエフスキイの生活』の原本はE・H・カアの『ドストエフスキイ』だ、剽窃だ、というような非難まで現れた。

私は、真偽のほどを確かめようと思って、『小林秀雄』を書いているとき、E・H・カアを丹念に読み、テクストを比べてみました。全く違うものでありました。それどころか、E・H・カアに依拠したとしても、それからこのようなドストエフスキー像をつくり上げた小林さんの想像力と問題意識は、西欧の知識人のそれとは全く異質だと思ったくらいであります。

その中で小林さんは水道橋の駅のプラットフォームから墜落して九死に一生を得るという災難にも遭われました。あたかも母上の御命日で、母上の霊が護って下さったので大事なきを得たというお話は、のちに伺いました。大変だったんです。経済的にだって決して楽じゃなかったと思います。

実は、こんな事を申し上げていいかどうかと思いますが、私はお通夜の晩に少し遅れて小林家に参りました。大学の授業のある日で、五時近くまで研究室を離れられませんでしたので、一旦家に戻り、喪服に着更えて、小林家に伺ったときには、もうお坊さんの読経などは済んでおりました。三々五々と訪れる人が最後のお別れをしている。私も柩にご焼香してお別れをいたしました。そして、少し休んでいくようにと声を掛けて下さった方がありましたので、別室で暫くお酒をいただいて、中村光夫さん、福田恆存さん、永井龍男さんなどとひとしきりお話をしてから、家に戻ったのです。

そのとき、私はびっくりいたしました。鎌倉警察署は何千人のお通夜の弔問者があると思ったのか知りませんが、巡査を二人派遣して小林家の裏手の道路の交通整理をしようとしていた。無用のことでした。人はそんなに来やしなかったのです。弔問者の数が多くなかったことを、小林さんの徳が高くないことの証拠だというのではありません。そうではなくて、何と少数の理解者と友人と知己が小林さんをしっかり守って、その生涯を全うさせたのか、ということをこの眼で確かめることができて、私は深く心を打たれたのです。

小林さんが亡くなったとき、新聞は、何千人の人がお通夜に訪れ、何万人の人が本葬に会するかわからないような扱いをいたしました。しかし、これは実に世を惑わすものでありまして、実は小林さんの友人と知己はきわめて少数だったのです。小林さんの真価を知り、小林さんを信じ、小林さんがなさることなら、とにかくついて行こう、小林さんに書きたいものがあれば書いてもらおう、他が載せないのなら自分のところに載せよう、そう考えて来た人たちが、何人かいた。ここにおられますので、御本人の前でお名前をあげては却って失礼かも知れませんが、たとえば文藝春秋の上林吾郎さん、新潮社の斎藤十一さん、ジャーナリストでいえばそういう少数の人たちが小林さんを守りつづけて来た。そのほか文学上の知友はもちろんありましたが、その数は決して多くはなかった。

しかし、小林さんにとって最も辛かったに違いない昭和二十年から三十年までの約十年間にも、そういう人たちはやはり身近にいた。一番身近には、学生時代からの親友で、兄さんというか、女房役というか、それはもう生き方も違い、お書きになる物も違い、生活態度も何も全部違うけれども、なぜか気が合うて忘れられぬという、同期の桜じゃありませんが、今日出海さん、今ちゃんがおられた。一緒に海外旅行しても喧嘩もしないという、喧嘩をしたかも知れないけれども、すぐ仲直りしちゃったらしい。

あの今ちゃんという人も勝手な人で、実は本葬のとき司会をしておりました私は、泣かされたんです。いつまでたっても葬儀委員長挨拶をやめない。外で人は待っている。葬儀次第はどんどん遅れる。総指揮に当っていた文藝春秋の上林さんはいらいらして歩き回る。私も、心のなかで、本当にもう今先生、好い加減にやめて下さいよ、といいたくなりましたけれども、後で、あれは仕方がないと思い直しました。これは本当の友達同士の我儘だからです。あの世代にしかなかった友情かも知れない。小林さんと河上さん、今さんと小林さん、こういう友達付合いというものはやはり明治の終りというか、明治三十年代、四十年代までに生れた方たちで終りで、ひょっとしたらたとえば中村光夫さんや大岡昇平さん、福田恆存さんの世代にはもう無くなっていたかも知れない。これは要するに信じ合って付合うという付合いであります。

何かのために功利的に付合うというんじゃないんです。小林という奴は世間知らずで行儀も知らない、しょうがないから飯を食わせてやろうといって、今ちゃんが飯を食わす。

一方小林さんにしてみれば、今という奴は飯を食わせてくれる奴だ、困ったときに頼りになる奴だと信じて、それでお互いに相通じ信じ合って来た。今さんを始めとして、そういう人々が小林さんを支えて来たんだなぁ。小林さんというと、偉い人、びくとも動かない人だという通念が流布しているけれども、小林さんもやっぱり人間で、平凡な人間並みの辛さもあれば、淋しいところもあったに違いない。そういうところをいたわり、慰めながら、小林さんを信じつづけた少数の人々がいた。そういう知友を持ち得たということは、本当に小林さんの徳望でありお人柄だったと思います。

人の価値は棺をおおうて定まるといいますが、そのことをお通夜の晩に、そこに参集した少数の方々のお顔をじいっと見ているうちに私は卒然と悟りました。ああ、自分ももし小林さんの長寿を得て、小林さんのお年に至るまで、小林さんの十分の一か百分の一かは知らないにせよ、とにかく細々と仕事を続けて行けるとしたならば、棺をおおうたとき、私にこういう人たちがいてくれるだろうか、と私は考えました。いてほしいものだと思い、かついないのではないだろうか、とも思いました。

いてほしいものだという思いは、誰にも共通のものでありましょう。いないのではないだろうかという気弱い気持がふっと萌したのは、私が戦後に人となったもので、人格形成の一番大切な時期に、国破れ、亡国の悲哀を味わったということが、恐らくかなり深く関わっているのではないかと思われる。しかし、そんな事をいって嘆き節を歌っていても仕方がありませんから、私は小林さんの驥尾に付して自らを鞭打ち、できるだけ養生して、小林さんがそうであったように最後の最後まで仕事が続けられるように心がけ、そしてひと握りの理解者に囲まれて生を全うしたいものだと思ったのであります。

ところで、結局小林さんという人の何が偉かったのかということを考えてみたいと思います。人は初期の小林さんのその目眩むようなレトリック、あるいは研ぎ澄まされ、透徹した、しかも常に鋼のように鍛え上げられた文体、引用されている古今東西の哲人の名前、そういうものに眩惑されます。また、事実、眩惑されても仕方が無いくらい、そういう要素が次から次へ出て来る。小林さんは天才としか遊ばない人だといって、厭味をいわれたことがある。お前は魚を釣る手つきをするだけで、魚は釣れないじゃないか、と青山二郎に批判されて涙を流したという有名な話があって、これは大岡昇平さんが記録している。

人間ですから、もちろんいろいろ批判されるところがあったろうと思いますが、何が偉かったかというと、最後の最後まで文章を鍛練していたことが偉かったと思います。売れる文章を書いていた。この文章とあの文章ともう一つの文章と三つあって、その中に小林秀雄と署名した文章があったら、プロの編集者ならそれを取らずにはいられない、という文章を書いて来た。それで生きて来たんです、あの人は。今、我々はそんな文章を書いていますか。文章は氾濫しています。そのなかで、小林さんは売文渡世人として、この文章なら買ってもらえる、買って損は無い、本にすれば五万部売れる、七万部売れる、そういう文章を最後の最後まで書き続けられた。

文章だからといっていうわけじゃない。相場を張る人もそうでしょう、会社を経営する人、学者、みんな自分がこれといって打込んだことに最後の最後まで力を傾注するのが人の道です。しかし、それがかならずしもそうじゃなくなっている。殊に文章の道ではそうじゃなくなっている。右顧左眄もいいところで、馬耳東風、責任がどこにあるかわからないというような文章が幾らでも罷り通っております。

小林さんはそうじゃなかった。そんなことをしていたら明日のおまんまが食べられない、と思い詰めて文章を書いて来たのです。若い頃には小説も書こうとした。しかし、小林さんの才能は、小説を書いて満天下の子女の紅涙を絞るような才能じゃなかった。もっと知的な才能で、小説家としては痩せすぎていた。むしろある意味では詩人に近い才能だった。

しかも小林さんという人は、自分に妥協をしない人だったから、自分の批評文が批評文としての機能を果しながら、同時に文学として自立することを求め続けた。そうしなければ実は、批評というものは自立しない。批評家は、うっかりすると、すぐ作家の回りをブンブン回る蠅になってしまう。作家の付属品になってしまう。付属品になってしまえば、実は公平な批評というものは存在し得なくなる。流行作家の腰巾着になる。あるいは流行出版社のお出入りそば屋になる。出前一丁、「ざる」といったら「へい」といって解説的批評を書く、「天ぷらそば」といったら「へい」といって批評的解説を書く。それでも暮しは立ちますよ。暮しは立ちますけれども、それじゃ批評じゃないじゃないですか。ただの売文じゃないですか。

売文渡世を一所懸命やるけれども、同時に自分が売るべき文章は批評文でなければならない。批評文というのは、公正であり、無私であり、ということはどの立場にも立たないという意味ではなくて、自分の立場に徹底的に固執することにおいて、それが私利私欲を超えていることを他人に実証するということであります。そういう文章を書いて、それを売って暮しを立てて行こうとしたんです、小林さんは。小林さん以前に、そんなことをする人はいなかった。しかも小林さんは、この難事業をやり抜いて、一瞬たりとも、一瞬たりとも気を許すことがなかった。

亡くなってから、NHKの追悼座談会で中村光夫さん、佐伯彰一さんと三人でお話をしたとき、中村さんが興味深い話をされた。私は、そのとき初めて聞いた話でした。若い頃、小林さんが地方に講演会に行った。政談演説の盛んな所で、小林さんは壇上で、ランボオがどうしたの、ボードレールがどうしたのともたもたいってたら、野次り倒されてしまった。さすがの小林さんが後を続けられなくなっちゃった。その翌朝、小林さんは、早く起きて、宿を抜け出し、近くの練兵場に行って、誰もいない練兵場に向って講演の練習をしたというんです。何も小林秀雄ほどの者が野次り倒されては面目無いという、負けず嫌い、知的虚栄心だけからじゃないでしょう。やはりこれも仕事のうちだ。売文渡世も大切ながら、次の講演の口だって来なきゃ困る。今度は野次り倒されないでみんなに聴いてもらえるような講演がしたいと思って、練兵場に行って、誰もいない薄明の砂っ原に向って、「実は、私はこう考えるのであります」と、やったというのです。何という努力でありましょう。

私は、人の才能、天分というものは真似られないと思いますから、ここで敢て論じたいとは思わない。自分に小林さんの才能、天分が無いことは百も承知していますので、小林さんの真似をしようなどとは、決して思いません。しかし、この努力だけは真似られるかも知れない。この努力を最後の最後までし続けたということは、並々ならぬことだったと思うのです。

私は、最近アメリカに行っております間に、占領軍が実施した検閲について調べておりました。調べているうちに、河盛好蔵さんの『静かなる空』という、大変静かないいエッセイを発見いたしました。これは「新女苑」という、今は無くなってしまった婦人雑誌の、昭和二十一年新年号に発表されるべきであったエッセイでありますが、占領軍当局の検閲のために掲載禁止処分に付せられたものです。その『静かなる空』というエッセイのなかに「無産知識階級」という言葉が使ってありました。いい言葉だなぁ、と思って、その言葉を覚えて来ました。「静かなる空」とはいうまでもない、あのヴェルレーヌが牢獄に繋がれているときに作った、《空はかくも青く、かくも静かに……》という詩のなかに出て来る空です。

そのエッセイを筆者は、国破れて山河あり、なぜ国は破れんとしているのに、自然は、緑はかくも美しいかと思いつつ伊豆を彷徨ったのが今年の五月であった。秋になって、国は破れはしたが、自分はこうして生きている。かくあるのも今日我々を生かしめている幾多の英霊のおかげではないか、と書きはじめています。これはもともと「アメリカの友人への手紙」というような特集企画の一環だったらしい。河盛さんは、アメリカの知識人に訴えるという形で、日本人は決してナチス治下のドイツ人と同じではなかった、日本には親を密告する子供は一人もいなかった、と指摘しておられる。

それから、自分たちのような「無産知識階級」、これは御謙遜でありましょう、河盛さんのような堺の名家に生れられた方が、こういわれるのは御謙遜と思いますが、一般的にいって、日本の知識人はみな大なり小なり「無産知識階級」に属していたと見る立場に立てば、これは正確な表現でありましょう。「無産知識階級」である自分たちが、しかもなかでもいわゆるオールド・リベラリストたちが、右からはファシズム、左からはマルキシズムに挟撃されて、どんな辛い思いをして来たかということを、あまりに楽天的な君たちアメリカの知識人は、篤と理解しなければならない、ということを切々と訴えている文章であります。

その中で河盛さんは、御舎弟のことを書いておられる。家業が企業統合で潰されてしまって会社員になった御舎弟は、疎開先で結核が悪化し、終戦直後に重態に陥られた。そして「兄さん、僕はどうしてこんなに不幸なんだろう」といって、河盛さんの手を握りしめて死んでいかれた。ここに「無産知識階級」の運命が集約されている、と河盛さんは書いておられる。

小林さんもまた、いつそういう運命をたどるかも知れなかった「無産知識階級」の代表的な人だったと思います。この「無産知識階級」の伝統は私どもにも伝わっております。小林さんの文章、あの努力に努力を重ね、研ぎ澄まされた文章は、抗い難い形でいつも我々に迫って来る。これが昭和文学の代表的な散文になり得ているのは、小林さんが他でもない、この「無産知識階級」のチャンピオンだったからです。「無産知識階級」のチャンピオンは、中野重治でもなく、小林多喜二でもなく、小林秀雄であった。これは小林さんの思想的立場がどうであるかということと少しも関係の無いことです。すべての党派を問わず、政治的帰属の如何を問わぬ、昭和散文の集大成、集約的表現を作り上げたのは小林秀雄であった。私は、そう断じたいと思う。

そのような小林さんでありますから、小林さんは言葉というものを大切にし、いつも言葉について深く考えておられました。しかし、最も辛い試練の十年間であった昭和二十年から三十年までの間は、これは年譜を御覧になるとすぐわかりますけれども、その小林さんすら言葉から遠ざからざるを得なかった時期でした。骨董のこと、『近代絵画』……。『ゴッホの手紙』が出版されたとき、私は、新制に切り替っていた高校生で、結核で一年休学し、復学したばかりで夏であったのを覚えています。私は買って来て読み出した。実につまらなかった。『モオツァルト』を書いた人が、こんなものを書いていてはしょうがないなぁ、小林さん、どうしたんだろう、と思ったのが『ゴッホの手紙』でありました。『ゴッホの手紙』は昭和二十七年の六月に刊行されております。昭和二十七年の四月二十八日に連合国の対日占領は終了いたしました。占領終結後間もなく出た本です。やっと、ゴッホという画家が弟に対して書いた手紙を手掛りにして、言葉の方にためらいがちに戻りかけたのがこの時期であった。

昭和三十年代の初め頃から、小林さんは極めて慎重に、徐々に言葉の世界に復帰し始めた。そして、昭和五十二年に完成された『本居宣長』で、完全に言葉を回復されたのみならず、豊かな言葉の海の中にわけ入って、後進のために日本語という、この国語が、どんな特質を備えた言葉であるかということを、宣長の軌跡に沿いながら諄々と語られた。

小林さんは学者ではありませんから、宣長の学説の相互矛盾の指摘や、宣長の著作評価についても、客観的な距離をおいた立場でしておられるのではありません。そのような学者の評価、それにはそれとしての意味があり、価値があります。このような学者の宣長評価と小林さんの宣長に対する接し方を、混同してはならないと思います。小林さんにとっては、宣長は共に歩む人であった。宣長の著作の森を、小林さんは、宣長が歩いたように歩いてみようとした、そして、どんな風景が見えるかということを、丹念に記録し、それを私どもに語ってくれようとした、そう私は理解しております。

ちょうど『宣長』が完成された年の秋、雑誌「新潮」から小林さんと対談するように、依頼されました。この対談で小林さんは、こんなことをいっておられます。

《話が少々外れるが、私は若いころから、ベルグソンの影響を大変受けて来た。大体言葉というものの問題に初めて目を開かれたのもベルグソンなのです。それから後、いろいろな言葉に関する本は読みましたけれども、最初はベルグソンだったのです。あの人の『物質と記憶』という著作は、あの人の本で一番大事で、一番読まれていない本だと言っていいが、その序文の中で、こういう事が言われている。自分の説くところは、徹底した二元論である。実在論も観念論も学問としては行き過ぎだ、と自分は思う。その点では、自分の哲学は常識の立場に立つと言っていい。常識は、実在論にも観念論にも偏しない、中間の道を歩いている。常識人は、哲学者の論争など知りはしない。観念論や実在論が、存在と現象とを分離する以前の事物を見ているのだ。常識にとっては、対象は対象自体で存在し、而も私達に見えるがままの生き生きとした姿を自身備えている。これは「image（イマージュ）」だが、それ自体で存在するイマージュだとベルグソンは言うのです。この常識人の見方は哲学的にも全く正しいと自分は考えるのだが、哲学者が存在と現象とを分離してしまって以来、この正しさを知識人に説く事が非常に難かしい事になった。この困難を避けなかったところに自分の哲学の難解が現れて来る。また世人の誤解も生ずる事になる、と彼は言うのです。（「彼」とはベルグソン――引用者註）

ところで、この「イマージュ」という言葉を「映像」と現代語に訳しても、どうもしっくりしないのだな。宣長も使っている「かたち」という古い言葉の方が、余程しっくりとするのだな》（『「本居宣長」をめぐって』――「新潮」昭和五十二年十二月号）

小林さんは、こういっておられる。こういう言葉は非常に貴重だと思います。つまり、宣長と一緒に丹念に宣長の歩いた言葉の森を歩いてみなければ、「イマージュ」は宣長の使った「かたち」という言葉に相当し、整合するというようなことはいえるものではない。これは、単にフランス語の語学力の問題でもなければ、国語、国文学の知識の問題でもない。こういうところにやはり、小林さんの批評家としての独創性が最もよく発揮されていると思います。

この『本居宣長』で小林さんは初めて、それまで黙って試練に堪え、恐らくは体を屈めてこられておられた戦後の日本の現実に、直面された。この『本居宣長』を書き継ぎ、完成することによって、そして宣長が達し得たとし、小林さんの信ずるところの国語の精髄を自分もまた見得たという信念から、それに支えられて、小林さんは初めて戦後日本の現実に正面から対された。そして、その結果、かつてないほど真っ直ぐに、しかもおだやかに読者に語りかけられ始めた。

小林さんの他の著作の中には、「若い読者にはこれは多少難解かと思われるが」、というような挿入句が入ることはなかった。それが、『本居宣長』にはしばしば出て来ます。若い読者は退屈と思うかも知れないけれども、もう少し我慢してここを読んでもらいたい。かつての小林さんは、こんな事をいう人じゃなかった。その小林さんが、『本居宣長』では、何とか若い人に聞いてもらいたいといって一所懸命語りかけた。そして語り残された事を、さらに最後の著書『本居宣長補記』にまとめられて、去って行かれました。『本居宣長補記』の中から、この私の目を開かせてくれた一節を、最後に御紹介申し上げたいと思います。

《未だ文字も知らぬ長い間の言伝(コト)への世で、日本人は、生きた己れの言語組織を、既に完成してゐたといふ事実につき、宣長ほど明晰な観念を持つてゐる学者はゐなかつた。(中略)彼は、思想があつて、それを現す為の言葉を用意した人ではない。言葉が一切の思想を創り出してゐるといふ事を見極めようとする努力が、そのまゝ彼の思想だつたのである》

文字が日本に導入されるより前に、国語はすでに完全に完成されていた。その完成された言葉を世の人々が受け継いで私どもに伝えてくれている。文字を見て言葉の生きた姿を見失ってはいけない、小林さんはそういっておられる、と私は思いました。

そして、小林さんの訃報を聞いたその夜、『本居宣長補記』のページを開いて、文章を追いだした瞬間に、そこから活字が消え去って声が聴えて来たという、この体験ぐらい、小林さんの、そして宣長の言語観にふさわしい体験はなかったのだ、と私はあらためて思ったのです。

大変まとまりのないお話をいたしましたが、まだ小林さんのご逝去から日も浅いことでもあり、お許しいただきたいと存じます。どうもご清聴ありがとうございました。

（一九八三年六月十四日　日本文化会議「月例懇談会」講演）

# 解説　江藤淳と「私」

平山周吉

江藤淳が二十世紀の終りに自裁してから二十年がたった。慶大生の時に『夏目漱石』で颯爽と登場した文芸批評家であり、痛烈な戦後日本批判など保守的言論人としての活動も目立った江藤の文業は余りに多岐にわたったため、かえって見えにくくなっている。本書は、戦後を代表する文学者である江藤の世評の高い随筆を中心にエッセンスを凝縮した一冊本選集といえよう。憎まれることを怖れず、論争を仕掛け、硬派と目された批評家の柔らかで、傷つきやすい内面が無防備なまでに露出された稀有な文集である。「〝私小説〟という言葉があるが、私には、随筆こそもっともプライヴェットな文学のジャンルであるように思われてならない。公の仕事を離れて、生れて来てやがて死んで行く一人の人間に還る時間がなければ、随筆というものは書けないからである」。

「ぼくら」という主語を用いた『夏目漱石』、「戦後世代」を前面に押し出し、石原慎太郎、大江健三郎、谷川俊太郎など二十代の文化人が結集した「若い日本の会」の世話役（実質的なリーダー）であった江藤は、六〇年安保の大衆運動の過程でむしろ「個人」を標榜していく。「民主主義は、たかだか、私にひとりで生きて、ひとりで死ぬ、ということを保証してくれるだけである。が、私はそれで満足している」、「私の主人は私以外にはいない。そうでなければ、どうして文学をやっていられるであろうか」、「私はやはりひとりで生き、そしてひとりで死にたい。これは私の傲慢であろうか?」。以上の言葉は安保直後に「婦人公論」に書いた「政治的季節の中の個人」からの引用である。若者の代表選手から「いち抜けた」を宣言したに等しい態度は、世阿弥のいう「時分の花」では生きてはいかれないという「個人」の肉声を響かせる文章をやがて志向していく。「××と私」という目新しいタイトルを冠した一連のエッセイ、随筆の類である。

二年間のアメリカ滞在記『アメリカと私』がその目立った成果であった。昭和三十九年(一九六四)秋、東京オリンピック開催中に「朝日ジャーナル」に連載された『アメリカと私』は、プリンストン大学での自らの「死と蘇生」を記し、社会進化論の国で適者として生存してゆく「私」が、巨大な戦勝国と対峙する記録である。タイトルには昭和三十六年(一九六一)四月から一年間、毎朝NHKテレビで放送された獅子文六の自伝小説『娘と私』が踏まえられているのかもしれない。しかし「娘」と「私」を並列させるのなら自然だが、「アメリカ」と「私」というバランスを逸した二つが並列されたタイトルは違和感を持たれたであろう。むしろ昭和四十一年(一九六六)四月に瀟洒な小型本として出た随筆集『犬と私』ならば、わが「娘」同然の愛犬ダーキイと「私」が仲良く並んでいて、親馬鹿ぶりが微笑ましいタイトルとも読める。

江藤が「××と私」を自ら商標登録したかのように愛用し始めるのは、この昭和四十一年の秋からである。文芸誌「群像」の創刊二十周年記念号のために書かれた「戦後と私」（本書所収）、大江健三郎と江藤が二人で責任編集した戦後日本文学の全集『われらの文学』の22巻『江藤淳・吉本隆明』集に書下ろした「文学と私」（本書所収）である。大江健三郎はその巻の「解説」でいち早く「戦後と私」に言及した。

「江藤淳は最近、『戦後と私』という、美しい文章を（美しすぎる文章には、ウサンくさいところがあると疑うものもあるにちがいないが）書いて、戦後に育った人間のひとりであるかれ自身の、きわめて独自な、《文学とはなにか？》を語っている。（略）この文章は、現在、江藤淳が、どのような悲しみ、喪失感をいだいているかということをまことに濃密に表現しているが、それほどに十分には、ここで幾分手前勝手に「敵役」にしたてられている「正義」「戦後」「平和」「民主主義」の人々のレアリティをうまく提示するための努力ははらわれていない。（略）しかし、ともかくよかれあしかれ、これが江藤淳にちがいない、というような文章である」

江藤と大江が戦後文学史上でも有名な「絶交」状態に入るのは、この一年後である。政治的立場の違いを超えて、まだ友情は持続していた。大江は「解説」では留保をつけた後に、「江藤淳の文章としてはあきらかに最良のものであろう」と書いている。

「戦後と私」「文学と私」に続いて、「朝日ジャーナル」昭和四十二年（一九六七）新年号からは「日本と私」が始まる。『アメリカと私』の続編だが、生前には刊行を許さなかった問題作である。続いて四月、遠山一行、高階秀爾、古山高麗雄と一緒に創刊した「季刊藝術」で、江藤は『一族再会』の連載も始める。その第一回は「母」であり、その冒頭部は「I　言葉と私」と題されていた。「日本」が、「言葉」が「私」と対置された。同じ時期には並行して、『成熟と喪失』が書き継がれ、ライフワークとなる『漱石とその時代』の書下ろしにもとりかかっている。尋常ではない仕事の質と量である。『一族再会』の「言葉と私」では、まず「私」とは、と問うている。

「かりに「私」という一人称で呼ぶほかないこの存在が、一人称が習慣的に指示する約束通りの確乎たる実在であるわけはない。「私」がそれではなにかということを、どうして私が知っているといえるだろう？」

「「私」とはなにかということを問い、そして「言葉」がそれとどうかかわるかを問わなければならない。私にはそれ以外に現在批評のなし得ることはないように思われる。だがそれならこの個人的言語、つまり私の言葉というものはどこから湧き出て来るのだろう？その源泉であるはずの薄明の沈黙はどこに存在するのだろう？／このことをできるかぎり厳密に考えようとするなら、やはり私は自分と言葉との出逢いから、いや「私」という個体の核をかたちづくるものと言葉の源泉をなす薄暗い場所に充満した沈黙との出逢いから、

考えはじめなければならないであろう」（傍点は江藤）
　この「言葉と私」の切迫した調子からわかるように、江藤淳の「私」とは、「生れて来てやがて死んで行く一人の人間に還る時間」の中で、言葉の源泉たる「沈黙」へと接近を試みる「私」である。江藤の中で、「××と私」は特別な位置を占める作品なのである。「山川方夫と私」「場所と私」（本書所収）、そして「小林秀雄と私」（本書所収）を含む『批評と私』、晩年の『妻と私』などがすぐに思い浮かぶ。『妻と私』における卓抜な構図でいえば、「日常性と実務の時間」ではなく、「生と死の時間」に所属している「私」なのである。
　この江藤特有の「私」が、文章上で強く突出してきたのが昭和四十一年だったのには理由があった。私は江藤の生涯を調べている時にそのことに気づいた。詳しくは評伝『江藤淳は甦える』（新潮社）の中の一章「昭和四十一年、もうひとつの「妻と私」」に譲るが、その年の二月に慶子夫人が入院した時に、江藤の人生に危機は訪れた。江藤は連載途中だった「文学史に関するノート」（後に『近代以前』と改題）の「上田秋成の「狐」」の章で、その一端を洩らしている。「だが、私は、日常生活が停年をひかえた老サラリーマンの前でなくても容易にひび割れるものであることを、その裂け目から非現実が顔をのぞかせるとき何がおこるかを、少しは識っている」。朝日新聞の二月の「文芸時評」でも江藤は激しい言葉を記した。「つまり作家は、何かの理由で書かなければならぬところに追いこまれ、そこから自己を解放しようとして書いている」、「ためになろうがなるまいが、書いて行かなければ生きられないと感じる、ひとにぎりの悔恨にみちた人間がいる」。この「作家」、「ひとにぎりの悔恨にみちた人間」の中に江藤自身の「私」が含まれるのである。「戦後と私」に顕著な高いトーンは、江藤の「私」の危機感の表現であり、「残酷な昂奮」と「私情」を率直に書くしかないところに「追いこまれ」た「私」がそこにはいるのである。あるいはその危機は、『アメリカと私』を執筆する時点ですでに伏在していたのかもしれない。

別の意味で「書いて行かなければ生きられない」時に書かれた評論が「神話の克服」（本書所収）である。江藤は大学院入学と同時に文芸誌を舞台に華々しい評論家活動を開始した。「生きている廃墟の影」「奴隷の思想を排す」を書き、座談会では先輩作家と激しくやりあった。早々と文壇に登録されたことは結果的に、「文学の教授」という自身の安定した未来像を破棄させることになる。大学院中退を決意した後に書かれ、職業的評論家としての第一声となった「神話の克服」は、生活上の理由にとどまらず、「書いて行かなければ生きられない」自分を浮き彫りにしていた。江藤はここで三島由紀夫、石原、大江という三人の同時代作家が共有する「異常な魅力」に敏感に反応し、彼らの共通項を発見する。「神話」という「民族の「血と土」にふれている」彼らは、三者三様に「神話」と「近代主義」との間で危うい綱渡りをしていたのだ。江藤は「神話の克服」で昭和十年代の青年たちを魅了した日本浪曼派の文人たちに言及する。「保田與重郎氏はあの「悪名高い」エッセイのなかに、また伊東静雄氏はあの悲愴な絶唱のなかに、神話的な象徴をくりひろげて「危機意識」のムードをつむぎだした」。その極度にロマンチックな風潮が復活しているのではないか。江藤の現状診断は高みからの批判ではなかった。自らの主題の確認であり、自らの内なる「日本浪曼派」の血が騒ぐがゆえの危機感であった。その事実は『なつかしい本の話』中の一篇「伊東静雄『反響』」（本書所収）を読めば明らかになる。昭和二十三年（一九四八）夏、鎌倉から東京の場末に引っ越した中学三年生がまったくの偶然で出会った一冊の詩集である。『反響』にめぐりあわなければ、「ひょっとすると生きてすらいなかったかも知れない」という回想は、江藤の自裁の後では、重い言葉であったとわかる。

本書の中で唯一の単行本未収録作「批評家のノート」は江藤の自選著作集『新編 江藤淳文学集成』全五巻（河出書房新社）のあとがき「著者のノート」を改題の上、収録されている。「夏目漱石論」執筆にとりかかる大学三年の夏から、「小林秀雄論」執筆の途上での小林秀雄との書面でのやりとりまでが描かれている。書かれなかった「自叙伝」の二十代ハイライト部分であろう。批評家・江藤淳誕生の瞬間は、「筆の先に過不足なく自分の体重がかかっているという確かな手応え」を感じた時であった。注目されるのは、二十代半ばの江藤にとって年上の恩人であった埴谷雄高と大岡昇平との交遊が書かれていることだ。後には関係が悪化してしまう二恩人である。執筆の時点では、埴谷も大岡も矍鑠として健在であった。埴谷と大岡の共通項として江藤は、「若い世代に対する興味」と「あの小林秀雄に対する熾烈極まる関心」を挙げる。江藤の『小林秀雄』に大きな触媒となったのが二恩人であった。

巻末に置かれた「小林秀雄と私」は講演ではあるが、「××と私」シリーズのまぎれもない一篇である。歯切れのいい口跡の向こうから、江藤の「肉声」が聴こえてくるからだ。江藤は先達批評家の死に際会して、自らも「絶対的少数派」（四十九日忌の後に書かれた江藤の小林追悼文のタイトル）としての「生を全うしたい」と念じる。この覚悟は、「無産知識階級」の「売文渡世人」である江藤淳の晩年を、光栄ある孤独にと彩っていく。

（ひらやま・しゅうきち　雑文家）

# 初出一覧

文学と私　講談社版『われらの文学』第22巻、一九六六年十一月刊
戦後と私　「群像」一九六六年十月号
場所と私　「群像」一九七一年十月号
文反古と分別ざかり　「文學界」一九七九年七月号
批評家のノート　河出書房新社版『新編 江藤淳文学集成』全五巻、一九八四年十一月〜八五年三月刊　原題「著者のノート」
伊東静雄『反響』「波」一九七六年六月号・七月号
三島由紀夫の家　「群像」一九六一年六月号
大江健三郎の問題　新鋭文学叢書『大江健三郎集』筑摩書房、一九六〇年六月刊
神話の克服　「文學界」一九五八年六月号
現代と漱石と私　「朝日新聞」一九六六年一月四日
小林秀雄と私　一九八三年六月十四日　日本文化会議「月例懇談会」講演

編集付記

一、本書は著者の「戦後と私」を中心とする一連の随想と文芸批評作品を独自に選び、編集したものである。中公文庫オリジナル。

一、本書は河出書房新社版『新編 江藤淳文学集成』を底本とした。ただし、「三島由紀夫の家」「大江健三郎の問題」は講談社版『江藤淳著作集』第二巻に拠った。

一、底本中、明らかな誤植と思われる箇所は訂正し、表記のゆれは各篇内で統一した。また、引用文に関しては可能な限り原文と照合した。

一、本文中、今日の人権意識に照らして不適切な語句や表現が見受けられるが、著者が故人であること、刊行当時の時代背景と作品の文化的価値に鑑みて、原文のままとした。

中公文庫

# 戦後と私・神話の克服

2019年5月25日　初版発行

著　者　江藤　淳

発行者　松田陽三

発行所　中央公論新社
〒100-8152　東京都千代田区大手町1-7-1
電話　販売 03-5299-1730　編集 03-5299-1890
URL http://www.chuko.co.jp/

DTP　嵐下英治
印　刷　三晃印刷
製　本　小泉製本


Published by CHUOKORON-SHINSHA, INC.
Printed in Japan　ISBN978-4-12-206732-5 C1195

各書目の下段の数字はISBNコードです。978-4-12が省略してあります。

# 中公文庫既刊より

**た-30-52 痴人の愛** 谷崎潤一郎

美少女ナオミの若々しい肢体にひかれ、やがて成熟したその奔放な魅力のとりことなった譲治。女の魔性に跪く男の惑乱と陶酔を描く。〈解説〉河野多恵子

204767-9

**た-30-53 卍（まんじ）** 谷崎潤一郎

光子という美の奴隷となった柿内夫妻は、卍のように絡みあいながら破滅に向かう。官能的な愛のなかに心理的マゾヒズムを描いた傑作。〈解説〉千葉俊二

204766-2

**た-30-13 細雪（全）** 谷崎潤一郎

大阪船場の旧家蒔岡家の美しい四姉妹を優雅な風俗・行事とともに描く。女性への永遠の願いを〝雪子〟に託す谷崎文学の代表作。〈解説〉田辺聖子

200991-2

**た-30-54 夢の浮橋** 谷崎潤一郎

夭折した母によく似た継母。主人公は継母への憧れと生母への思慕から二人を意識の中で混同させてゆく。谷崎文学における母恋物語の白眉。〈解説〉千葉俊二

204913-0

**た-30-55 猫と庄造と二人のをんな** 谷崎潤一郎

猫に嫉妬する妻と元妻、そして女より猫がかわいくてたまらない男が繰り広げる軽妙な心理コメディの傑作。安井曾太郎の挿画収載。〈解説〉千葉俊二

205815-6

**た-30-6 鍵　棟方志功全板画収載** 谷崎潤一郎

妻の肉体に死をすら打ち込む男と、死に至るまで誘惑することを貞節と考える妻。性の悦楽と恐怖を限界点まで追求した問題の長篇。〈解説〉綱淵謙錠

200053-7

**た-30-7 台所太平記** 谷崎潤一郎

若さ溢れる女性たちが惹き起す騒動で、千倉家のお台所はてんやわんや。愛情とユーモアに満ちた筆で描く抱腹絶倒の女中さん列伝。〈解説〉阿部　昭

200088-9

た-30-10
瘋癲（ふうてん）老人日記
谷崎潤一郎
七十七歳の卯木は美しく驕慢な嫁颯子に魅かれ、変形的間接的な方法で性的快楽を得ようとする。老いの身の性と死の対決を芸術の世界に昇華させた名作。
203818-9

た-30-11
人魚の嘆き・魔術師
谷崎潤一郎
愛親覚羅氏の王朝が六月の牡丹のように栄え耀いていた時分――南京の貴公子の人魚への讃嘆、また魔術師と半羊神の妖しい世界に遊ぶ。〈解説〉中井英夫
200519-8

た-30-18
春琴抄・吉野葛
谷崎潤一郎
美貌と才気に恵まれた盲目の地唄の師匠春琴。その弟子佐助は献身と愛ゆえに自らも盲目となる――代表作『春琴抄』と『吉野葛』を収録。〈解説〉河野多恵子
201290-5

た-30-24
盲目物語
谷崎潤一郎
長政・勝家二人の武将に嫁し、戦国の残酷な世を生きた小谷方と淀君ら三人の姫君の境涯を、盲いの法師が絶妙な語り口で物語る名作。〈解説〉佐伯彰一
202003-0

た-30-25
お艶殺し
谷崎潤一郎
駿河屋の一人娘お艶と奉公人新助は雪の夜駈落ちした。幸せを求めた道行きだった筈が……。芸術とは何かを探求した「金色の死」併載。〈解説〉佐伯彰一
202006-1

た-30-26
乱菊物語
谷崎潤一郎
戦乱の室町、播州の太守赤松家と執権浦上家の確執を史的背景に、谷崎が〝自由なる空想〟を繰り広げた伝奇ロマン（前篇のみで中断）。〈解説〉佐伯彰一
202335-2

た-30-27
陰翳礼讃
谷崎潤一郎
日本の伝統美の本質を、かげや隈の内に見出す「陰翳礼讃」「厠のいろいろ」を始め、「恋愛及び色情」「客ぎらい」など随想六篇を収む。〈解説〉吉行淳之介
202413-7

た-30-28
文章読本
谷崎潤一郎
正しく文学作品を鑑賞し、美しい文章を書こうと願うすべての人の必読書。文章入門としてだけでなく文豪の豊かな経験談でもある。〈解説〉吉行淳之介
202535-6

各書目の下段の数字はISBNコードです。978-4-12が省略してあります。

た-30-46
**武州公秘話**
谷崎潤一郎
敵の首級を洗い清める美女の様子にみせられた少年——戦国時代に題材をとり、奔放な着想をもりこんで描かれた伝奇ロマン。木村荘八挿画収載。〈解説〉佐伯彰一
204518-7

た-30-47
**聞書抄**（ききがきしょう）
谷崎潤一郎
落魄した石田三成の娘の前にあらわれた盲目の法師。彼が語りはじめたこの世の地獄絵巻とは。菅楯彦による連載時の挿画七十三葉を完全収載。〈解説〉千葉俊二
204577-4

た-30-48
**月と狂言師**
谷崎潤一郎
昭和二十年代に発表された随筆に、「疎開日記」を加えた全七篇。空爆をさけ疎開していた日々のなかできれぎれに思いかえされる風雅なよろこび。〈解説〉千葉俊二
204615-3

た-30-50
**少将滋幹（しげもと）の母**
谷崎潤一郎
母を恋い慕う幼い滋幹は、宮中奥深く権力者に囲われた母の元に通う。平安文学に材をとった谷崎文学の傑作。小倉遊亀による挿画完全収載。〈解説〉千葉俊二
204664-1

た-30-29
**潤一郎ラビリンスⅠ 初期短編集**
谷崎潤一郎
千葉俊二編
官能的耽美的な美の飽くなき追求を鮮烈に描く「刺青」など八篇、反自然主義の旗手として登場した若き谷崎の初期短篇名作集。〈解説〉千葉俊二
203148-7

た-30-30
**潤一郎ラビリンスⅡ マゾヒズム小説集**
谷崎潤一郎
千葉俊二編
「饒太郎」「蘿洞先生」「続蘿洞先生」「赤い屋根」など五篇。自らマゾヒストを表明した饒太郎、そのきわめて秘密の快楽の果ては……。〈解説〉千葉俊二
203173-9

た-30-31
**潤一郎ラビリンスⅢ 自画像**
谷崎潤一郎
千葉俊二編
神童と謳われた少年時代、青春の彷徨、精神主義からの堕落、天才を発揮し独自の芸術を拓く自伝的作品「異端者の悲しみ」など四篇。〈解説〉千葉俊二
203198-2

た-30-32
**潤一郎ラビリンスⅣ 近代情痴集**
谷崎潤一郎
千葉俊二編
上州屋の跡取り巳之介はお才に迷い、騙されても欺れてもこりずに追い求める。谷崎描く究極の情痴の世界「お才と巳之介」ほか五篇。〈解説〉千葉俊二
203223-1

た-30-33
潤一郎ラビリンスV 少年の王国
谷崎潤一郎
千葉俊二編
子供から大人の世界へ、現実から夢へと越境する少年を描いた秀作。「小僧の夢」「二人の稚児」「小さな王国」「母を恋ふる記」など五篇。〈解説〉千葉俊二
203247-7

た-30-34
潤一郎ラビリンスVI 異国綺談
谷崎潤一郎
千葉俊二編
谷崎の前半生を貫く西洋崇拝を表す「独探」、白楽天や蘇東坡の漢詩文以来の物語空間を有する西湖を舞台に描く「西湖の月」等六篇。〈解説〉千葉俊二
203270-5

た-30-35
潤一郎ラビリンスVII 怪奇幻想倶楽部
谷崎潤一郎
千葉俊二編
凄艶な美女による凄惨な殺人劇「白晝鬼語」ほか、日本探偵小説の先駆的作品ともいえる、怪奇・幻想の世界を描く五篇を収める。〈解説〉千葉俊二
203294-1

た-30-36
潤一郎ラビリンスVIII 犯罪小説集
谷崎潤一郎
千葉俊二編
日常の中に隠された恐しい犯罪を緻密な推理で探る「途上」、犯罪者の心理を執拗にえぐり出す「或る罪の動機」など、犯罪小説七篇。〈解説〉千葉俊二
203316-0

た-30-37
潤一郎ラビリンスIX 浅草小説集
谷崎潤一郎
千葉俊二編
谷崎が幼児期から馴染んだ東京の大衆娯楽地、浅草。芸術論に明け暮れ、猥雑な街に集う画家や歌唄い達の哀歓を描く「鮫人」ほか二篇。〈解説〉千葉俊二
203338-2

た-30-38
潤一郎ラビリンスX 分身物語
谷崎潤一郎
千葉俊二編
芸術的天才の青野とその天分を羨やむ大川の話、Aは善の、Bは悪の小説家。又は西洋と東洋など自己の内なる対立と照応を描く三篇。〈解説〉千葉俊二
203360-3

た-30-39
潤一郎ラビリンスXI 銀幕の彼方
谷崎潤一郎
千葉俊二編
映画という芸術表現に魅了されその発展に多大な期待を寄せた谷崎。「人面疽」「アヹ・マリア」他、映画に関するエッセイ六篇を収録。〈解説〉千葉俊二
203383-2

た-30-40
潤一郎ラビリンスXII 神と人との間
谷崎潤一郎
千葉俊二編
小田原事件を背景に、谷崎・佐藤・千代夫人の関係を虚構を交えて描く「神と人との間」ほか、「既婚者と離婚者」「鶴唳」を収める。〈解説〉千葉俊二
203405-1

各書目の下段の数字はISBNコードです。978-4-12が省略してあります。

**た-30-41　潤一郎ラビリンスXIII　官能小説集**
谷崎潤一郎
千葉俊二編

恋愛は芸術である——人間の欲望を束縛する社会の制約をはぎ取って官能の熱風に結ばれる男と女の物語「熱風に吹かれて」など三篇。〈解説〉千葉俊二

203426-6

**た-30-42　潤一郎ラビリンスXIV　女人幻想**
谷崎潤一郎
千葉俊二編

思春期を境に生ずる男女の美の変化、天成の麗質に研きをかける女性的美への倦むことのない追求を描く「女人神聖」「創造」「亡友」。〈解説〉千葉俊二

203448-8

**た-30-43　潤一郎ラビリンスXV　横浜ストーリー**
谷崎潤一郎
千葉俊二編

〝美しい夢〟の世界を実現すべく映画制作に打ち込む主人公を描く「肉塊」、横浜時代の暮しぶりを回想したエッセイ「港の人々」の二篇。〈解説〉千葉俊二

203467-9

**た-30-44　潤一郎ラビリンスXVI　戯曲傑作集**
谷崎潤一郎
千葉俊二編

〝読むための戯曲〟として書いた二十四篇のうち「恋を知る頃」「恐怖時代」「お国と五平」「白狐の湯」「無明と愛染」の五篇を収める。〈解説〉千葉俊二

203487-7

**た-30-19　潤一郎訳　源氏物語　巻一**
谷崎潤一郎

文豪谷崎の流麗完璧な現代語訳による日本の誇る古典。日本画壇の巨匠14人による挿画入り絵巻。本巻は「桐壺」より「花散里」までを収録。〈解説〉池田彌三郎

201825-9

**た-30-20　潤一郎訳　源氏物語　巻二**
谷崎潤一郎

文豪谷崎の流麗完璧な現代語訳による日本の誇る古典。日本画壇の巨匠14人による挿画入り。本巻は「須磨」より「胡蝶」までを収録。〈解説〉池田彌三郎

201826-6

**た-30-21　潤一郎訳　源氏物語　巻三**
谷崎潤一郎

文豪谷崎の流麗完璧な現代語訳による日本の誇る古典。日本画壇の巨匠14人による挿画入り絵巻。本巻は「螢」より「若菜」までを収録。〈解説〉池田彌三郎

201834-1

**た-30-22　潤一郎訳　源氏物語　巻四**
谷崎潤一郎

文豪谷崎の流麗完璧な現代語訳による日本の誇る古典。日本画壇の巨匠14人による挿画入り絵巻。本巻は「柏木」より「総角」までを収録。〈解説〉池田彌三郎

201841-9

た-30-23
潤一郎訳 源氏物語 巻五
谷崎潤一郎
文豪谷崎の流麗完璧な現代語訳による日本の誇る古典。日本画壇の巨匠14人による挿画入り絵巻。本巻は「早蕨」から「夢浮橋」までを収録。〈解説〉池田彌三郎
201848-8

う-9-4
御馳走帖
内田百閒（ひゃっけん）
朝はミルク、昼はもり蕎麦、夜は山海の珍味に舌鼓をうつ百閒先生の、窮乏時代から知友との会食まで食味の楽しみを綴った名随筆。〈解説〉平山三郎
202693-3

う-9-11
大貧帳
内田百閒
お金はなくても腹の底はいつも福福である――質屋、借金、原稿料……飄然としたなかに笑いが滲みでる。百鬼園先生独特の諧謔に彩られた貧乏美学エッセイ。
206469-0

う-9-7
東京焼盡（しょうじん）
内田百閒
空襲に明け暮れる太平洋戦争末期の日々を、文学の目と現実の目をないまぜつつ綴る日録。詩精神あふれる稀有の東京空襲体験記。
204340-4

う-9-12
百鬼園戦後日記Ⅰ
内田百閒
『東京焼盡』の翌日、昭和二十年八月二十二日から二十一年十二月三十一日までを収録。掘立て小屋の暮しを飄然と綴る。〈巻末エッセイ〉谷中安規（全三巻）
206677-9

う-9-13
百鬼園戦後日記Ⅱ
内田百閒
念願の新居完成。焼き出されて以来、三年にわたる小屋暮しは終わる。昭和二十二年一月一日から二十三年五月三十一日までを収録。〈巻末エッセイ〉高原四郎
206691-5

う-9-14
百鬼園戦後日記Ⅲ
内田百閒
自宅へ客を招き九晩かけて還暦を祝う。昭和二十三年六月一日から二十四年十二月三十一日まで。索引付。〈巻末エッセイ〉平山三郎・中村武志〈解説〉佐伯泰英
206704-2

う-9-10
阿呆の鳥飼
内田百閒
鶯の鳴き方が悪いと気に病み、漱石山房に文鳥を連れて行く……。『ノラや』の著者が小動物たちとの暮らしを綴る掌篇集。〈解説〉角田光代
206258-0

各書目の下段の数字はISBNコードです。978－4－12が省略してあります。

う-9-5
ノラや
内田百閒
ある日行方知れずになった野良猫の子ノラと居つきながらも病死したクルツ。二匹の愛猫にまつわる愛情と機知とに満ちた連作14篇。〈解説〉平山三郎
202784-8

う-9-6
一病息災
内田百閒
持病の発作に恐々としつつも医者の目を盗み麦酒をがぶがぶ……。ご存知百閒先生が、己の病、身体、健康について飄々と綴った随筆を集成したアンソロジー。
204220-9

お-2-13
レイテ戦記（一）
大岡昇平
太平洋戦争の天王山・レイテ島での死闘を再現した戦記文学の金字塔。巻末に講演「『レイテ戦記』の意図」を付す。毎日芸術賞受賞。〈解説〉大江健三郎
206576-5

お-2-14
レイテ戦記（二）
大岡昇平
リモン峠で戦った第一師団の歩兵は、日本の歴史自身と戦っていたのである――インタビュー「『レイテ戦記』を語る」を収録。〈解説〉加賀乙彦
206580-2

お-2-15
レイテ戦記（三）
大岡昇平
マッカーサー大将がレイテ戦終結を宣言後も、徹底抗戦を続ける日本軍。大西巨人との対談「戦争・文学・人間」を巻末に新収録。〈解説〉菅野昭正
206595-6

お-2-16
レイテ戦記（四）
大岡昇平
太平洋戦争最悪の戦場を鎮魂の祈りを込め描く著者渾身の巨篇。巻末に「連載後記」、エッセイ「『レイテ戦記』を直す」を新たに付す。〈解説〉加藤陽子
206610-6

お-2-11
ミンドロ島ふたたび
大岡昇平
自らの生と死との彷徨の跡。亡き戦友への追慕と鎮魂の情をこめて、詩情ゆたかに戦場の島を描く。『俘虜記』の舞台、ミンドロ、レイテへの旅。〈解説〉湯川　豊
206272-6

お-2-12
大岡昇平　歴史小説集成
大岡昇平
「挙兵」「吉村虎太郎」など長篇『天誅組』に連なる作品群ほか、「高杉晋作」「竜馬殺し」「将門記」など戦争小説としての歴史小説全10編。〈解説〉川村　湊
206352-5

お-2-17
小林秀雄
大岡昇平
親交五十五年、評論から追悼文まで「人生の教師」であった批評家の詩と真実を綴った全文集。巻末に小林との対談収録。文庫オリジナル。〈解説〉山城むつみ
206656-4

お-2-10
ゴルフ酒旅
大岡昇平
獅子文六、石原慎太郎ら文士とのゴルフ、一年におよぶ米欧旅行の見聞……。多忙な作家の執筆の合間には、いつも「ゴルフ、酒、旅」があった。〈解説〉宮田毬栄
206224-5

た-13-8
富士
武田泰淳
悠揚たる富士に見おろされる精神病院を舞台に、人間の狂気と正常の謎にいどみ、深い人間哲学をくりひろげる武田文学の最高傑作。〈解説〉堀江敏幸
206625-0

た-13-9
目まいのする散歩
武田泰淳
歩を進めれば、現在と過去の記憶が響きあい、新たな記憶が甦る……。野間文芸賞受賞作。巻末エッセイ「丈夫な女房はありがたい」などを収めた増補新版。
206637-3

た-13-10
新・東海道五十三次
武田泰淳
妻の運転でたどった五十三次の風景は――。自作解説「東海道五十三次クルマ哲学」、武田花の随筆「うちの車と私」を収録した増補新版。〈解説〉高瀬善夫
206659-5

た-13-5
十三妹（シイサンメイ）
武田泰淳
強くて美貌でしっかり者。女賊として名を轟かせた十三妹は、良家の奥方に落ち着いたはずだったが……中国古典に取材した痛快新聞小説。〈解説〉田中芳樹
204020-5

た-13-6
ニセ札つかいの手記　武田泰淳異色短篇集
武田泰淳
表題作のほか「白昼の通り魔」「空間の犯罪」など、独特のユーモアと視覚に支えられた七作を収録。戦後文学の旗手、再発見につながる短篇集。
205683-1

た-13-7
淫女と豪傑　武田泰淳中国小説集
武田泰淳
中国古典への耽溺、大陸風景への深い愛着から生まれた、血と官能に満ちた淫女・豪傑の物語。評論一篇を含む九作を収録。〈解説〉高崎俊夫
205744-9

各書目の下段の数字はISBNコードです。978-4-12が省略してあります。

み-9-11
小説読本
三島由紀夫
作家を志す人々のために「小説とは何か」を解き明かし、自ら実践する小説作法を披瀝する、三島由紀夫による小説指南の書。〈解説〉平野啓一郎
206302-0

み-9-12
古典文学読本
三島由紀夫
「日本文学小史」をはじめ、独自の美意識によって古今集や能、葉隠まで古典の魅力を綴った秀抜なエッセイを初集成。文庫オリジナル。〈解説〉富岡幸一郎
206323-5

み-9-7
文章読本
三島由紀夫
あらゆる様式の文章・技巧の面白さ美しさを、該博な知識と豊富な実例と実作の経験から詳細に解明した万人必読の文章読本。〈解説〉野口武彦
202488-5

み-9-6
太陽と鉄
三島由紀夫
三島ミスチシズムの精髄を明かす表題作。作家として自立するまでを語る「私の遍歴時代」。三島文学の本質を明かす自伝的作品二篇。〈解説〉佐伯彰一
201468-8

み-9-10
荒野より 新装版
三島由紀夫
不気味な青年の訪れを綴った短編「荒野より」、東京五輪観戦記「オリンピック」など、〈楯の会〉結成前の心境を綴った作品集。〈解説〉猪瀬直樹
206265-8

み-9-9
作家論 新装版
三島由紀夫
森鷗外、谷崎潤一郎、川端康成ら作家15人の詩精神と美意識を解明。『太陽と鉄』と共に「批評の仕事の二本の柱」と自認する書。〈解説〉関川夏央
206259-7

な-73-1
麻布襍記(あざぶざっき) 附・自選荷風百句
永井荷風
東京・麻布の偏奇館で執筆した小説「雨瀟瀟」「雪解」、随筆「花火」「偏奇館漫録」等を収める抒情的散文集。初の文庫化。〈巻末エッセイ〉須賀敦子
206615-1

な-73-2
葛飾土産
永井荷風
石川淳が「戦後はただこの一篇」と評した表題作ほか、短篇・戯曲・随筆を収めた戦後最初の作品集。久保田万太郎の同名戯曲、石川淳「敗荷落日」を併録。
206715-8

く-2-2
浅草風土記
久保田万太郎
横町から横町へ、露地から露地へ。「雷門以北」「浅草の喰べもの」ほか、生粋の江戸っ子文人による詩趣豊かな浅草案内。〈巻末エッセイ〉戌井昭人
206433-1

や-1-2
安岡章太郎 戦争小説集成
安岡章太郎
軍隊生活の滑稽と悲惨を巧みに描いた長篇「遁走」ほか、短篇五編を含む文庫オリジナル作品集。巻末に開高健との対談「戦争文学と暴力をめぐって」を併録。
206596-3

マ-15-1
五つの証言
トーマス・マン
渡辺一夫
第二次大戦前夜、戦闘的ユマニスムの必要を説いたマンへの共感から生まれた渡辺による渾身の訳業。寛容論ほか渡辺の代表エッセイを併録。〈解説〉山城むつみ
206445-4

ウ-9-1
政治の本質
マックス・ヴェーバー
カール・シュミット
清水幾太郎 訳
ヴェーバー「職業としての政治」とシュミット「政治的なるものの概念」。この二十世紀政治学の正典を合わせた歴史的な訳書。巻末に清水の関連論考を付す。
206470-6

ウ-10-1
精神の政治学
ポール・ヴァレリー
吉田健一 訳
表題作ほか「知性に就て」「地中海の感興」「レオナルドと哲学者達」の全四篇を収める。巻末に吉田健一の単行本未収録エッセイを併録。〈解説〉四方田犬彦
206505-5

ア-9-1
わが思索のあと
アラン
森有正 訳
『幸福論』で知られるフランスの哲学者は、いかにその健全な精神を形成したのか。円熟期に綴られた稀有な思想的自伝全34章。〈解説〉長谷川宏
206547-5

エ-6-1
荒地／文化の定義のための覚書
T・S・エリオット
深瀬基寛 訳
第一次大戦後のヨーロッパの精神的混迷を背景とした長篇詩「荒地」と鋭利な文化論を合わせた決定版。巻末に深瀬基寛による概説を併録。〈解説〉阿部公彦
206578-9

ハ-6-1
チャリング・クロス街84番地 書物を愛する人のための本
ヘレーン・ハンフ 編著
江藤淳 訳
ロンドンの古書店とアメリカの一女性との二十年にわたる心温まる交流――書物を読む喜びと思いやりに満ちた爽やかな一冊を真に書物を愛する人に贈る。
201163-2

各書目の下段の数字はISBNコードです。978－4－12が省略してあります。

こ-14-1
人生について
小林秀雄
人生いかに生くべきか――この永遠のテーマをめぐって正しく問い、物の奥を見きわめようとする思索の軌跡を辿る代表的文粋。〈解説〉水上勉
200542-6

よ-15-9
吉本隆明 江藤淳 全対話
吉本隆明
江藤淳
二大批評家による四半世紀にわたる全対話を収める。『文学と非文学の倫理』に吉本のインタビューを増補し改題した決定版。〈解説対談〉内田樹・高橋源一郎
206367-9

ふ-22-4
編集者冥利の生活
古山高麗雄
安岡章太郎「悪い仲間」のモデル、『季刊藝術』の同人として知られた芥川賞作家の自伝的エッセイ&交友録。表題作ほか初収録作品多数。〈解説〉荻原魚雷
206630-4

よ-15-10
親鸞の言葉
吉本隆明
名著『最後の親鸞』の著者による現代語訳で知る親鸞思想の核心。鮎川信夫、佐藤正英、中沢新一との対談を収録。文庫オリジナル。〈巻末エッセイ〉梅原猛
206683-0

は-73-1
幕末明治人物誌
橋川文三
吉田松陰、西郷隆盛から乃木希典、岡倉天心まで。歴史に翻弄された敗者たちへの想像力に満ちた出色の人物論集。文庫オリジナル。〈解説〉渡辺京二
206457-7

な-29-2
路上のジャズ
中上健次
一九六〇年代、新宿、ジャズ喫茶。エッセイを中心に詩、短篇小説までを全一冊にしたジャズと青春の日々をめぐる作品集。小野好恵によるインタビュー併録。
206270-2

な-68-1
新編 現代と戦略
永井陽之助
戦後日本の経済重視・軽武装路線を「吉田ドクトリン」と定義づけた国家戦略論の名著。岡崎久彦との対論を併録。文藝春秋読者賞受賞。〈解説〉中本義彦
206337-2

な-68-2
歴史と戦略
永井陽之助
クラウゼヴィッツを中心にした戦略論入門に始まり、愚行の葬列である戦史に「失敗の教訓」を探る。『現代と戦略』第二部にインタビューを加えた再編集版。
206338-9